LAHN SIEG TOD

Sandra Halbe, Jahrgang 1985, wurde im Sauerland geboren. Nach ihrem Studium in Köln, Aix-en-Provence und Newcastle arbeitete sie zunächst in Wiesbaden. Heute lebt sie mit ihrem Mann in Bad Laasphe.

SANDRA HALBE

LAHN SIEG TOD

Kriminalroman

emons:

Bibliografische Information der Deutschen Nationalbibliothek
Die Deutsche Nationalbibliothek verzeichnet diese Publikation in der Deutschen Nationalbibliografie; detaillierte bibliografische Daten sind im Internet über http://dnb.d-nb.de abrufbar.

Umschlagmotiv: Tobias Arhelger/stock.adobe.com
Umschlaggestaltung: Nina Schäfer, nach einem Konzept von Leonardo Magrelli und Nina Schäfer
Umsetzung: Tobias Doetsch
Gestaltung Innenteil: DÜDE Satz und Grafik, Odenthal
Lektorat: Christiane Geldmacher, Textsyndikat Bremberg
Druck und Bindung: CPI – Clausen & Bosse, Leck
Printed in Germany 2022
ISBN 978-3-7408-1445-8
Originalausgabe

Dieser Roman wurde vermittelt durch die Leselupe-Literaturagentur, Wachtendonk.

Alle glücklichen Familien sind einander ähnlich;
unglücklich ist jede Familie auf ihre eigene Art.

Leo Tolstoi,
»Anna Karenina«

1

Sonntag

»Es wird schon schiefgehen.«

»Genau das befürchte ich ja!«

»Caro, du hattest doch genug Zeit, dir das Ganze durch den Kopf gehen zu lassen.«

»Hatte ich das? Jetzt kommt es mir eher so vor, als hätte ich überstürzt beim BKA gekündigt, um Polizistin auf dem Land zu werden.«

»Streich das Wort ›überstürzt‹, dann passt es.«

Ich tigere in der Küche auf und ab und zupfe mir immer wieder meine Ponysträhne in die Stirn, in der Hoffnung, dass sie mein Muttermal dort verdeckt. Eine nervige Angewohnheit. Aber irgendwo muss ich hin mit meiner Nervosität. Vielleicht hätte ich mir so spät doch keinen Kaffee mehr kochen sollen.

»Warum wolltest du heute nicht bei Alex schlafen? Das ist ja nicht die letzte Nacht vor eurer Hochzeit, die ihr getrennt verbringen müsst.«

Ich seufze. »Morgen ändert sich unsere Beziehung trotzdem. Irgendwie.«

Morgen ist mein erster offizieller Arbeitstag bei der Polizei in Bad Laasphe. Das Gebäude kenne ich schon in- und auswendig. Ich habe dort viele Stunden verbracht, als ich den letzten Fall meines Vaters neu aufgerollt habe. Ich weiß, wer mein Chef ist: Alexander Fischer. Meine Jugendliebe, mit der ich jetzt wieder zusammen bin. Meine zukünftigen Arbeitskollegen kenne ich noch nicht. Alex wird mich dem Team morgen vorstellen. Und von Minute zu Minute kommt mir diese Idee bescheuerter vor.

Warum bin ich nicht beim BKA in Wiesbaden geblieben?

Ich habe das Nachwuchsprogramm dort erfolgreich absolviert. Das Team und die Arbeitsabläufe sind mir vertraut. Ich habe zahlreiche Fälle gelöst und mir einen gewissen Ruf erarbeitet. Dort ist mein Chef mein Chef und nicht mehr. Andere Leute führen auch erfolgreiche Fernbeziehungen. Alex und ich hätten uns an den Wochenenden sehen können. An den dienstfreien, versteht sich.

Was habe ich mir bloß dabei gedacht?

Meine Mutter sitzt schweigend am Küchentisch. In diesem Zustand erträgt sie mich schon den ganzen Tag. Und obwohl sie sichtlich mit mir leidet, zucken ihre Mundwinkel amüsiert. »Du hast es aus Liebe getan«, sagt sie theatralisch, woraufhin ich sie mit einem Trockentuch bewerfe.

»Du machst es nicht besser!«

Lachend fängt sie es auf. »Wenn du morgen einigermaßen fit sein willst, solltest du langsam schlafen gehen«, empfiehlt sie mir. »Vorher könntest du was essen. Du hast in den letzten Tagen kaum etwas gegessen.«

»Ich habe keinen Hunger. Gute Nacht«, grummele ich und gehe ohne ein weiteres Wort auf mein Zimmer. An Schlaf brauche ich nicht zu denken, aber vielleicht komme ich ja ein wenig zur Ruhe.

Ein paar Stunden später weiß ich, dass nicht mal das heute Nacht möglich ist.

»Komm nach Richstein. Jetzt«, sagt Alex statt einer Begrüßung, als er mich gegen zwei Uhr auf meinem Handy anruft. »Die Straße heißt An der Kegelbahn. Zweifamilienhaus. Du kannst es nicht verfehlen, wir sind schon da.«

Bevor ich etwas erwidere, hat er aufgelegt. Fluchend stehe ich auf und schlüpfe in die erstbesten Klamotten, die ich in die Finger bekomme. Ich überlege, ob ich meiner Mutter eine Nachricht hinterlassen soll. Nicht dass sie denkt, ich wäre getürmt. Schnell verwerfe ich den Gedanken wieder. Für so verrückt hält sie mich sicher nicht. Außer mir und meinem Auto fehlt nichts, weit kann ich nicht sein. Und für alle Fälle habe ich mein Handy dabei.

Alex hatte recht: Ich kann den Tatort nicht verfehlen, obwohl ich mich nicht daran erinnern kann, ob und wann ich zum letzten Mal in Richstein war. Der Ort ist viel zu klein, um sich verfahren zu können. Ein Kranken- und zwei Streifenwagen stehen am Straßenrand, der Hauseingang ist mit Absperrband gesichert. Ich schlüpfe darunter durch und halte dem Polizisten, der sich mir in den Weg stellt, meinen Ausweis unter die Nase. Einen Moment lang zögere ich: Soll ich mich vorstellen? Ein paar Worte mit ihm wechseln? Nicht dass wir uns morgen im Büro über den Weg laufen und ich bei ihm unten durch bin, weil ich ihn heute Nacht so abweisend behandelt habe. Bevor ich die Gelegenheit dazu bekomme, ist der Kollege weitergegangen und prüft die Identität eines Anwohners, der anscheinend von der Spätschicht kommt und ins Haus nebenan will.

An der Haustür wartet Gott sei Dank schon Alex auf mich. »Hi«, sagt er und streicht mir kurz über den Arm. Kein Kuss, keine Umarmung. Okay, da hätten wir das mit der Begrüßung am Tatort geklärt.

»Hi«, antworte ich. »Was haben wir?«

»Überfall mit Todesfolge. Die Frau wurde niedergeschlagen, dem Mann wurde in den Kopf geschossen. Die Nachbarn haben den Rettungswagen gerufen. In der Zwischenzeit ist die Frau wieder zu sich gekommen und hat die 112 gewählt, da waren die Kollegen aber schon auf dem Weg hierher.«

In diesem Moment kommen zwei Sanitäter im Laufschritt mit einer Trage die Treppe herunter zum Rettungswagen. Darauf liegt die Frau, die Alex erwähnt hat. »In welches Krankenhaus bringen Sie sie?«, fragt er die Sanitäter.

»Berleburg«, antwortet einer von ihnen. Die drei Männer nicken einander kurz zu. Die Frau auf der Trage hat keinen Ton von sich gegeben. Schockzustand oder ruhiggestellt, vermute ich. Vor morgen werden wir sie nicht vernehmen können.

»Komm mit.« Alex berührt mich leicht am Arm. Ich folge ihm die paar Stufen hinauf bis zur Wohnung im Halbstock. »Die Nachbarn im ersten Stock sind informiert, wir haben sie gebeten, drinnen zu bleiben.« Vor der weit geöffneten Wohnungstür bleibt er stehen. »Nach Ihnen.«

Ich drücke mich an ihm vorbei in die Diele. Überall brennt Licht. Der Schirmständer ist umgerissen, eine Jacke ist von der Garderobe gefallen. Das könnten die Sanitäter gewesen sein. Oder der Einbrecher, den Alex erwähnt hat. Linker Hand befindet sich die kleine Küche. Nichts Auffälliges. Ich gehe nach rechts ins Wohnzimmer. Dort liegt der Tote auf dem Sofa, beige, es ist vom Blut aus seiner Kopfwunde an einer Stelle dunkel verfärbt. »Vermutlich hat der Täter den Mann gezwungen, sich auf das Sofa zu legen«, murmele ich.

»Und der hat seinen Anweisungen Folge geleistet«, spinnt Alex den Bogen weiter. »Er hat ihm vom Sofa aus verraten, wo er die Wertsachen findet.« Die Schranktüren stehen offen, der Inhalt ist komplett über den Boden verteilt. Der Raum ist ein einziges Chaos.

»Ich weiß nicht, ob es hier nur um Wertsachen geht«, sage ich. »Jemandem in den Kopf zu schießen hat was Persönliches.«

»Als die Sanitäter ihn gefunden haben, hatte der Mann das hier auf dem Gesicht liegen.« Alex zeigt mir ein flaches Sofakissen, das auf der einen Seite mit Blut beschmiert ist. »Meinst du, der Täter hat sich anschließend dafür geschämt und deswegen sein Opfer verdeckt?«

»Oder er war vom Anblick angeekelt«, sage ich geistesabwesend. Ich fotografiere den Toten und das Wohnzimmer mit dem Handy. Dabei fällt mein Blick auf die Balkontür. Ich knipse ein weiteres Foto. »Das Fenster ist eingeschlagen. Also ist der Täter über den Balkon entweder rein oder raus.«

»Oder beides«, hören wir eine Stimme von der Tür aus.

Alex' Gesichtszüge hellen sich auf. »Hi, Ingrid«, sagt er und streicht der neu angekommenen Polizistin über den Arm. So wie mir vorhin. Ich spüre ein leises Gefühl der Eifersucht in mir aufkeimen, kämpfe es aber sofort nieder. Ich bin übermüdet, rede ich mir ein. Ingrid hat kurze rotbraune Haare und trägt eine dicke Hornbrille auf der Nase. Außerdem sieht sie aus wie Mitte fünfzig, ist also entschieden zu alt für Alex. »Hi, ich bin Caro.« Ich setze ein Lächeln auf und strecke ihr die Hand entgegen. Sie schüttelt sie und nickt mir knapp zu. »Habt ihr an meinem Tatort schon was angerührt?«

Ihr Tatort? Gott sei Dank bin ich zu irritiert, um direkt etwas zu sagen.

»Die Sanitäter sind mit der Ehefrau des Opfers gerade raus«, erklärt Alex.

»Und ich habe nur ein paar Fotos –«, setze ich an.

»Dann ist ja gut. Hier wird nichts angefasst, bis ich es sage. Und jetzt raus mit euch. Paul Rother kommt gleich und kümmert sich um unseren Toten. In der Zwischenzeit schaue ich mich hier um. Die gründliche Begehung mache ich morgen.«

Ich werfe Alex einen Blick zu, aber der ist schon zwei Schritte in den Flur zurückgewichen und dreht sich dann in Richtung Haustür. Staunend, dass er diesen Ton duldet, folge ich ihm. Aber im Gegensatz zu ihm dringe ich weiter in die Wohnung vor, um mir die übrigen Räume anzusehen.

Rechts neben dem Wohnzimmer geht es in ein großes, geräumiges Arbeitszimmer. Auch hier herrscht ein einziges Durcheinander. Rechts an der Wand steht ein Schreibtisch. Die Schubladen, die vollgestopft waren mit Papieren, sind aufgerissen, alle Dokumente aus dem Aktenschrank daneben sind achtlos auf den Boden geworfen worden. Am Ende des Flurs geht es ins Badezimmer. Hier ist alles unauffällig. Ein leicht muffiger Geruch hängt in der Luft, trotz des gekippten Fensters. Links daneben befindet sich das Schlafzimmer: Auch hier ist nichts zu sehen. Hat das Ehepaar das Bett grundsätzlich nicht gemacht, oder wurde es vom Täter geweckt, sodass dafür keine Zeit mehr blieb?

»Keine schöne Art, aus dem Bett geholt zu werden«, murmele ich. Dann öffne ich die letzte Tür rechts und stehe in einem Kinderzimmer. Mitten im Raum steht ein Babybett.

Es ist leer.

»Wir haben ein Problem!«, rufe ich und stürme zurück in den Flur.

»Es ist mir egal, ob sie vernehmungsfähig ist oder nicht!«, bellt Alex in sein Handy. »Sie soll sich dazu äußern, ob ihr Kind zur Tatzeit zu Hause war!« Frustriert wartet er auf die Antwort des zuständigen Arztes im Krankenhaus Bad Berleburg.

Einen Moment lang sehe ich ihm zu, aber dann halte ich es nicht mehr aus, hier tatenlos rumzustehen. Ich steige die Treppe hinauf und klingele bei den Nachbarn im Obergeschoss. »Familie Marburger«, steht auf dem Klingelschild. Nach zwei Sekunden wird mir geöffnet. Ein Mann Mitte vierzig sieht mich erwartungsvoll an. »Caroline König von der Polizei.« Ich zeige ihm meinen Ausweis. »Es tut mir leid, dass ich Sie um diese Zeit störe.«

»Christoph Marburger«, stellt der Herr sich vor. Er lächelt verständnisvoll und bittet mich hinein. »Wir können heute Nacht sowieso nicht mehr schlafen.«

Ich folge ihm in die Küche, wo es nach Knoblauch riecht und die Pfanne vom Abendessen noch im Spülbecken steht. Am Tisch sitzt in sich zusammengesunken seine Frau. Sie sieht kurz auf, als wir die Küche betreten, aber verbirgt ihr Gesicht direkt wieder in ihren Händen.

»Stören Sie sich nicht an der Unordnung. Bis jetzt war noch keine Zeit, die Küche aufzuräumen«, entschuldigt sich Marburger. »Meine Frau Susanne ist von den Ereignissen ein wenig mitgenommen. Kaffee?«, fragt er. »Die Nacht ist für uns alle gelaufen, denke ich. Da kann man genauso gut Koffein tanken.«

»Ein Kaffee wäre großartig, danke.«

Marburger schaltet die Kapselmaschine auf der Anrichte ein und schließt die Küchentür. »Wenn wir etwas leiser sprechen könnten, wäre das toll. Dann kann wenigstens unsere Tochter weiterschlafen.«

»Natürlich. Ich will Ihre Zeit nicht länger als nötig in Anspruch nehmen. Einer meiner Kollegen hat Sie bestimmt schon gebeten, morgen bei uns auf der Wache vorbeizukommen. Da Sie die Polizei gerufen haben, müssen wir Ihre Aussage formell aufnehmen.« Dankbar nehme ich meine Tasse entgegen und greife nach der Milch, die Susanne Marburger mir reicht. Sie sieht mich aus verquollenen Augen an, scheint sich aber langsam zu fangen. Wir lassen uns auf der Eckbank nieder.

»Familie Hoffmann in der Wohnung unter Ihnen hat ein Baby, richtig?«

Die beiden nicken. »Nora. Die Kleine ist vor Kurzem ein Jahr alt geworden«, erklärt Christoph Marburger.

Ich krame nach meinem Notizbuch, das ich Gott sei Dank in der Eile nicht vergessen habe, und schreibe mir alles auf. »Wissen Sie, ob Nora heute Abend zu Hause war, oder ob ihre Eltern einen Babysitter hatten?«

Die beiden sehen einander an. »Mareike ist in Elternzeit«, antwortet Susanne Marburger. »Deswegen brauchen sie nicht regelmäßig einen Babysitter. Wir haben hin und wieder das Babyfon, wenn sich niemand findet, um auf Nora aufzupassen.«

»Hatten Sie es heute Abend?«

»Nein. Hoffmanns waren ja zu Hause. Also wird Nora auch dort gewesen sein.«

»Manchmal haben sie Nora zu Leopolds Eltern gebracht«, wirft Christoph Marburger ein. »Auch wenn sie zu Hause waren. So ein Baby ist anstrengend.« Er verdreht die Augen.

Ob das Ehepaar Hoffmann Probleme mit dem Kind hatte? »Haben Sie die Adresse von Herrn Hoffmanns Eltern?«

»Sie wohnen in der Bergstraße. Welches Haus genau, weiß ich nicht.«

»Das finde ich heraus. Vielen Dank! Und danke für den Kaffee.« Ich vereinbare mit dem Ehepaar einen Termin für morgen, oder besser gesagt heute Nachmittag.

Als ich in den Flur gehe, hält Frau Marburger mich am Ärmel zurück. »Haben Sie den Mann gefasst, der Leo …« Ihre Stimme bricht, und sie fährt sich über die Augen, damit ich ihre Tränen nicht sehe.

Ich schüttele den Kopf. »Wir werden alles tun, den Täter so schnell wie möglich zu fassen. Vor dem Haus befindet sich ein Kollege von uns, der dafür sorgt, dass Sie hier sicher sind.«

Sie sieht mich an, als wollte sie etwas erwidern. Aber dann murmelt sie lediglich »Bis morgen« und öffnet mit einem Ruck die Tür, um mich hinauszulassen.

Zurück im Hausflur hat Alex sein Telefongespräch beendet. In seinen Augen sehe ich, dass wir uns den Besuch bei Leopold Hoffmanns Eltern sparen können.

Nora ist weg.

2

Montag

Die Streifen suchen nach dem Baby. Um sechs Uhr wollen wir uns mit dem Team auf dem Revier treffen und entscheiden, wie es weitergeht, wenn es bis dahin keine Neuigkeiten gibt. Alex hat mich nach Hause geschickt. »Komm ein bisschen zur Ruhe«, hat er mir mit auf den Weg gegeben, aber selbst gemerkt, wie unsinnig diese Worte sind. In einer Stunde soll unser Team seine Arbeit aufnehmen. An Ruhe, geschweige denn Schlaf ist nicht zu denken. Stattdessen habe ich mit klopfendem Herzen auf der Bettkante gesessen und mir anhand der wenigen Bilder, die ich vom Tatort geknipst habe, Notizen gemacht.

Jetzt stehe ich mit weit aufgerissenen Augen vorm Spiegel und versuche, mit Concealer die Ränder unter ihnen abzudecken. Ich bin total überdreht. Der Kaffee bei Marburgers war zu stark. Vielleicht sollte ich ein wenig mehr Schminke auflegen als normal. Ich will ja einen positiven Eindruck machen, trotz der Umstände, unter denen ich mein Team kennenlernen werde. Ein Blick in die Utensilien meiner Mutter kann nicht schaden. Da! Ein Lippenstift. Okay, Rosa ist nicht meine Farbe. Davon abgesehen, dass ich nie welchen trage. Eigentlich. Heute will ich eine Ausnahme machen. Ich öffne die Kappe und führe den Stift an mein Gesicht. Meine Hände zittern, sodass ich Schwierigkeiten habe, meinen Mund zu treffen. Als ich es geschafft habe, starre ich ungläubig in den Spiegel. Die Frau, die mir entgegenblickt, bin nicht ich. Ich sehe furchtbar aus. Und das Gefühl auf meinen Lippen! Der Gedanke an den Abdruck, den mein Mund auf dem Kaffeebecher hinterlassen wird, lässt mich schaudern. Ich will nicht jedes Mal Lippenstift mittrinken, wenn ich den nächsten Schluck nehme.

»Das geht nicht!« Ich greife nach einem Abschminktuch

und entferne das Zeug wieder. Oder versuche es zumindest. Hat meine Mutter schon mal versucht, Lippenstift direkt nach dem Auftragen wieder zu entfernen? Weiß sie, wie schwer das ist? Während ich verzweifelt mit Wasser nachhelfe, überlege ich, wann ich sie zum letzten Mal damit gesehen habe, aber erinnere mich nicht. Am Ende ist der hier schon jahrealt und hat deswegen eine so komische Konsistenz. Egal. Als ich in den Spiegel sehe, bin ich immer noch nicht zufrieden. Aber ich sehe wenigstens wieder aus wie ich. Mit Schlafmangel. Und panischer Angst.

»Mir ist schlecht.« Ich stehe vor dem Besprechungsraum auf dem Polizeirevier in der Bahnhofstraße. Passend zu meinem Umzug ist die Dienststelle von der Gartenstraße hierher verlegt worden. Wenigstens etwas, an das sich alle gewöhnen müssen, denke ich zerknirscht. Durch die Milchglastür sehe ich, dass Licht brennt, also muss schon jemand da sein. Alex und ich sind gleichzeitig angekommen. Er will mich jetzt dem Team vorstellen. Danach werden wir den Fall von letzter Nacht in Angriff nehmen. Ich versuche, Zeit zu schinden. »Können wir nicht erst ins Krankenhaus fahren und Mareike Hoffmann vernehmen?«, frage ich.

»Nein, du gehörst jetzt zum Ermittlerteam. Das heißt, die anderen müssen dich erst kennenlernen.«

»Warum genau bin ich noch mal vom BKA weggegangen?«

»Das weißt nur du.« Alex rollt mit den Augen und streckt mir kurz die Zunge raus. Zu oft habe ich ihm in den letzten Tagen mein Leid geklagt, da kann er mich nicht mehr ernst nehmen. »Komm jetzt«, sagt er und greift nach der Klinke. Bevor er die Tür öffnet, sieht er mich einen Moment lang prüfend an. Ich warte auf ein »Du schaffst das« oder »Ich liebe dich«.

Stattdessen fragt er: »Was hast du da im Mundwinkel? Ist das Lippenstift?«

»Ich will nicht darüber reden«, gebe ich zurück und wische mir mit einem Taschentuch über meinen ohnehin schon wunden Mund, bis Alex, der sich mühsam ein Lachen verkneift, nickt. »Los geht's«, sage ich, als hätte ich eine Wahl.

Sie sind zu dritt und starren mich an, sodass ich mich winzig fühle und den Besprechungsraum am liebsten direkt wieder verlassen würde. Da ist Ingrid, die ich ja letzte Nacht schon getroffen habe. Und ich dachte, ich hätte Ränder unter den Augen. Sie sieht mindestens genauso übernächtigt aus. Neben ihr sitzt eine Frau ungefähr in meinem Alter, deren schmales Gesicht von einem Wust blonder Locken umrahmt wird. Und dann ist da ein Mann mit südländischen Zügen, vielleicht Anfang dreißig. Bis auf Ingrid führt Alex ein recht junges Team.

»Guten Morgen zusammen«, begrüßt Alex die drei, die ein »Guten Morgen« zurückgrummeln. Ich spüre seine Hand in meinem Rücken. Er schiebt mich sanft, aber bestimmt vorwärts. »Darf ich euch eure neue Kollegin vorstellen? Das ist Caro König.«

Ich zwinge mich zu lächeln und strecke ihnen die Hand entgegen. »Guten Morgen«, murmele ich.

Die Frau mit dem Lockenkopf erhebt sich. »Anna Lenz«, stellt sie sich vor. Mir fällt sofort ihre elegante Bluse auf. Überhaupt könnten wir beide nicht unterschiedlicher sein, auf einmal wünsche ich mir den Lippenstift zurück, um mir neben ihr nicht ganz so fehl am Platz vorzukommen.

Leider wird es nicht besser. »Ingrid Bald.« Ingrid lässt meine Hand sofort wieder los, als hätte sie sich verbrannt.

»Murat Arens«, beendet der Mann die Vorstellungsrunde. Sein Händedruck ist fest, in seinen Augen lese ich sowohl Aufmerksamkeit als auch Skepsis.

Ich setze mich auf einen der freien Plätze. Eine Thermoskanne mit Kaffee steht auf dem Tisch, und Alex schenkt mir eine Tasse ein. Ingrid und Anna tauschen einen Blick.

»Die Sache ist so, um das gleich vorwegzunehmen«, meint Alex und sieht alle in der Runde gewinnend an. »Caro und ich waren während der Schulzeit ein Paar. Und wir sind es jetzt wieder.« Er greift kurz nach meiner Hand, um seine

Worte zu unterstreichen, bemüht, bei den entgeisterten Gesichtern nicht loszulachen. Ich weiß, dass er noch an die Lippenstift-Episode im Flur denkt. Nach einer kurzen Pause fährt er fort: »Lasst uns über den Fall von gestern Nacht sprechen: Ein Einbrecher ist über den Balkon des Hauses in Richstein eingedrungen und hat Leopold Hoffmann in den Kopf geschossen. Seine Frau Mareike wurde niedergeschlagen und liegt derzeit im Krankenhaus in Berleburg. Die einjährige Tochter der beiden wird vermisst. Also müssen wir von einem Mord mit Kindesentführung ausgehen.« Alex zählt einige Namen auf, die ich auf die Schnelle nicht behalten kann. »Diese Kollegen sprechen gerade mit den Nachbarn und werfen einen Blick in die umliegenden Mülltonnen. Spürhunde sind angefordert. Das ist keine schöne Vorstellung, aber wir wissen so wenig, dass wir auch einen Kindsmord in Betracht ziehen müssen. Anna, du hältst hier die Stellung, falls die Kollegen etwas rausfinden.«

Die Frau mit dem Lockenkopf nickt.

»Caro und ich fahren gleich ins Krankenhaus und sprechen mit Frau Hoffmann. Wenn wir schon einmal da sind, gehen wir danach in die Pathologie. Dann können Caro und Paul Rother sich miteinander bekannt machen. Wenn wir die Ergebnisse der Obduktion von Leopold Hoffmann haben, kommen wir wieder zurück. Die Nachbarn, die in der Wohnung über den Hoffmanns wohnen, sind nachher zur Vernehmung eingeladen. Sie haben heute Nacht den Rettungswagen alarmiert. Murat, kannst du das Verhör übernehmen, wenn wir bis dahin nicht zurück sind?«

Der Mann nickt.

»Ingrid, du machst dich in der Zwischenzeit auf zum Tatort. Wir brauchen alles. Fingerabdrücke. DNS. Fotografier jeden Zentimeter dieser Wohnung. Sammel die Papiere ein, die auf dem Boden liegen. Prüfe, ob was fehlt. Heute Nachmittag treffen wir uns wieder hier.«

Kollektives Nicken, gefolgt von Stühlerücken. Ich spüre,

wie die Kollegen uns beobachten, als Alex und ich den Raum verlassen.

»Ich dachte, ich hätte mir die hochgezogenen Augenbrauen der anderen nur eingebildet«, sage ich, als wir im Auto sitzen. »Aber du hast sie auch gesehen, als du gesagt hast, dass wir ein Paar sind. War das nicht zu früh?«

»Ich glaube nicht. Wir sind ein Paar, und wir sind hier auf dem Dorf, da wissen es sowieso alle. Ich wollte erst gar keine Gelegenheit für Spekulationen aufkommen lassen. Wir wären ohnehin aufgeflogen.« Alex wirft mir einen kurzen Seitenblick zu, bevor er fortfährt: »Die drei Kollegen und ich arbeiten seit Jahren zusammen. Wir sind ein eingespieltes Team. Es wird dauern, bis du dich dort integriert hast. Aber wir sind überlastet und brauchen dich und deine Erfahrung. Vor allem bei einem Fall wie diesem. So was passiert hier eigentlich nicht.«

»Das haben wir schon mal gedacht, weißt du noch?« Ich muss an den ersten Fall denken, auf den ich hier in Bad Laasphe angesetzt wurde: der letzte Fall meines Vaters. Vier Frauen waren einem vermeintlichen Serienmörder zum Opfer gefallen. Dass hier in Wittgenstein ein Serienmörder sein Unwesen trieb, schien schon abwegig genug. Aber uns beschäftigte noch wochenlang, dass Robert Hellmar jahrelang die Schuld für die Verbrechen seiner Frau auf sich genommen hatte – von deren Tatmotiv erst gar nicht zu sprechen.

»Erzähl mir etwas über unser Team«, bitte ich Alex, bevor ich in meinen Gedanken versinke.

»Ingrid ist die älteste Kollegin. Sie hat schon mit deinem Vater zusammengearbeitet und sich vor Jahren zur Forensikerin weiterbilden lassen. In der Spurensicherung leistet sie großartige Arbeit. Sie hat ein Auge fürs Detail. Wenn es etwas Wichtiges am Tatort gibt, dann findet sie es. Zwischenmenschlich ist es zugegeben manchmal schwierig mit ihr. Anna hält meistens am Telefon die Stellung und kümmert sich um die Zusammenarbeit mit der Presse. Sie kennt alle und jeden.

Manchmal denkt man, sie ist das Wittgensteiner Urgestein und nicht Ingrid. Murat ist schon seit seiner Ausbildung bei uns. Er bewirbt sich in regelmäßigen Abständen beim BKA, bis jetzt hat es aber nicht geklappt. Offen gestanden tut es mir nicht leid. Je länger er bei uns bleibt, umso besser für uns. Er arbeitet akribisch und ist darüber hinaus technikaffin. Außerdem ist es nicht leicht mit zu vielen Frauen im Team.« Alex grinst.

»Also hat jeder seinen festen Platz. Welchen hast du für mich vorgesehen?«

»Ich brauche jemanden, der nicht nur einen Bruchteil der Ermittlungen sieht, sondern alle Ergebnisse zusammenführen kann. Jemanden, der Zusammenhänge erkennt, die anderen nicht auffallen. Jemanden mit BKA-Hintergrund eben. Nach deiner Ausbildung dort bist du eine Allrounderin, die das große Ganze überblickt. Außerdem schaffst du es, dass Menschen sich öffnen. Du stellst die richtigen Fragen, denkst über den Tellerrand hinaus. Robert Hellmar hat jahrelang mit niemandem über seine Taten geredet. Dann kamst du, und er hat dir alles erzählt.«

Ich fühle mich geschmeichelt und unbehaglich zugleich. Kann ich Alex das bieten, was er von mir erwartet?

»Gehen wir richtig vor?«, fragt er mich.

»Was meinst du?«

»Ich arbeite in meinem Kopf gerade das Lehrbuch mit dem Titel ›Was müssen Sie bei einer Kindesentführung beachten?‹ ab. Ich habe keinerlei Erfahrung mit solchen Fällen und will nicht gegen eine Wand steuern. Ich lüge nicht, wenn ich sage, dass ich dich brauche. Gibt es noch etwas, das wir tun müssen?«

»Nein. Wir tun alles, was möglich ist«, beruhige ich ihn. »Vor Ort wird nach dem Kind und weiteren Hinweisen gesucht. Und gleich werden wir die einzige Augenzeugin befragen, von der wir derzeit wissen. Vielleicht hat sie den Täter erkannt oder kann uns einen anderen Hinweis geben, der uns weiterbringt. Anschließend gehen wir in die Pathologie. Wenn wir Glück haben, hat der Täter an der Leiche Spuren hinterlassen.« Ich sehe aus dem Fenster und beobachte, wie die Landschaft an uns vorbeirauscht.

Den Rest der Fahrt verbringen Alex und ich schweigend. Dass die meisten Kindesentführungen, die nicht innerhalb der ersten vierundzwanzig Stunden aufgeklärt werden, tödlich enden, lassen wir unerwähnt. Wir kennen die Statistiken. Und uns beiden ist klar: Obwohl wir alles in unserer Macht Stehende tun, läuft uns die Zeit davon.

Der Streifenbeamte vor Mareike Hoffmanns Zimmer lächelt uns zu. »Der Arzt ist gerade drin«, erklärt er uns. Alex macht uns miteinander bekannt, aber ich bin so angespannt, dass ich seinen Namen gleich wieder vergesse. Ich weiß, dass Alex der Chef von rund zehn Mitarbeitern ist. Und jetzt streikt mein Gehirn schon beim Namen des vierten, den ich heute kennenlerne? Das kann ja heiter werden. Ich nehme mir vor, Alex gleich noch mal nach dem Kollegen zu fragen.

In diesem Moment wird die Tür geöffnet, und der Arzt kommt heraus. »Guten Morgen«, begrüße ich ihn und zeige ihm meinen Ausweis. »Haben Sie zwei Minuten für uns?«

Der Arzt nickt und geht mit uns ins leere Besucherzimmer direkt gegenüber. Ich schließe die Tür hinter uns.

»Sie wissen, dass ich der Schweigepflicht unterstehe«, beginnt der Arzt unsere Unterhaltung.

»Das respektieren wir«, beruhigt Alex ihn.

»In erster Linie interessiert uns Frau Hoffmanns Wohlergehen«, füge ich hinzu. »Soweit wir wissen, hat sie bei dem Einbruch einen Schlag auf den Hinterkopf abbekommen. Wie geht es ihr jetzt? Können wir mit ihr reden?«

»Ihre Wunde wurde versorgt. Sie ist aber immer noch mitgenommen und sollte sich nicht aufregen.«

»Ist sie sexuell missbraucht worden?«

»Darauf dürfte ich gar nicht antworten.«

Ich atme tief durch. »Wie Sie vielleicht wissen, ist das Baby der Hoffmanns entführt worden. Wir wollen Frau Hoffmann signalisieren, dass wir alles tun, um das Mädchen zu finden. Was sie uns zu den Geschehnissen von gestern Nacht erzählt, wird uns dabei helfen. Sollte sie außer dem Schlag auf den Hinterkopf andere körperliche Misshandlungen durchlitten haben, müssen wir bei unserem Gespräch vorsichtiger vorgehen. Das ist wichtig für Frau Hoffmann. Darüber hinaus würden wir dann einen anderen Tätertyp suchen. Das wiederum ist wichtig für das Baby.«

Der Arzt denkt über meine Worte nach und schüttelt schließlich den Kopf. »Sie hat keine weiteren Verletzungen davongetragen.«

Alex atmet erleichtert aus.

»Länger als zehn Minuten sollte Ihr Gespräch nicht dauern«, ermahnt der Arzt uns. »Wenn Frau Hoffmann Sie bittet zu gehen, tun Sie das.«

Man hat Mareike Hoffmann auf ein Einzelzimmer gebracht. Ihre rotblonden Haare sind wild auf dem Kissen ausgebreitet und lassen ihr Gesicht winzig wirken. Sie hat riesige Schatten unter den geschlossenen Augen. Ein Pflaster klebt dort auf der Stirn, wo sie nach dem Schlag mit dem Kopf auf den Boden geprallt ist. Die Wunde am Hinterkopf ist nicht zu sehen.

Als ich mich leise räuspere, schreckt sie hoch. »Guten Morgen, Frau Hoffmann«, begrüße ich sie. »Mein Name ist Caroline König. Das ist mein Kollege Alexander Fischer. Wir sind von der Polizei.«

Mareike Hoffmann sieht uns schweigend an. Alex hält sich im Hintergrund. Also gehe ich einen Schritt auf sie zu und berühre sie sanft an der Schulter. »Frau Hoffmann, können Sie uns erzählen, was letzte Nacht bei Ihnen zu Hause passiert ist?«

»Wo ist Nora?«

»Sie war nicht in ihrem Bettchen«, sage ich leise. »Deswegen ist es wichtig, zu verstehen, wie der Abend gestern abgelaufen ist.«

»Wir haben ferngesehen, mein Mann und ich.« Ihre Stimme ist tonlos, und ihr Blick geht ins Leere.

»Im Wohnzimmer?«

Sie nickt.

»Sind Sie immer so lange auf?«

»Mein Mann hatte Frühschicht. Er war schon eher wach. Es ging ihm nicht gut. Manchmal ist die Umstellung im Schichtdienst nicht so einfach.«

»Das kenne ich. Meine Mutter ist Krankenschwester. Sie ist früher oft durchs Haus gegeistert, wenn sie nicht schlafen konnte.« Ich lächle Mareike Hoffmann aufmunternd zu.

»Kurz vorher war Nora aufgewacht. Sie hat geschrien, und ich habe nach ihr gesehen, damit Leo vor der Arbeit seine Ruhe hat.« Sie schluckt, und ihre Augen werden feucht. »Dann bin ich zu ihm ins Wohnzimmer. Ich hab ihn dort vor dem Fernseher gesehen und mich zu ihm gesetzt, falls ich noch mal zu Nora müsste.« Frau Hoffmanns Atem beschleunigt sich. »Auf einmal hat es geknallt, und die Scheibe der Balkontür wurde eingeschlagen. Ich bin aufgesprungen und wollte weglaufen, aber er rannte hinter mir her und dann …« Sie schluchzt auf. »Dann weiß ich nichts mehr.« Ihre Hand fährt in Richtung Hinterkopf, aber sie zuckt zusammen, bevor sie die Wunde berührt, und lässt den Arm wieder sinken.

»Sie machen das toll.« Ich nicke ihr zu. »War es eine Person, die durch das Fenster eingestiegen ist, oder waren es mehrere?«

»Ich hab nur den einen gesehen.«

»Einen Mann? Haben Sie ihn erkannt?«

»Nein. Es ging alles so schnell. Wir hatten im Wohnzimmer nur den Fernseher an und sonst kein Licht. Ich glaube, er war schwarz angezogen und hatte eine Maske auf.«

»Was hat Ihr Mann gemacht, als die Scheibe eingeschlagen wurde?«

»Ich dachte, er ist direkt hinter mir. Aber ich weiß es nicht.« Jetzt fließen die Tränen ungehindert. Frau Hoffmanns Körper wird von Schluchzern geschüttelt.

»Was ist passiert, als sie aufwachten?«

»Ich erinnere mich nicht. Die ganze Nacht ist ein Flimmern

in meinem Kopf. Da ist nur ein großes schwarzes Loch. Je mehr ich nachdenke, umso verschwommener wird alles. Was ist mit Nora?«

»Wir tun alles, um sie zu finden«, sage ich und löse damit einen erneuten Heulkrampf aus. Ich spüre Alex' Hand an meiner Schulter.

»Danke für Ihre Zeit, Frau Hoffmann«, sagt er und beendet damit unser Gespräch. Widerwillig lasse ich mich in Richtung Tür schieben.

»Ich war noch nicht fertig«, beschwere ich mich, als wir draußen auf dem Gang angekommen sind.

»Du hast doch gesehen, wie sie das mitnimmt«, zischt Alex.

»Aber wir müssen den oder die Täter finden und dürfen keine Zeit verlieren. Da können wir nicht übermäßig Rücksicht nehmen.«

»Die Frau ist überfallen worden. Ihr Mann ist tot, und ihr Kind wird vermisst. Da ist etwas Rücksicht das Mindeste. Zumal sie sich an nichts erinnert.«

»Vielleicht kann man ihrem Gedächtnis ja auf die Sprünge helfen.«

»Vielleicht könntest du einen Kurs zum Thema Taktgefühl besuchen.«

Einen Moment lang sehen wir einander schweigend an, doch bevor einer von uns etwas sagen kann, hören wir hinter uns ein panisches »Warten Sie!«.

»Wo ist meine Tochter? Lassen Sie mich durch!«

Der Arzt, mit dem wir uns eben unterhalten haben, versucht ohne Erfolg, den Mann zurückzuhalten, der jetzt über den Flur auf uns zustürmt. Alex' Augen weiten sich, doch binnen einer Sekunde hat er sich wieder gefangen und positioniert sich vor der Tür, sodass der Mann keine andere Wahl hat, als stehen zu bleiben. Er muss um die sechzig sein. Jeans und Hemd sitzen wie angegossen, kein einziges der grauen Haare tanzt aus der Reihe. Obwohl Alex ihn um einen Kopf überragt, nimmt der Mann gefühlt mehr Platz ein. Er strotzt nur so vor Selbstbewusstsein und weicht nicht einen Zentimeter zurück. »Lassen Sie mich durch«, sagt er mit ruhiger Stimme, die keine Widerworte gewohnt ist. Seine eisblauen Augen taxieren Alex.

»Alexander Fischer von der Polizei Bad Laasphe«, stellt Alex sich mit ebenso fester Stimme vor. »Können Sie sich ausweisen?«

Der Mann schüttelt den Kopf, als wäre es das Unmöglichste, was man von ihm verlangen könnte. Doch dann holt er sein Portemonnaie aus der Gesäßtasche und hält Alex seinen Ausweis unter die Nase. »Oscar Hoffmann. Ich bin Mareikes Vater. Wie weit sind Sie mit Ihren Ermittlungen schon gekommen?«, will er wissen.

»Dass ich Ihnen darüber keine Auskunft geben darf, verstehen Sie hoffentlich.«

Mittlerweile ist der Arzt bei uns angekommen. »Ihre Tochter kann jetzt keine Aufregung vertragen«, wiederholt er, was er auch uns schon gesagt hat.

»Ich will mich versichern, dass es ihr gut geht und hier alles für sie getan wird«, poltert Hoffmann. »Und dass auch die Polizei alles für sie tut.«

»Das ist selbstverständlich«, erwidert Alex. »Lass uns in die Pathologie gehen«, sagt er und berührt mich kurz am Arm, bevor Hoffmann noch etwas sagen kann.

Ich atme tief durch, dann folge ich ihm. Ich gebe mir keine allzu große Mühe zu verstehen, was Hoffmann in seinen nicht vorhandenen Bart nuschelt, als wir ihn auf dem Flur stehen lassen.

Im Aufzug, der uns hinunter zur Leichenhalle bringen soll, beginne ich zu frösteln.

»Alles okay?« Alex wirft mir einen Seitenblick zu.

Ich nicke. Auf dem Weg in die Pathologie wird mir immer kalt. Ich habe schon alles versucht. Wollpullover. Tee. Ohne Erfolg. Dieses Gefühl ist in mir drin, und ich kann nichts dagegen tun, auch wenn der Besuch in der Pathologie mittlerweile

Routine für mich sein sollte. Mir wird kalt, schon bevor ich bei der Leiche ankomme. Alex legt den Arm um meine Hüfte und zieht mich an sich, um mich zu wärmen. Nach unserem Disput von eben könnte es Schlimmeres geben.

»Was war das denn gerade?«, frage ich mit klappernden Zähnen. »Den Ausweis hättest du nicht gebraucht, erzähl mir nichts, du kanntest den Typen.«

»Das war Oscar Hoffmann, wie er leibt und lebt«, sagt Alex. Seine Hände sind zu Fäusten geballt. Er richtet den Blick an die Decke und lacht tonlos. »Es ist ja nicht so, dass ein Mord mit Kindesentführung nicht schon genug Aufmerksamkeit auf sich zieht. Es muss auch noch die Enkelin von Oscar Hoffmann sein, die entführt wird.«

Bevor ich weitere Fragen stellen kann, sind wir unten angekommen, und Alex verlässt den Aufzug nahezu fluchtartig.

Vor einem der ersten Büros bleiben wir stehen. Alex klopft und lässt mir den Vortritt.

»Guten Morgen!«, begrüßt uns der Mann, der die Tür öffnet. Er ist Mitte vierzig und hat freundliche braune Augen. Alex überragt uns beide um Längen, was auch der Mann bemerkt. »Endlich hast du dir mal jemanden auf meiner Augenhöhe ausgesucht«, richtet er das Wort an ihn und strahlt mich danach freudig an. »Die Leute, die er sonst hier anschleppt, können aus der Dachrinne saufen. Da ist mir jemand in meiner Größe ganz recht. Ich bin Paul Rother.« Sein Händedruck ist warm und fest. Ich weiß jetzt schon, dass ich ihn mag.

Wir stehen um Leopold Hoffmanns Leiche herum und lauschen Pauls Ausführungen, auch wenn ich das Gefühl habe, dass Alex mit seinen Gedanken ganz woanders ist. »Schuss zwischen die Augen aus circa einem Meter Entfernung. Das war ein Präzisionstreffer, meine Güte! Kann sein, dass euer Täter dieses Jahr Schützenkönig wird.«

»Aus dieser Distanz dermaßen genau zu treffen ist nicht allzu bemerkenswert«, entgegne ich. »Bei einem Meter Entfernung muss kein Profi am Werk gewesen sein. Zumal das

Opfer auf dem Sofa saß und sich vermutlich nicht bewegt hat.«

Paul Rother sieht mich wortlos an. Offensichtlich ist er anderer Meinung. Nach einem Moment nimmt er den Faden wieder auf: »Das Projektil ist im Hinterkopf stecken geblieben. Kleinkaliber. Ich habe die Kugel entfernt, Murat hat sie seit heute Morgen vorliegen. Damit wisst ihr schon, welcher Waffentyp benutzt wurde. Und vielleicht habt ihr ja Glück und findet damit sogar die Tatwaffe im System. Der Schuss war auch die Todesursache. Der Tod ist zwischen dreiundzwanzig und ein Uhr eingetreten.«

»Die Nachbarn haben den Schuss gehört. Genaueres zum Todeszeitpunkt erfahren wir hoffentlich heute Nachmittag«, werfe ich ein, während ich mir Notizen mache.

»Abgesehen von dem einen Kopfschuss gab es bei der Leiche nichts Außergewöhnliches festzustellen«, fährt Paul fort. »Im Magen befanden sich Rückstände von etwas wie Saftschorle und einem Mittel gegen Durchfall.«

»Wann hat er das eingenommen?«

»Ungefähr dreißig Minuten vor seinem Tod.«

»Das erklärt, warum er so früh aufgestanden ist«, murmele ich. Und den Gestank im Bad, füge ich in Gedanken hinzu.

»Sollten wir sonst etwas wissen?«, fragt Alex.

Paul schüttelt den Kopf. »Wenn ihr noch Fragen habt, wisst ihr ja, wo ihr mich findet.«

»Danke.« Die beiden Männer geben einander die Hand, dann wendet Paul sich mir zu. »Hat mich gefreut, Caro.«

»Mich auch.« Ich erwidere sein Lächeln und seinen Händedruck. Endlich ein Teammitglied, das mich nicht behandelt wie einen Eindringling.

Nur bei meinen Fragen kann Paul mir nicht weiterhelfen, fürchte ich. Denn nach dem Besuch bei Frau Hoffmann und der Szene vorhin auf dem Flur habe ich davon mehr als zuvor.

3

»Keine Spur vom Kind« ist die erste demotivierende Botschaft, als wir uns wieder zusammen im Besprechungsraum einfinden. Anna hat vor ein paar Minuten sämtliche auf Nora angesetzte Beamte angefunkt, aber es gibt nach wie vor nichts Neues.

»Keine Spur vom Täter«, fügt Murat hinzu, der die Zeugenaussagen der Nachbarn koordiniert.

»Und keine brauchbare Aussage von Mareike Hoffmann«, ergänzt Alex. »Die im Übrigen Oscar Hoffmanns Tochter ist.«

Ein Raunen geht durchs Besprechungszimmer.

»Kann mir jetzt endlich mal jemand erklären, wer dieser ominöse Oscar Hoffmann ist?«, frage ich genervt.

Wider Erwarten ist es Anna, die sich aufrichtet und mir antwortet. »Oscar Hoffmann ist der Besitzer eines Landmaschinenimperiums mit Sitz in Bad Berleburg«, erklärt sie. »Mittlerweile gibt es dafür hier in der Gegend nur noch sein Unternehmen. Wann immer dein Traktor den Geist aufgibt oder du einen neuen Mähdrescher brauchst: Oscar Hoffmann ist deine Anlaufstelle. Und das nicht nur in Wittgenstein, sondern im ganzen Siegerland und Sauerland.«

»Also müssen wir unsere Pressemitteilung noch mal überarbeiten«, sagt Alex mit zusammengebissenen Zähnen. »Zumindest müssen wir auf Fragen in dieser Richtung vorbereitet sein.«

»Was hat es in der Wohnung der Hoffmanns für Erkenntnisse gegeben?«, frage ich, bevor wir unser eigentliches Ziel aus den Augen verlieren.

Ingrid sieht mich so an, als würde es ihr körperliche Schmerzen bereiten, meine Frage zu beantworten. Da auch Alex sie erwartungsvoll anschaut, sagt sie endlich: »Es scheint so, als wäre die Wohnung durchsucht worden. Frau Hoffmann muss das bestätigen, aber sämtliche Wertsachen scheinen noch da zu sein: die Portemonnaies inklusive Bargeld und Kreditkarten.

Handys und Laptops. Es wirkt so, als hätte man einen Raubüberfall lediglich vortäuschen wollen. Dafür spricht auch, dass die Scheibe der Balkontür von innen eingeschlagen wurde.«

»Von innen?«, fragt Murat ungläubig.

Ingrid nickt.

Einen Moment lang macht sich fassungslose Stille im Raum breit.

»Zeig uns die Fotos«, bittet Alex Ingrid schließlich.

Die wirft mir wieder einen Blick zu, den ich nicht deuten kann. Dann sieht sie zu Anna und Murat hinüber und schaltet den Beamer ein. Kurze Zeit später werden die Tatortbilder auf der Leinwand sichtbar. In der Küche gibt es nichts Ungewöhnliches. Doch im Wohnzimmer liegen in der Tat sämtliche Scherben der Türscheibe draußen auf dem Balkon, der Wohnzimmerboden ist scherbenfrei. Das Zimmer selbst ist verwüstet, alle Schränke wurden ausgeräumt. Im Arbeitszimmer setzt sich das Chaos fort: Ordner und Papiere liegen auf dem Boden verteilt herum. Sogar der Schreibtischstuhl wurde in der Hektik umgeworfen.

»Wenn alle Wertsachen noch da sind, hat der Täter vielleicht etwas Bestimmtes gesucht«, mutmaße ich. »Zur Not müssen wir warten, bis Mareike Hoffmann aus dem Krankenhaus entlassen ist und feststellt, ob Unterlagen fehlen. Gibt es schon Ergebnisse der Fingerabdrücke?«

»Wir sind dran.«

»Eine Lösegeldforderung ist nicht eingegangen, oder?« Alex blickt in die Runde, erntet aber nur Kopfschütteln.

Ingrid ruft die Fotos von der Leiche auf. »Den Sanitätern zufolge lag das Kissen dort auf Leopold Hoffmanns Gesicht, als sie in die Wohnung kamen.«

»Spricht dafür, dass der Täter sich geschämt hat, nachdem er Hoffmann getötet hatte«, meint Murat.

Ich starre gedankenverloren in mein Notizbuch.

»Was denkst du?«, fragt Alex mich.

»Irgendwas an der Sache ist merkwürdig. Wenn der Einbruch vorgetäuscht wurde, ist der Täter nicht über den Balkon, sondern durch die Wohnungstür reingekommen. Gab es dort Einbruchspuren?«

»Nein«, antwortet Ingrid.

»Also haben Hoffmanns ihn wahrscheinlich gekannt und ins Wohnzimmer gelassen. Der Täter zerbricht dort die Balkonscheibe, möglicherweise mit seiner Waffe. Mareike Hoffmann sprintet los, aber der Täter schlägt sie nieder. Was macht ihr Mann währenddessen?«

Murat zuckt die Schultern. »Vielleicht war er auf dem Klo. Er hatte anscheinend Durchfall.«

»Laut Mareike Hoffmann saß er neben ihr, als die Scheibe eingeschlagen wurde«, entgegne ich. »Sie spricht also von einem Einbruch über den Balkon, den es offensichtlich nicht gab. Und der Täter musste an Leopold Hoffmann vorbei, um sie zu erreichen. Der hätte ihn entweder überwältigen können oder auf den Balkon laufen und um Hilfe schreien.«

»Vielleicht haben Täter und Waffe ihm Respekt eingeflößt, und er hat sich deswegen nicht vom Fleck bewegt«, vermutet Anna. »Und Mareike Hoffmann hat einen Schlag auf den Kopf bekommen. Sie kann sich doch an so gut wie nichts erinnern, oder?«

Ich bin skeptisch, auch Alex gibt sich damit nicht zufrieden.

»Gehen wir mal davon aus, dass Leopold Hoffmann sitzen geblieben ist und dass der Täter etwas Bestimmtes gesucht hat«, sagt er. »Hoffmann konnte ihm anscheinend nicht sagen, wo genau es ist, sonst hätte er nicht die gesamten Schränke ausräumen müssen. Vielleicht hat er Hoffmann erschossen, damit er sich auf die Suche konzentrieren konnte. Aber dann blieb ihm nicht viel Zeit, er konnte sich ja denken, dass nach dem Schuss jemand die Polizei rufen würde.«

»Vielleicht hat der Täter ihn ja erst erschossen, als er hatte, was er suchte«, sagt Ingrid genervt.

»Und riskiert, dass er überwältigt wird, während er mit der Suche beschäftigt ist?« Ich schüttele den Kopf.

»Außerdem: Warum Leopold Hoffmann erschießen und Mareike Hoffmann nur niederschlagen?«, fragt Alex in die Runde. »Am Ende weiß sie ja, was der Täter mitgenommen hat. Und er konnte nicht sicher sein, dass sie sich nicht an ihn erinnern würde.«

»Selbst wenn sie sich an ihn erinnern kann: Sie wird ihn nicht verraten«, entgegne ich.

Alex sieht mich einen Moment lang an. »Er hat ihr Kind«, sagt er dann leise.

»Und solange er ihr Kind hat, wird sie nach seiner Pfeife tanzen. Ich werde Mareike Hoffmann trotzdem dazu befragen.«

»Vielleicht kommt ja noch eine Lösegeldforderung, die wir zurückverfolgen können«, meint Alex. »Bei dem Großvater wäre es schon merkwürdig, wenn keine eingehen würde«, murmelt er, eher zu sich selbst. Auf einmal sieht er unfassbar müde aus. Doch er reibt sich kurz über die Augen und setzt sich wieder aufrecht hin. Dann teilt er uns unsere weiteren Aufgaben zu: »Anna, lass uns über die Pressemitteilung schauen, die heute Abend rausgeht. Vielleicht hat jemand Nora gesehen. Murat, fahr noch mal zu den Marburgers aus dem Obergeschoss. Nimmst du Caro mit? Anschließend kümmerst du dich um den Projektilvergleich. Vielleicht haben wir ja was in der Datenbank.«

Bei der Erwähnung meines Namens reißt Murat die Augen auf. Ich rechne schon damit, dass er sich beschwert. Aber dann nickt er, und wir erheben uns.

Auf der Fahrt nach Richstein suche ich fieberhaft nach einem Gesprächsthema für Murat und mich, aber mir will partout nichts einfallen. Mein Start hier bei der Bad Laaspher Polizei könnte nicht besser laufen, denke ich zerknirscht. Wenigstens kann er sich so auf die enge, kurvige Straße konzentrieren. Als wir das von Blumenkästen dekorierte »Richstein«-Schild auf der rechten Straßenseite sehen, atme ich auf. Jetzt ist es nicht mehr weit. Im Ort geht es über eine kleine Brücke, an der Feuerwache und kleinen Fachwerk- und Schieferhäusern vorbei in die Straße An der Kegelbahn.

»Warum nennt man eine Straße so?«, platzt es aus mir heraus.

»Keine Ahnung. Vielleicht gab es hier mal eine Kegelbahn. Wenn dich das wirklich interessiert, musst du Anna fragen. So was weiß sie.«

Die Straße ist winzig. Wie hier gestern zahlreiche Polizeifahrzeuge und der Krankenwagen Platz gefunden haben, ist mir heute ein Rätsel. Der einzige freie Platz, der nicht zu einem der umliegenden Häuser gehört, ist bereits von einem Streifenwagen belegt. Murat lenkt sein Auto auf den Hof der Marburgers und Hoffmanns und parkt vor einer der beiden Garagen. »Eine Partei liegt im Krankenhaus, zur anderen wollen wir jetzt, also stehen wir niemandem im Weg«, erklärt er und steigt aus.

Das gepflegte Fachwerkhaus ist eines der größten in der Straße, wenn nicht sogar in ganz Richstein. Es hat vor nicht allzu langer Zeit einen neuen Anstrich bekommen, der Hof ist neu gepflastert. Wir sehen uns einen Moment lang draußen um. Ich suche Murats Blick. »Einladend«, bestätigt der meinen Eindruck. »Die Besitzer sind anscheinend nicht knapp bei Kasse.«

Während Christoph Marburger lediglich übermüdet wirkt, sieht Susanne Marburger noch mitgenommener aus als vor ein paar Stunden. Die Augen sind gerötet und verquollen, ihr Mund ist verkniffen, ihr Händedruck kraftlos. In der Küche lässt sie sich auf den nächsten Stuhl fallen, wo sie in sich zusammensinkt. Als ihr Mann nach ihrer Hand greifen will, zieht sie diese weg. Er zuckt mit den Schultern und wirft mir einen Blick zu, der »Was will man machen?« bedeuten soll.

Nachdem die beiden uns einen Kaffee angeboten und wir ihre Personalien festgestellt haben, kommen wir zu den Geschehnissen der vorherigen Nacht. »Erzählen Sie uns, was passiert ist«, bitte ich sie.

Als Christoph Marburger das Wort ergreift, bin ich nicht überrascht.

»Wir waren im Bett und haben geschlafen. Es war ja schon spät. Und morgens gehen wir an Werktagen alle zusammen aus dem Haus. Susi und ich fahren zur Arbeit, unsere Tochter Antonia geht in die Schule. Auf einmal gab es in der Wohnung unter uns einen fürchterlichen Knall. Davon sind wir hochgeschreckt. Wir konnten das Geräusch gar nicht zuordnen, wissen Sie. Beim zweiten Knall waren wir uns sicher, dass da Glas zu Bruch gegangen ist. Als dann der Schuss fiel, habe ich die 110 gewählt, während meine Frau nach Antonia geschaut hat.«

»Wie viel Zeit lag zwischen den beiden Geräuschen und dem Schuss?«, frage ich und schaue Susanne Marburger an, aber die starrt nur vor sich hin.

»Der erste und der zweite Knall folgten direkt aufeinander«, antwortet ihr Mann. »Dazwischen lagen vielleicht ein paar Sekunden. Dann haben wir einen Moment gelauscht, was dort unten passiert, woll, Susi?«

Keine Antwort.

»Der Schuss kam so eine Minute später«, fährt Christoph Marburger fort. »Vielleicht haben wir zu lange gewartet, bis wir den Notruf gewählt haben. Aber wir konnten ja nicht ahnen, dass da eine Scheibe eingeschlagen wurde. Wissen Sie, man will ja auch nicht die Polizei rufen, und dann ist nur etwas für die Kleine aus dem Schrank gefallen und kaputtgegangen.«

Ich denke an Mareike Hoffmanns Aussage, dass sie letzte Nacht wegen des Babys aufgestanden ist. »Wo wir gerade von der Kleinen reden: Sie waren sich ja nicht sicher, ob sie überhaupt zu Hause war?«

Marburger nickt.

»Hat sie sich bei dem Lärm nicht bemerkbar gemacht? Oder schon vorher?«

»Wir haben nichts mitbekommen.«

»Haben Sie außer den beiden Knallen oder dem Schuss

noch etwas gehört? Stimmengewirr? Schläge? Ein Rumpeln, als würde jemand zu Boden gehen?«

Wieder sieht Marburger in Richtung seiner Frau, aber die blickt nach wie vor teilnahmslos vor sich hin. Er überlegt, aber schüttelt irgendwann frustriert den Kopf. »Es ging alles so schnell, ich weiß es nicht.« Er zögert. »Wissen Sie, das ist kein guter Zeitpunkt, und ich will nicht, dass das, was ich sage, falsch rüberkommt.« Er schweigt kurz, bis ich ihm bedeute fortzufahren. »Die Kleine hat permanent geschrien. Anfangs war es nicht auszuhalten. Aber irgendwann gewöhnt man sich an diesen Geräuschpegel. Vielleicht kann ich mich deswegen nicht so genau daran erinnern, ob Nora letzte Nacht geweint hat.«

Er zuckt hilflos mit den Schultern. »Sie schrie andauernd. Irgendwann hört man es nicht mehr bewusst. Dass Babys Lärm machen, ist vollkommen normal. Wir haben selbst eine Tochter, wir wissen, wie das ist. Aber die Hoffmanns waren mit dem Baby total überfordert, wenn Sie mich fragen.«

Ich lasse diese Erkenntnis kurz sacken und hake die Notiz ab, die ich mir heute Morgen bei meinem ersten Gespräch mit den beiden gemacht habe.

»Ist Ihnen noch etwas aufgefallen? Haben Sie gesehen, wie jemand weglief?«, fragt Murat dann.

Ich zucke zusammen. Für kurze Zeit hatte ich vergessen, dass er neben mir sitzt.

Überraschenderweise setzt Susanne Marburger sich jetzt auf. Sie nickt. »Ich glaube, ich habe jemanden wegrennen sehen. Du warst noch am Telefon«, erklärt sie ihrem Mann, der sie ungläubig ansieht. »Nachdem der Schuss fiel, dauerte es vielleicht eine halbe Minute, dann sah ich jemanden in den Garten laufen.«

»Hatte er etwas unter dem Arm?«, frage ich nach. Das Baby? Einen Aktenordner?

Sie zieht die Schultern hoch.

»Hat Ihre Tochter etwas bemerkt?«

Die beiden wechseln einen Blick. »Sie lag im Bett. Und gesagt hat sie nichts«, schließt Marburger.

Und Sie haben nicht gefragt, würde ich am liebsten antworten, aber ich presse die Zähne aufeinander und nehme stattdessen einen Schluck Kaffee.

»Waren Sie oft in der Wohnung der Hoffmanns?«, fragt Murat.

Christoph Marburger wackelt mit dem Kopf. »Hin und wieder. Wir hatten ja das Babyfon.«

»Würden Sie uns bitte Ihre Fingerabdrücke geben? Das würde uns die Ermittlungsarbeit erheblich erleichtern.«

Christoph Marburger kommt Murats Bitte direkt nach. Seine Frau führt die Geste widerwillig aus.

»Eventuell müssen wir das auch von Ihrer Tochter verlangen«, sage ich, als die beiden fertig sind. »Wie alt ist Antonia?«

»Sechzehn«, antwortet Frau Marburger.

»Da sie minderjährig ist, brauchen wir dafür Ihre Einverständniserklärung.«

»Ist das wirklich nötig?«, fragt Marburger. »Ich weiß gar nicht, wann sie das letzte Mal in der Wohnung von Leo und Mareike war.«

»Wir schauen mal, was die Analyse der Fingerabdrücke ergibt. Wenn wir welche finden, die wir nicht zuordnen können, kommen wir auf Sie zurück.«

In der Küche halte ich Marburger kurz zurück. »Ist mit Ihrer Frau alles in Ordnung?«, frage ich ihn leise.

»Sie ist nur ein wenig müde«, antwortet er. »Es ist ein merkwürdiges Gefühl, wenn in der Wohnung unter Ihrer eingebrochen und ein Mensch erschossen wird.«

»Das verstehe ich. Ein Streifenbeamter hält regelmäßig vor der Haustür Wache. Und wir tun alles, um das Fenster bei den Hoffmanns austauschen zu lassen, damit dort niemand mehr einsteigen kann.«

Marburger nickt mir zu. Ich bedanke mich, dann beschleunige ich meinen Schritt, um Murat einzuholen.

Draußen sehen wir uns an der Rückseite des Hauses noch einmal um. An beiden Balkonen hängen zahlreiche Blumenkästen, die den einladenden Eindruck von vorhin verstärken. Im Kasten des unteren Balkons sind die Blumen leicht ramponiert. War das der Einbrecher? »Ingrid weiß bestimmt Bescheid«, beruhigt Murat mich. Ich mache zur Sicherheit trotzdem ein Bild von hier unten.

Auf dem Rückweg zum Auto fällt mir eine ältere Dame auf, die uns aus dem Fenster des Hauses nebenan neugierig beobachtet. Als sie bemerkt, dass ich sie gesehen habe, weicht sie von der Scheibe zurück.

»Die Dame wurde bereits befragt und hat nichts gesehen«, sagt Murat nach einem kurzen Blick auf seinen Notizblock. »Obwohl sie sich anscheinend da im Fenster häuslich eingerichtet hat.« Auch die übrigen Nachbarn hier in der Straße konnten den Kollegen nichts Wesentliches mitteilen. Mittlerweile wurden alle angetroffen. Und so bleibt uns nichts weiter zu tun, als zurück nach Bad Laasphe zu fahren. Dort setzt Murat sich an die Analyse des Projektils. Vielleicht haben wir Glück, und die Waffe, die wir suchen, ist bereits bei einem anderen Verbrechen verwendet worden. Ingrid ist mit der Analyse der Fingerabdrücke beschäftigt. Alex und Anna sitzen über der Pressemitteilung, die in den Zwanzig-Uhr-Nachrichten verlesen werden wird.

Und ich?

Ich habe so viele Fragen, dass das Pochen in meinem Kopf langsam zu einem Dröhnen wird.

4

Sie schreit. Ununterbrochen schreit sie. Erst dachte er, sie wäre überdreht. Nachts um eins aus dem Bett gerissen zu werden ist für einen Erwachsenen schon nicht angenehm. Wie muss es da für ein Baby sein?

Aber sie hört nicht auf. Und das, obwohl er Hasi mitgenommen hat. Nora liebt Hasi abgöttisch. »Hasi« war ihr erstes Wort, das einzige, das sie immer wieder sagt. Selbst an Tagen wie diesem, an denen sie so gut wie gar nicht spricht. Den Plüschhasen mitzunehmen war wichtig. Und er ist froh, dass er bei allem, was schiefgelaufen ist, wenigstens daran gedacht hat.

Aber Hasi beruhigt Nora nicht. Nicht dieses Mal. Sie nimmt ihn nicht einmal wahr.

Er hätte nie gedacht, dass das weinende Bündel in seinen Armen ihm zu schwer werden könnte. Aber jetzt trägt er das Baby seit Stunden vor und zurück. Quer durch den Raum. Immer wieder. »Ich glaube, mir fallen die Arme ab«, ächzt er.

»Du musstest dich noch nicht lange um sie kümmern«, kommt die Klage aus dem Telefon. »Warte mal ab, bis du sie den ganzen Tag an der Backe hast.«

Er erwidert nichts, denn sie hat recht. Er wüsste nicht, wie er das hier ohne sie überstehen würde.

»Nur noch ein paar Tage«, beruhigt er sie. Ein paar Tage, dann würden sie es geschafft haben.

Er sieht in das verzerrte weinende Babygesicht. »Durchhalten«, murmelt er.

Er weiß nicht, ob er damit dem Baby Mut zuspricht oder sich selbst.

5

Dienstag

»Habt ihr das Baby gefunden?«

»Dir auch einen guten Morgen.«

Meine Mutter sitzt am Küchentisch und hat auf meinem Platz den Zeitungsartikel mit der Pressemitteilung drapiert. Wenigstens steht daneben eine Tasse Kaffee für mich. Die Zeitung schiebe ich von mir weg. Ich kenne den Wortlaut. Alex hat Anna und mich gestern über den Artikel schauen lassen, und ich habe natürlich vor dem Fernseher gesessen, als sie auch dort die Pressemitteilung verlesen haben. Anna hat einen guten Job gemacht, und die Kameras lieben sie, das muss ich neidlos anerkennen.

»Wir haben weder das Baby noch den Mörder von Leopold Hoffmann gefunden. Vielleicht sind über Nacht ja Hinweise eingegangen. Freiwillige beteiligen sich an der Suche.« Mir ist jetzt schon schlecht beim Gedanken an die zahlreichen Anrufe, die heute auf uns einprasseln und uns nicht ein Stück weiterbringen werden.

»Meinst du, wir müssen uns Sorgen machen, dass der Einbrecher wieder zuschlägt?«

»Nicht mehr als sonst.«

»Aber da läuft jemand mit einer Waffe durch die Gegend!«

»Der sich im Moment um ein einjähriges Baby kümmern muss, das permanent schreit, wenn man den Nachbarn Glauben schenkt. Der hat keine Zeit mehr, woanders einzubrechen.«

Sie sieht mich mit großen Augen an. »Hast du gestern was gegessen? Ich könnte dir ein Brot machen.«

»Mama, ich habe alleine in Wiesbaden gelebt und bin dort nicht verhungert!«

»Das heißt dann wohl Nein.«

»Ich nehme mir einen Apfel mit«, grummele ich und stehe auf. »Ich muss los.« Ich werfe ihr einen Kuss zu, dann bin ich schon aus der Tür. Auf dem Weg zum Auto schicke ich Alex eine Nachricht: »Darf ich heute Nacht bei dir schlafen?«

Bevor ich den Motor anstelle, erhalte ich seine Antwort: »Ich dachte schon, du fragst nie.«

»Keine brauchbaren Hinweise. Nur besorgte Bürger, die wissen wollen, ob sie sich nachts vor die Tür trauen können«, fasst Anna die Anrufe des gestrigen Abends zusammen. Sie sieht genauso müde aus, wie ich mich fühle.

»Von Beschwerden über die schlampige Arbeit der Polizei ganz zu schweigen«, ergänzt Murat und lacht bitter auf. »Das Projektil wurde aus einer Glock abgefeuert, hat aber keinen Treffer in unserer Datenbank geliefert.«

Beide reden mit Alex. Ich werde geflissentlich ignoriert, obwohl ich neben ihm sitze. Nervös spiele ich an meiner Ponysträhne herum. Ich überlege, mich zu beschweren, aber die Stimmung ist angespannt genug. Und vielleicht bilde ich mir das auch nur ein.

»Wir brauchen die Fingerabdrücke von Antonia Marburger«, verlangt Ingrid. »Es gibt immer noch unbekannte Abdrücke, die ich nicht zuordnen kann. Von den Marburgers haben wir jede Menge gefunden.«

»Nicht überraschend. Sie hatten sogar einen Schlüssel, um nach dem Baby zu sehen«, sage ich.

Ingrid durchbohrt mich mit ihren Augen.

»Caro fährt gleich erst ins Krankenhaus. Wenn du Antonia Marburgers Abdrücke bald brauchst, müsstest du dich selbst darum kümmern«, bittet Alex sie. Sie überlegt kurz, aber dann nickt sie.

»Wir brauchen eine Liste mit sämtlichen Familienangehörigen, die sich in der Nähe aufhalten. Von Leopold Hoffmanns Eltern und Mareike Hoffmanns Vater wissen wir. Aber wen gibt es noch? Bei einer Kindesentführung kommt der Täter oft aus dem Familienumkreis. Das müssen wir prüfen.«

»Wir sind hier nicht in Wiesbaden, hier gibt es keine Pädophilen«, unterbricht Ingrid mich.

Ich atme tief durch, um ihr so ruhig wie möglich zu antworten: »Ich rede nicht von Pädophilie.« Zumindest noch nicht. »Womöglich ist den Angehörigen etwas aufgefallen. Leopold Hoffmann ist in den Kopf geschossen worden, sie könnten wissen, ob er mit jemandem Streit hatte. Zumal sein Schwiegervater ja eine gewisse Macht zu haben scheint. Vielleicht gab es innerhalb der Familie Spannungen.«

»Susanne Marburger hat erwähnt, dass sie in der Tatnacht einen Mann weglaufen sah«, sagt Murat. »Möglich, dass sich dazu jemand meldet. Wir sollten noch mal mit den Nachbarn reden.«

»Übernimm du das bitte.« Alex nickt ihm zu. »Ingrid, du bist sicherlich noch eine Weile mit der Sichtung der Unterlagen beschäftigt. Anna, ab nach Hause mit dir, danke, dass du heute Abend den nächsten Pressetermin übernimmst und Telefondienst schiebst.« Dann schlägt er mit der flachen Hand auf den Tisch. Das Gespräch ist beendet. »An die Arbeit!«

Stühlerücken. Gemurmel. Ich begebe mich zum Ausgang. Kurz überlege ich, Alex in seinem Büro aufzusuchen. Wir haben uns heute noch gar nicht unter vier Augen gesprochen, geschweige denn begrüßt. Ein Kuss ist bestimmt normal, auch am Arbeitsplatz. In diesem Moment wird mir die Entscheidung jedoch abgenommen.

»Sie können hier nicht einfach so reinplatzen!«, höre ich Anna aus dem Flur.

»Glauben Sie mir, ich kann.«

Dieselbe Stimme wie gestern, das gleiche unwirsche Auftreten. Wieder eine locker sitzende Jeans und ein kariertes Hemd: ein bequemes und nicht zu abgehobenes Outfit. Und doch sieht man den Klamotten an, dass sie nicht billig waren. Wenn er sich immer so verhält, macht der Mann sich bestimmt nicht nur Freunde. Ich setze ein strahlendes Lächeln auf, als er mir entgegenkommt.

»Guten Morgen, Herr Hoffmann«, flöte ich.

Hinter Oscar Hoffmann taucht eine empörte Anna auf. Als sie sieht, dass ich mich um unseren ungebetenen Gast kümmere, grinst sie mich an, dann dreht sie sich um und marschiert wieder in Richtung Ausgang. Mir ist klar, dass sie mir dieses Vergnügen gönnt.

»Wo ist Ihr Vorgesetzter?«, lenkt Hoffmann meine Aufmerksamkeit wieder auf sich.

»Kommen Sie mit, Herr Fischer hat gleich bestimmt ein paar Minuten für Sie.«

»Das hoffe ich für ihn.«

Hoffmann folgt mir ins Besprechungszimmer und nimmt sich ungefragt eine Flasche Wasser vom Tisch. Ich beschließe, sein Verhalten nicht weiter zu kommentieren, und stürme stattdessen in Alex' Büro.

Überrascht sieht der von seinen Unterlagen auf. »Was machst du denn noch hier? Du wolltest doch –«

»Oscar Hoffmann will mit dir reden.«

Alex verzieht das Gesicht. »Welche Freude«, sagt er trocken und steht auf. Dabei wirkt er so, als trüge er eine zentnerschwere Last mit sich. »Hast du noch fünf Minuten? Dann muss ich mir den Kerl nicht allein geben.«

»Klar.«

Im Besprechungszimmer hat Hoffmann die erste Flasche Wasser fast leer getrunken.

»Kann ich Ihnen einen Kaffee bringen?«, frage ich ihn mit einem zuckersüßen Lächeln.

»Nein danke.«

»Guten Morgen, Herr Hoffmann, was kann ich für Sie tun?« Alex hat sich wieder gefangen und nimmt Hoffmann gegenüber Platz. Der registriert konsterniert, dass auch ich mich setze. Noch jemand, dem mein Einstieg bei der hiesigen Polizei nicht gefällt, denke ich bitter.

»Was ist Sonntagnacht passiert? Wo ist meine Enkelin?«, fragt Hoffmann, an Alex gerichtet.

»Sie wissen bestimmt, dass wir über laufende Ermittlungen keine Auskunft geben dürfen«, erwidert der. »Ich kann Ihnen lediglich sagen, dass wir alles in unserer Macht Stehende tun, um Nora wiederzufinden.«

Hoffmann schnaubt. »Besonders weit sind Sie ja noch nicht gekommen.«

»Herr Hoffmann, wo Sie schon mal hier sind: Gab es in letzter Zeit etwas Ungewöhnliches in Ihrem Umfeld?«, schalte ich mich ein, bevor die beiden Männer sich weiter gegenseitig attackieren. »Vielleicht einen Kunden, der nicht ganz zufrieden war? Einen Mitarbeiter, dem gekündigt wurde? Oder hatten Sie mit jemandem Streit?«

Hoffmann wirft mir einen Blick zu, als hätte er vergessen, dass ich mich im Raum befinde.

»Sie meinen, jemand hätte Leopold meinetwegen erschossen?«, fragt er Alex.

»Nora wird vermisst, und wir ziehen alle Eventualitäten in Betracht.«

»Bitte denken Sie nach, alles könnte wichtig sein«, ermutige ich Hoffmann.

»Darüber muss ich nicht nachdenken. Im Unternehmen Hoffmann gibt es keinen Streit, höchstens darum, wer die Provision für den nächsten Harvester einstreichen darf. Wie Sie ja wissen, werden davon in unseren Wäldern zurzeit jede Menge benötigt. Wir tun alles dafür, damit unsere Kunden in höchstem Maße zufrieden sind. Unsere Firma ist nicht umsonst so erfolgreich.« Hoffmann nickt, nicht ohne Stolz. »Wissen Sie, wir haben damals ganz klein angefangen, ich als Förster, der nebenbei seine Werkstatt betrieb, und meine Frau, Gott hab sie selig, in der Buchhaltung. Mittlerweile haben wir über zehn Mitarbeiter und sind auch über die Grenzen Wittgensteins hinaus bekannt. Da gibt es nichts, wofür ich mich schämen müsste.«

»Davon reden wir ja nicht«, beruhigt Alex ihn. »Aber wie Sie schon sagten: Sie sind eine Größe hier in der Region, das macht Sie angreifbar. Wenn Ihnen irgendetwas einfällt oder jemand Kontakt zu Ihnen aufnimmt, melden Sie sich bitte.«

Hoffmann erhebt sich. »Ich gehe davon aus, dass Sie dasselbe tun. Meine Enkelin ist mir sehr wichtig, Herr Fischer. Ich will über jeden Schritt informiert werden. Das weiß auch Ihr Vorgesetzter.«

Diesmal bin ich froh, dass er sich wieder nur an Alex wendet, denn ich hätte mit Sicherheit eine gereizte Antwort parat.

Alex spart sich die Belehrung von eben und nickt Hoffmann lediglich zum Abschied zu.

Ich springe auf. »Bitte begleiten Sie mich kurz zu meiner Kollegin. Wir müssen noch Ihre Fingerabdrücke abnehmen.«

Hoffmann verzieht das Gesicht.

»Reine Routine«, versichere ich ihm schnell.

Wider Erwarten lässt er sich widerspruchslos von mir zu Ingrid bringen. Die steht schon parat und nickt mir zu. Anscheinend hat Anna sie kurz in Kenntnis gesetzt, bevor sie nach Hause gegangen ist.

In der Tür zum Besprechungsraum bleibe ich stehen. Alex sitzt immer noch auf seinem Platz. »Was für ein netter Kerl«, murmelt er mit düsterer Miene.

»Oh ja, ein echtes Schätzchen. Ich sehe dann jetzt mal nach seiner Tochter.«

Alex reagiert nicht, sondern starrt lediglich auf den Tisch vor sich. Einen Moment lang verharre ich noch in der Tür, doch dann mache ich mich auf den Weg ins Krankenhaus.

6

Die Farbe ist in Mareike Hoffmanns Gesicht zurückgekehrt, und die Ränder unter ihren Augen sind nicht so dunkel wie gestern. Trotzdem wirkt sie müde und angespannt. »Guten Morgen«, sage ich leise und setze mich auf den Stuhl neben ihrem Bett. Sie nickt mir zu.

»Leider kann ich Ihnen nichts Neues berichten. Wir haben Nora noch nicht gefunden.« Ich halte nichts davon, um den heißen Brei herumzureden. Die Frau wartet auf eine Rückmeldung zu Noras Entführung, also bekommt sie diese.

Frau Hoffmann wirkt nicht sonderlich überrascht. »Ich habe den Aufruf in der Zeitung gesehen. Sie bitten jetzt die Bevölkerung um Mithilfe.«

»Wir lassen nichts unversucht. Heute Abend kommt es in den Fernsehnachrichten. Können Sie sich an etwas von vorgestern erinnern?«

Sie schüttelt den Kopf. »Je mehr ich mich anstrenge, desto weniger scheint mein Kopf es zuzulassen. Ich sehe nur diese dunkle Gestalt aus dem Augenwinkel und weiß, dass ich in Richtung Wohnzimmertür gelaufen bin, bevor ich niedergeschlagen wurde. Als Nächstes sehe ich das Telefon in meiner Hand, während ich die 112 wähle.«

»Und Ihr Mann? War der gerade auf der Toilette oder bei Ihrer Tochter, als der Einbrecher kam?«

»Nein. Er hatte zwar Durchfall. Es gab Chili zum Abendessen. Ich hätte wissen müssen, dass es für ihn zu scharf war. Aber als der Einbrecher kam, saß mein Mann auf dem Sofa. Glaube ich.« Sie zieht hilflos die Schultern hoch.

»Ihre Laptops und Handys sind noch in der Wohnung. Der Einbrecher hat nur eine ziemliche Verwüstung in Ihren Papieren angerichtet. Gibt es in diesen Ordnern etwas Besonderes, das er gesucht haben könnte?« Ich zeige Mareike

Hoffmann eines der Bilder, die ich in der Mordnacht gemacht habe.

Wieder schüttelt sie den Kopf. »In den Ordnern sind Versicherungspapiere. Steuerunterlagen. Nichts Außergewöhnliches, denke ich.«

»Gibt es ansonsten etwas von Wert in Ihrer Wohnung? Schmuck? Gold? Etwas von Interesse für den Täter?«

Sie schließt die Augen und überlegt. Irgendwann sucht sie hilflos meinen Blick. »Beim Schmuck müsste ich schauen, ob jedes Teil noch da ist. Aber andere Wertsachen? Ich weiß es nicht. Um solche Dinge hat sich immer Leo gekümmert.«

»Hatten Sie in letzter Zeit Streit mit jemandem? Hatte einer von Ihnen Probleme auf der Arbeit oder Differenzen mit Freunden?«

»Denken Sie, dass jemand von der Arbeit …?«

»Ich denke gar nichts, Frau Hoffmann. Das sind reine Routinefragen. Gibt es irgendjemanden in Ihrem Umfeld, dem Sie so eine Tat zutrauen würden? Bitte schützen Sie den Täter nicht. Wir werden Ihr Baby finden, aber wir brauchen Ihre Hilfe.«

Sie überlegt wieder einen Moment, dann gibt sie auf.

»Können Sie mir die Namen und Adressen Ihrer Familienmitglieder geben?«

»Leos Eltern wohnen in der Bergstraße in Laasphe. Meine Schwester wohnt in Niederlaasphe.« Sie gibt mir die Adresse. »Meine Mutter ist vor einer Weile verstorben. Und meinen Vater zu finden sollte nicht schwierig sein.«

»Hatte er in der letzten Zeit Streit mit jemandem?«

Mareike Hoffmann lacht trocken auf. »Sie sollten lieber fragen, mit wem mein Vater keinen Streit hat.«

»Ja, er hat eine sehr … einnehmende Persönlichkeit.«

Wieder füllen sich ihre Augen mit Tränen. »Meinen Sie, dass sich jemand an ihm rächt, indem er seine Enkelin entführt?«

»Gibt es sonst Freunde und Bekannte, die sich öfter in Ihrer Wohnung aufhalten?«, stelle ich schnell die nächste Frage, damit Mareike Hoffmann sich wieder konzentriert. »Wir müssen ihre Fingerabdrücke nehmen, um sie von denen des Täters abgrenzen zu können.«

»Aber der Täter trug doch Handschuhe!«, entgegnet Frau Hoffmann entgeistert.

»Das haben Sie in der Kürze der Zeit sehen können?«

Sie schluckt. »Na ja, er war vermummt. Dunkel gekleidet. Da ist es doch normal, dass er Handschuhe trug, oder?«

»Ebendas versuchen wir ja herauszufinden.«

Nachdem Mareike Hoffmann mir ein paar Namen und Adressen diktiert hat, verabschiede ich mich. Sie hat mir das Versprechen abgenommen, ihr beim nächsten Besuch ihr Zweithandy mitzubringen. Sie will erreichbar sein, und sowohl ihr Handy als auch das ihres Mannes liegen im Präsidium, um eventuelle Anrufe eines Erpressers abzufangen. Laut Frau Hoffmann hat sie aber ein älteres Modell nebst Ladekabel in ihrer Schublade, über das sie wenigstens Nachrichten versenden kann. Sie braucht jetzt Freunde und Familie, die ihr bei der Verarbeitung des Überfalls helfen. Und sollte sich ein Verdächtiger über dieses Handy melden, wird sie uns umgehend kontaktieren.

Ich verstehe, dass die Situation furchtbar für sie ist. Ihr Mann ist tot, und sie hat keine Ahnung, wo ihr Kind ist. Trotzdem hat unser Gespräch mir aus einem anderen Grund ein flaues Gefühl im Magen verschafft. Ich laufe auf der Station auf und ab und klopfe schließlich an die Tür des Schwesternzimmers.

»Einen Arzt? Den haben Sie verpasst. Der war heute schon zur Visite bei Frau Hoffmann.« Die Schwester legt die Akte zurück auf den Tisch und sieht mich erwartungsvoll an.

»Ich habe eine Rückfrage zu ihrem Zustand. Könnten Sie den Arzt bitte herbeirufen?«

»Das geht nicht. Der hat schon Feierabend.«

»Und ein Kollege?«

»Keiner abkömmlich.«

Am liebsten würde ich sie angreifen und einen Notfall provozieren, um zu sehen, ob wirklich kein Arzt verfügbar ist.

Aber ich lasse mir meinen Ärger nicht anmerken. Eine Möglichkeit, Antworten auf meine Frage zu bekommen, bleibt mir. Also gehe ich zum Aufzug und fahre hinunter in die Pathologie.

»Gerade dachte ich daran, dass mich hier unten mal eine schöne Frau besuchen könnte, und prompt steht eine vor mir.« Paul strahlt mich an.

Vielleicht liegt es an der eisigen Stimmung, die mir auf dem Präsidium entgegenweht, dass mich diese recht plumpe Anmache schmunzeln lässt. »Tut mir leid, aber die schöne Frau ist leider vergeben und aus beruflichen Gründen hier.«

»Hätte ich mir ja denken können, dass ein Mann wie ich nicht so viel Glück hat. Und ich dachte schon, du seist meinetwegen zurückgekommen.« Theatralisch fasst Paul sich ans Herz und lässt den Kopf sinken.

»Vielleicht hast du ja trotzdem einen Kaffee und fünf Minuten Zeit für mich.«

»Jede Minute mit dir ist eine gewonnene. Tritt ein in mein bescheidenes Reich.« Er bedeutet mir, ihm in sein Büro zu folgen.

Eine Weile plänkeln wir bei einer Tasse Kaffee herum. Irgendwann kann ich mein Anliegen nicht mehr zurückhalten. »Ich habe eine Frage an dich als Arzt«, komme ich zur Sache.

»Ich bin ganz Ohr.«

»Wie wahrscheinlich ist es, dass Mareike Hoffmann sich, nachdem sie niedergeschlagen wurde, an nichts erinnert?«

»Du meinst, sie täuscht ihre Amnesie nur vor?«

»Ich weiß es nicht. Hin und wieder scheinen ihre Aussagen nicht stimmig.« Ich seufze. »Ich bin mir nicht sicher, ob sie etwas verschweigt.«

»Bei dem Schlag, den sie auf den Hinterkopf bekommen hat, ist eine Amnesie nicht ungewöhnlich. In solchen Fällen passiert es nicht selten, dass sogar die Erinnerung an die Ereignisse *vor* dem Schlag verschwommen ist.«

Ich horche auf. »Selbst die Erinnerung davor ist nicht mehr zwingend vorhanden?«

»Hast du schon mal mit Unfallopfern gesprochen?«

»Natürlich.«

»Wie viele von ihnen konnten dir zum Unfallhergang Informationen geben?«

Ich schweige.

»Unfallopfer erinnern sich, wenn überhaupt, nur vage an den Unfallhergang. Und so ist es auch bei Mareike Hoffmann. In der Regel sind die Sekunden, wenn nicht sogar Minuten vor dem Unfall im Gedächtnis ausgelöscht.«

»Sie spricht immer wieder davon, dass sie aus dem Augenwinkel eine Gestalt gesehen hat, die über den Balkon ins Wohnzimmer eingedrungen ist, und sie daraufhin versucht hat, in den Flur zu fliehen, bevor sie niedergeschlagen wurde. Heute erinnerte sie sich daran, dass der Einbrecher Handschuhe getragen hat. Ein Detail. Aber sie kann mir nicht mit Sicherheit sagen, wo sich ihr Mann befand. Gestern hat sie behauptet, er sei hinter ihr hergelaufen.« Ich schüttele den Kopf. »Morgen ist ihre Geschichte vermutlich wieder anders. Ich weiß nicht, was ich glauben soll.«

Paul lächelt mich beruhigend an. »Ich weiß, dass das deine Ermittlungen nicht einfacher macht. Aber dieser Prozess ist normal. Frau Hoffmann versucht verzweifelt, sich an das zu erinnern, was passiert ist. Manches von dem, was sie sagt, mag stimmig sein, weil ihr Gehirn ihr den Zugriff auf diese Details erlaubt. Es ist auch möglich, dass die Erinnerung in den nächsten Tagen völlig zurückkehrt. Aber bis dahin tust du das Richtige, indem du das, was sie über diese Nacht sagt, hinterfragst. Denn die Lücken in ihrem Gedächtnis wird sie unbewusst mit erfundenen Geschehnissen füllen.«

»Warum sollte sie das tun?« Ich muss sofort an die von innen eingeschlagene Scheibe denken.

»Die Frau ist überfallen worden. Du musst dir vor Augen halten, dass ihr Gehirn regelrecht kurzgeschlossen wurde: Sie erhielt erst einen Schlag auf den Hinterkopf, anschließend schlug sie mit der Stirn auf dem Boden auf. Außerdem ist sie traumatisiert. Vielleicht war sie bei Bewusstsein, als ihr Mann erschossen wurde. In dem Fall sperrt sich ihr Unterbewusstsein gegen die Bilder von vorgestern Nacht.«

»Aber warum sollte sie sich dann Erinnerungen hinzudichten?«

»Ihr Mann wurde erschossen, ihr Kind wurde entführt. Sie will euch helfen. Und sie fühlt sich schuldig, weil sie es nicht kann.«

Ich lasse Pauls Worte eine Weile sacken. »Ich habe versprochen, ihr Handy herzubringen. Vielleicht sehen wir uns ja später noch mal. Danke für den Kaffee. Wann können wir Leopold Hoffmanns Leichnam zur Beerdigung freigeben?«

Paul zuckt mit den Schultern. »Meine Arbeit ist erledigt, also kann Frau Hoffmann alles fürs Wochenende organisieren. Tut mir leid, dass ich nicht helfen konnte.«

»Du hast mir geholfen. Und außer Alex bist du der Einzige hier, der mich ernst nimmt«, rutscht es mir raus.

Paul zieht die Augenbrauen nach oben.

Ich beiße die Zähne zusammen und zupfe mir meinen Pony in die Stirn. »Bis dann«, sage ich schnell. Dann drehe ich mich um und gehe mit raschen Schritten zurück zum Aufzug, bevor er Fragen stellt.

Auf der Rückfahrt nach Laasphe muss ich vor einer roten Ampel halten, die man in der Zwischenzeit auf der Hauptstraße eingerichtet hat. Ein Waldarbeiter bedeutet mir, stehen zu bleiben. Rechts von mir wird gerade ein Baum gefällt. Als klar ist, dass er an dieser Stelle liegen bleiben und nicht weiter in Richtung Straße rollen wird, bedeutet der Arbeiter mir, dass ich weiterfahren kann. Auch der Fahrer, der mir entgegenkommt, setzt sich wieder in Bewegung. Ich nicke anerkennend. Eine gut durchdachte Aktion. Wenn ich mir den Holzstapel am Straßenrand so anschaue, wird hier zügig gearbeitet. Trotzdem macht mich der Anblick der Wälder am Horizont unglaublich traurig. Es wurden riesige Lücken reingerissen, die aussehen wie klaffende Wunden. Und ein Ende der Fällarbeiten ist nicht in Sicht. Ich atme tief durch und widme mich wieder unserem Fall.

Gisela Seibel, Leopold Hoffmanns Mutter, öffnet mir die Tür, sobald ich den Klingelknopf gedrückt habe, als hätte sie mir aufgelauert. Sie gibt mir nicht einmal die Zeit, mich vorzustellen, sondern winkt mich energisch herein. In der Küche erklärt sie mir: »Die Presse war den ganzen Morgen hier, sodass wir uns verschanzen mussten.«

Einen Kaffee lehne ich dankend ab. Die letzte Tasse bei Paul habe ich vor einer halben Stunde getrunken. Mit noch mehr Koffein würden mir die Augen aus den Höhlen quellen. »Haben Sie mit der Presse gesprochen?«, frage ich.

»Sehe ich so dämlich aus?« Gisela Seibel schnalzt mit der Zunge. »Mein Mann natürlich auch nicht«, fügt sie versöhnlicher hinzu.

Der betritt in diesem Moment die Küche und lässt sich auf den nächstbesten Stuhl fallen, nachdem er mich begrüßt hat. Im Gegensatz zu seiner Frau, die total überdreht wirkt, scheint die Nachricht vom Tod seines Sohnes ihm jegliche Kraft zu entziehen. »Haben Sie schon Neuigkeiten?«

»Nein. Wir suchen mit allen uns zur Verfügung stehenden Mitteln nach Nora und dem Mörder Ihres Sohnes. Ich komme gerade aus dem Krankenhaus, aber Ihre Schwiegertochter kann sich nicht vollständig an die Tatnacht erinnern.«

»Kann man das nicht beschleunigen?«, fragt Gisela Seibel und klingt dabei so frustriert, wie ich mich fühle.

»Leider nicht. Wann haben Sie Nora zum letzten Mal gesehen?«

»Samstag. Die Kinder waren mit ihr zum Essen hier«, antwortet sie postwendend, während ihr Mann auf den Tisch starrt. »Damit meine ich Leopold und Mareike. Irgendwie werden sie für mich immer die Kinder bleiben.«

»Und Sonntag?« Ich sehe Carl Seibel an.

»Nein«, antwortet seine Frau. »Wir nehmen die Kleine in

letzter Zeit oft, da waren wir froh, endlich mal wieder ein Wochenende für uns zu haben.«

»Wir hätten sie nehmen sollen«, meint Carl Seibel. »Vielleicht wäre das alles dann nicht passiert.«

»Das stand doch überhaupt nicht zur Debatte! Und wir haben uns nichts vorzuwerfen.« Frau Seibels Stimme duldet keine Widerrede.

Ihr Mann schluckt seine Antwort hinunter.

Bevor die beiden sich ernsthaft miteinander anlegen, spule ich meine Standardfragen ab. Hatten Leopold oder Mareike Hoffmann Streit mit irgendwem? Gibt es jemanden im Bekanntenkreis, dem sie eine derartige Tat zutrauen würden? Haben sie außer der Presse andere Menschen gesehen, die sich hier herumtreiben? Hat sich jemand ihnen gegenüber merkwürdig verhalten oder ein Fremder sie kontaktiert?

Ich bin schon auf dem Sprung, da hält Gisela Seibel mich im Flur zurück. »Vielleicht ist es nicht wichtig, aber Leo hat noch nicht lange in seinem jetzigen Betrieb gearbeitet. Obwohl es Mitarbeiter mit mehr Berufserfahrung gibt, hat man ihn vor ein paar Monaten zum Schichtleiter ernannt. Ich könnte mir vorstellen, dass ein anderer Angestellter auf diesen Posten spekuliert hat.«

Vor dem Präsidium wartet eine Handvoll Mitarbeiter von der Presse. Ich halte die Augen offen nach Anna oder Murat, aber sie sind weit und breit nicht zu sehen. Ich werfe einen Blick in den Rückspiegel. Meine Augen wirken unfassbar müde. Auch mein Outfit ist wenig geeignet, um vor die Kameras zu treten: Die helle Jeans ist mir eine Nummer zu groß, und meine Bluse ist vom vielen Sitzen heute völlig zerknittert. Einen Moment lang überlege ich, mich vorher mit Alex abzustimmen. Doch dann steige ich ohne mein Handy aus dem Auto. Die beiden Kollegen, die für die Presse zuständig sind, lassen sie offensichtlich unbeachtet hier stehen.

Ich räuspere mich und ziehe ihre Aufmerksamkeit auf mich.

»Haben Sie bereits mit einem meiner Kollegen gesprochen?«, hake ich nach.

Der Mann in der ersten Reihe sieht kurz auf seinen Block. »Herr Fischer hat gestern eine Mitteilung herausgegeben. Seitdem gibt es nichts Neues.«

»Danke.« Ich räuspere mich. »Ich bin Kommissarin Caroline König und arbeite zusammen mit meinen Kollegen an diesem Fall. Seit Sonntagnacht wird die kleine Nora Hoffmann vermisst. Wenn Sie Hinweise darauf haben, wo Nora sich befinden könnte, dann melden Sie sich bitte unter der angezeigten Nummer. Wenn Sie Nora bei sich haben sollten, bringen Sie sie bitte zurück. Noras Mutter ist im Krankenhaus und vermisst ihr Kind. Sollten Sie Nora unerkannt abgeben wollen, ist hier eine Babyklappe eingerichtet.« Ich nenne die Adresse. »Ich versichere Ihnen, Sie werden dort nicht aufgehalten und können Nora ohne Probleme dort abgeben. Wir sind nur daran interessiert, Nora ihrer Mutter zurückzubringen.«

Ich nicke noch einmal in die Kameras, bedanke mich bei den Vertretern von der Presse und öffne die Tür zum Präsidium. Dort finde ich niemanden vor außer der Kollegin, die an der Hotline sitzt und eventuelle Hinweise oder Lösegeldanfragen verfolgen soll, wenn Anna keinen Dienst hat. Vielleicht hat mein Aufruf ja dazu geführt, dass das Telefon heute Nacht ein wenig öfter klingelt.

Aber wie genau soll der Täter hier auf dem Land unerkannt ein Baby in die Babyklappe bringen können?

7

»Ich komme jetzt zu dir«, schreibe ich Alex, bevor ich mich ans Steuer setze. Ich hoffe, dass ich mit meiner Aktion niemandem auf den Schlips getreten bin, aber gerade fehlt mir die Energie, mir darüber ernsthaft Gedanken zu machen. Obwohl ich oft genug mit den Augen rolle, bin ich meiner Mutter dankbar. Ihretwegen habe ich auf dem Rückweg vom Krankenhaus wenigstens den Apfel gegessen, den ich mir heute Morgen mitgenommen habe, eine kleine Waffe gegen die Überdosis Koffein, die ich mir jeden Tag zuführe. Heute Abend brauche ich aber ein wenig mehr als nur den Apfel. Vielleicht hat Alex ja Lust, eine Kleinigkeit mit mir zu kochen. Mal sehen, welche Zutaten ich in seinem Kühlschrank vorfinde.

Als ich vor einigen Wochen zurück nach Laasphe kam, beschlossen meine Jugendliebe Alex und ich, unserer Beziehung eine zweite Chance zu geben. Wenn es nach ihm ginge, würden wir bereits zusammenwohnen. Er hat im oberen Teil der Stadt ein kleines Haus gekauft. Ich habe ihn jedoch um Zeit gebeten. Zeit, mich wieder an das Landleben zu gewöhnen. Zeit, meinen Wechsel vom BKA zur lokalen Polizei zu organisieren. Zeit, damit sich unsere Beziehung entwickeln kann. Kurz: Zeit, um in diesem neuen Leben anzukommen. Eigentlich wollte ich mir dafür eine eigene Wohnung suchen. Leider bin ich bislang nicht fündig geworden, sodass ich momentan mein altes Kinderzimmer bei meiner Mutter bewohne. Für eine ausgelernte Polizistin von achtundzwanzig Jahren nicht die Erfüllung eines Herzenswunschs. Das Verhältnis zwischen meiner Mutter und mir hat sich, während ich den letzten Fall meines Vaters aufarbeitete, zwar verbessert. Sie kann jedoch recht anstrengend sein. Umso mehr Zeit verbringe ich mittlerweile bei Alex. Unterwäsche und eine Zahnbürste sind immer vor Ort. Auch ein Schlafanzug liegt auf meiner Seite des Bettes (ja, ich habe eine eigene

Seite!), sodass ich spontan bei ihm übernachten kann. Meine Mutter ist nicht böse auf mich. Im Gegenteil: Alex ist in ihren Augen der zurückgekehrte Schwiegersohn. Sie wartet nur auf den Tag, an dem ich verkünde, dass ich bei ihr aus- und bei Alex einziehe. Ich liebe ihn. Mit der Entscheidung, bei ihm einzuziehen, würde ich sowohl meine Mutter als auch ihn überglücklich machen. Was also hält mich davon ab? Ich weiß es nicht. Vielleicht muss ich erst in meinem Team Fuß fassen, um nicht das Gefühl zu haben, seinetwegen alles aufzugeben.

Heute jedenfalls steht fest, dass ich die Nacht bei ihm verbringen werde. Als ich die Haustür aufschließe, schlägt mir der Duft nach Zwiebeln und gebratenem Fleisch entgegen.

»Ich bin gerade erst nach Hause gekommen, aber ich hab mir gedacht, du hast bestimmt Hunger.« Alex steht am Herd und karamellisiert Zwiebeln in der einen Pfanne, während er in der anderen Pattys aus Hackfleisch anbrät. »Es gibt selbst gemachte Burger!«

Mein Magen gibt ein zustimmendes Grummeln von sich. Nachdem ich Alex einen Kuss auf den Mund gedrückt habe, schnappe ich mir ein Messer und schneide die Tomaten und Gurken in Scheiben, die er schon bereitgelegt hat. Anschließend hole ich zwei Flaschen Bosch-Bier aus dem Kühlschrank. »Schwarzbier!«, jubele ich, während ich nach dem Flaschenöffner krame. Ich liebe diese Sorte, und so geht es nicht nur mir: Vor Kurzem wurde das Schwarzbier aus unserer örtlichen Brauerei bei einem internationalen Wettbewerb mit einem Preis ausgezeichnet.

»Ich dachte, nach diesem holprigen Start hast du dir ein kleines Wohlfühlprogramm verdient.«

Alex holt die mit Käse überbackenen Hamburgerbrötchen aus dem Ofen und verteilt die Pattys und Zwiebeln darauf. Ich füge das Gemüse und Soßen hinzu. Dann klappen wir die Brötchen gemeinschaftlich zusammen und fixieren unser Werk mit Zahnstochern. Mit den Tellern und Bierflaschen bewaffnet machen wir es uns in der Wohnzimmersitzecke gemütlich. Ich muss mich zwingen, meine Burger nicht herunterzuschlingen. Erst jetzt stelle ich fest, wie hungrig ich bin. Alex sieht belustigt zu, wie ich einen großen Bissen nehme, obwohl ich den vorherigen noch nicht heruntergeschluckt habe. »Was?«, frage ich mit vollem Mund.

»Ach, nichts.« Lachend schüttelt er den Kopf und widmet sich seinem eigenen Burger.

Während des Essens reden wir nicht. Ich wäre aufgrund meines Tempos gar nicht dazu in der Lage. Außerdem wollen wir uns das Abendessen nicht vermiesen lassen. Dennoch schwebt der Fall wie eine dunkle Wolke über unseren Köpfen. Wann immer unsere Blicke sich treffen, spiegelt sich die Gewissheit darin, dass wir gleich darüber reden werden. Dadurch schmeckt das Essen nicht ganz so gut.

»Ich habe gerade mit der Presse gesprochen«, falle ich mit der Tür ins Haus, als ich den letzten Rest meines Essens verdrückt habe.

Alex zieht die Augenbrauen hoch. »Sag das noch mal!«

»Die Leute standen vor dem Revier herum, ohne dass jemand von uns zu sehen war. Sie haben mir versichert, dass sie seit deiner Mitteilung gestern kein Update mehr bekommen haben.«

»Wenn du mir jetzt nicht sagenhafte Neuigkeiten präsentierst, gibt es nichts, was die Presse interessieren könnte.«

»Die Presse kann uns helfen, den Täter zu erreichen. Gerade ist das unsere einzige Möglichkeit, mit ihm zu kommunizieren, und die müssen wir nutzen. Es ist wichtig, ihn anzusprechen. Nora ist kein Ding, sie ist ein Baby, um das er sich kümmern muss. Er soll wissen, dass es einen Ausweg gibt und er Nora nicht umbringen *muss*, nur um aus der Sache herauszukommen. Er kann sie auf dem Revier zurückgeben oder die vermeintlich anonyme Babyklappe nutzen. Diese Botschaft muss er bekommen. Und das geht nur, indem sie gesendet und gedruckt wird. Immer wieder.«

Alex nickt. »Okay.«

»Ich bin froh, dass du nicht böse bist. Ich weiß, dass Pressearbeit eigentlich nicht mein Job ist.«

»Eigentlich ist Anna für die Presse zuständig, das hatte ich dir auch gesagt!« Alex schließt ein paar Sekunden die Augen und atmet tief durch. »Bitte stimm solche Aktionen demnächst vorher mit mir ab. Ich muss meine Leute anders organisieren.«

Ich nicke und fühle, wie sich eine tonnenschwere Last von meinen Schultern löst. Alex ist nicht nur mein Freund. Er ist mein Vorgesetzter. Und ich habe mich mit meinem Verhalten beim BKA nicht überall beliebt gemacht. Dass er mir zumindest dieses Mal keinen Vorwurf daraus macht, lässt mich aufatmen. Schnell fasse ich den Rest des Tages zusammen.

»Dem Hinweis von Leopold Hoffmanns Mutter, dass ihr Sohn eventuell unrechtmäßig befördert wurde, müssen wir nachgehen«, stimmt Alex mir zu. »Hundertprozentig logisch scheint mir dieses Motiv aber nicht: Warum sollte Hoffmann aus Neid umgebracht und anschließend sein Kind entführt werden? Das trifft ihn doch gar nicht mehr.«

»Trotzdem sollten wir prüfen, wer in seiner Firma davon profitiert, dass jetzt seine Stelle neu zu vergeben ist. Seine Mutter ist nicht zu beneiden. Momentan funktioniert sie, steht permanent unter Strom. Die Beerdigung muss organisiert, der Nachlass geregelt werden. Da bleibt keine Zeit, kein Platz für Trauer. Die kommt erst, wenn alles erledigt ist und sie sich nicht mehr ablenken kann. Aber dann kommt sie mit voller Wucht.«

Ich seufze. Das schlechte Gewissen nagt an mir. Statt meiner Mutter in der Zeit nach dem Tod meines Vaters zu helfen, versank ich in meiner eigenen Trauer. In dieser Zeit ruinierte ich die Beziehung zu Alex und gab sämtliche anderen sozialen Kontakte auf. Alles, was mir blieb, war meine Arbeit. So landete ich beim BKA, wo ich bis Anfang des Jahres blieb. Erst vor einigen Wochen habe ich gelernt, meinen Vater als Menschen zu akzeptieren, der Fehler gemacht hat. Und habe meine Trauer um ihn aufgearbeitet, um mit seinem Tod abzuschließen. Seitdem hat sich das Verhältnis zu meiner Mutter verbessert. Wenn ich die Zeit nach dem Tod meines Vaters jetzt Revue passieren lasse, tut mir mein Verhalten ihr gegenüber leid. »Hoffmanns Mutter verhält sich wie meine Mutter nach dem Tod meines Vaters. Ich hätte ihr damals zur Seite stehen müssen.«

Alex legt seinen Arm um meine Schulter. »Trauer kann man nicht erzwingen. Sie kommt, wenn man dazu bereit ist. Und vielleicht ist Gisela Seibels Vorschlag, uns auf der Arbeit ihres Sohnes umzuhören, ja gar nicht so unwichtig.«

Wir bleiben eine Weile auf dem Sofa ausgestreckt sitzen und hängen unseren Gedanken nach. Irgendwann begeben wir uns in Richtung Schlafzimmer. Alex deutet auf den Nachttisch. Dort liegt sein Diensthandy, eingeschaltet. Ich nicke. Dass er in dieser Situation rund um die Uhr erreichbar sein muss, ist vollkommen verständlich. Vermutlich finden wir sowieso keinen Schlaf, aus dem uns das Geklingel reißen könnte. Entgegen meinen Erwartungen überfällt mich die Erschöpfung, sobald ich mich ins Bett lege, und ich bekomme kaum noch mit, wie mein Kopf das Kissen berührt.

8

Mittwoch

Es ist fünf Uhr morgens, als ich auf das Display meines Handys schaue. Ich bin hellwach und von einer Unruhe erfüllt, die es mir unmöglich macht, länger hier liegen zu bleiben. Alex grummelt leise, als ich aufstehe, bewegt sich aber keinen Zentimeter. Gut so. Ich weiß nicht, wann er gestern eingeschlafen ist. Die Last, die er mit sich herumträgt, ist nicht zu unterschätzen. Alle Augen sind auf ihn gerichtet. Nora ist jetzt seit mehr als vierundzwanzig Stunden verschwunden. Wenn wir sie nicht lebend finden, wird man in erster Linie Alex dafür verantwortlich machen. Wer weiß, was ihn heute erwartet. Jede Sekunde Erholung, die er bekommen kann, ist wichtig. Leise öffne ich die Schranktür und greife mir die erstbesten Laufsachen, die mir in die Hände fallen. Ich brauche Bewegung, und zwar jetzt.

Dieses Jahr sind wir mit einem milden Frühling gesegnet. Die Bauern beklagen sich über den fehlenden Regen. Ich jedoch bin dankbar für den lauen und trockenen Morgen. Es ist noch dämmrig, aber im Gegensatz zu den letzten Wochen habe ich nicht das Gefühl zu erfrieren, bevor ich warmgelaufen bin. Um diese Zeit sind wenige Autos unterwegs. Ein paar Leute machen sich auf zur Frühschicht oder kommen von der Nachtschicht nach Hause. Insgesamt hält sich der Verkehrslärm aber in Grenzen. Zu Fuß begegnet mir niemand. So verrückt, um diese Zeit laufen zu gehen, bin offenbar nur ich. Meine Füße, die auf den Asphalt trommeln, bis ich den Wald erreicht habe, sind das einzige Geräusch, das ich höre. Jetzt gesellt sich leises Vogelgezwitscher hinzu. Der Geruch nach Moos und Fichtennadeln steigt mir in die Nase. Abgesehen von der Zeit mit Alex sind es diese Momente, die mir klarmachen, warum ich aus der Stadt zurückgekommen bin. Hier kann ich völlig entschleunigen. Einfach meinen Gedanken nachhängen. Hier interessiert es mich nicht, ob meine Haare das Muttermal auf der Stirn verdecken oder ob meine Kollegen mich mögen. Hier kann ich ganz bei mir sein. Ich kann mich nicht erinnern, dieses Gefühl in Wiesbaden gehabt zu haben, obwohl ich dort auch regelmäßig laufen gegangen bin. »Ich wohne hier, wo andere Urlaub machen«, hat vor Kurzem jemand zu mir gesagt. Ich habe ihn belächelt. Doch jetzt, nachdem ich seit einigen Wochen zurück in Wittgenstein bin, kann ich seine Worte nachvollziehen. Die Stadt fehlt mir nicht. Trotzdem belasse ich es heute Morgen bei einer kleinen Runde.

Als ich wieder bei Alex ankomme, ist die Sonne schon aufgegangen. Er steht gerade unter der Dusche. Ich stelle die Kaffeemaschine an. Während der Kaffee durchläuft, überfliege ich meine Notizen der letzten zwei Tage. Ich habe viel aufgeschrieben, aber nicht das Gefühl, dass irgendetwas davon uns weiterbringt. Mareike Hoffmann erinnert sich nicht genau an die Tatnacht. Soweit wir es beurteilen können, sind alle Wertgegenstände noch da, außer dem Baby wurde nichts mitgenommen. Bis jetzt wurden in der Wohnung keine verdächtigen Fingerabdrücke gefunden. Leopold Hoffmanns Mutter vermutet, ein Arbeitskollege könne hinter der Tat stecken. Die Obduktion hat noch nichts zutage gefördert, das auf den Täter schließen lässt. Und die Suche nach Nora verlief bislang ergebnislos, trotz der Tatsache, dass ihr Großvater in der Gegend kein Unbekannter ist.

»Guten Morgen.« Das Gefühl von Alex' noch nassem Bart auf meiner Wange lässt mich zusammenzucken. Dabei verschütte ich den Kaffee, den ich mir gerade eingeschenkt habe.

»Guten Morgen. Erschreck mich doch nicht so.« Ich erwidere Alex' Kuss und klappe das Notizbuch zu.

»Dass deine Magenschleimhaut noch vorhanden ist.« Alex zeigt auf den Becher, den ich neu befüllt habe, nachdem ich den verschütteten Kaffee von gerade aufgewischt habe.

»Ist sie das?« Ich setz mich zu ihm an den Tisch und nehme

mit geschlossenen Augen den ersten Schluck. »Ich kann jederzeit damit aufhören.« Grinsend stelle ich den Becher wieder ab.

»Das glaubst auch nur du. Schon in der Schule hast du Kaffee getrunken. Da waren andere im Himmel, wenn sie mal Kindercola bekamen.«

»Jeder Mensch hat eine Sucht. Meine ist eben das hier. Und eine heiße Dusche, wenn ich laufen war.«

»Versprich mir, dass du dir was zum Frühstück einpackst«, bittet Alex mich. Er steht schon am Kühlschrank, um Wurst und Käse für sich rauszuholen.

»Jaja.« Ich trinke meinen Becher leer, dann begebe ich mich ins Bad. Die nächste Teambesprechung steht an, und in diesem Aufzug kann ich mich dort nicht blicken lassen. Vielleicht ist nach der Dusche Zeit für ein belegtes Brot oder ein Müsli.

Die Stimmung im Besprechungsraum ist so aufgeladen, dass ich befürchte, einen Stromschlag zu bekommen. Wieder starre ich halb neidisch auf das hübsche Oberteil, das Anna trägt. Sie scheint jederzeit darauf vorbereitet zu sein, vor eine Kamera zu treten. Heute Morgen hat sie jedoch dicke Ränder unter den Augen. Trotzdem ist sie nicht zu müde, um mich mit einem verachtenden Blick zu strafen.

»Was gibt es Neues?«, fragt Alex an sie gerichtet, als Ingrid und Murat zu uns gestoßen sind.

»Vielleicht erzählt deine Caro es dir ja. Sie hat gestern immerhin auch meine Aufgabe übernommen, mit der Presse zu reden.«

»Die Leute standen vor der Wache versammelt und haben gewartet. Du warst nirgendwo zu sehen«, rechtfertige ich mich.

»Der Termin war für eine halbe Stunde später angesetzt! Ich wusste nicht, dass du ihn direkt an dich reißen würdest. Zumal es nichts Neues zu berichten gab.«

»Die Chance, Nora lebend zu finden, sinkt minütlich, und wir können jeden Hinweis aus der Bevölkerung gebrauchen.

Da ist es wichtig, mit der Presse zusammenzuarbeiten«, entgegne ich und muss mich zusammenreißen, nicht laut zu werden. Weiß sie eigentlich, was hier auf dem Spiel steht? »Wir müssen dem Entführer das Gefühl geben, dass wir ihn ernst nehmen, und ihn dabei immer wieder daran erinnern, dass er es mit einem Menschen zu tun hat. So vermeiden wir, dass er Nora zu einem Ding herabstuft und dadurch seine Hemmschwelle sinkt, ihr etwas anzutun.«

»Wenn du das alles so genau weißt, kannst du den Job von jetzt an ja komplett übernehmen, Frau Oberlehrerin«, faucht Anna.

»Jetzt reißt euch aber mal am Riemen, alle beide!« Alex schlägt mit seiner Faust auf den Tisch und sieht erst mich, dann Anna mit vor Wut funkelnden Augen an. »Vergesst eure Egos für eine Sekunde und erinnert euch daran, warum wir hier sitzen. Wir versuchen, ein Baby und den Mörder eines Mannes zu finden. Das ist alles, was zählt. Wenn Nora wieder gesund bei ihrer Mutter ist, könnt ihr euch meinetwegen gegenseitig die Augen auskratzen. Bis dahin arbeiten wir gefälligst zusammen, ist das klar?«

Anna und ich starren betreten auf den Tisch. Ingrid und Murat versuchen, unbeteiligt zu wirken.

»Ob das klar ist?«

»Ja«, murmelt Anna.

»Es tut mir leid«, ergänze ich, doch Anna weicht meinem Blick aus.

»Gut. Der Plan für heute: Anna, du gehst wie besprochen ans Telefon, um für Hinweise aus der Bevölkerung und von der Presse ansprechbar zu sein. Ingrid, du machst dich weiter an die Bearbeitung der Fingerabdrücke. Hol dir die Abdrücke von Mareike Hoffmanns Schwester. Die Nummer hast du. Murat, kümmer dich um Leopold Hoffmanns Arbeitskollegen. Wie war die Stimmung in seiner Abteilung? War jemand neidisch auf ihn und die Tatsache, dass er Abteilungsleiter geworden ist? Caro, du bringst Mareike Hoffmann ihr Handy ins Krankenhaus und holst auf dem Weg den Obduktionsbericht bei Paul ab. Ich werde in der Zwischenzeit Oscar Hoffmann aufs Revier einladen. Auch mit ihm müssen wir uns unterhalten.« Ich kann Alex ansehen, wie sehr er sich auf diese Aufgabe freut.

Alle nicken und stehen auf. Ich greife nach ein paar Servietten und wische die Kaffeespritzer auf, die bei Alex' Ausbruch aus den Tassen geschwappt und auf dem Tisch gelandet sind. »Putzfrau ist sie auch noch«, lästert Anna, bevor sie aus der Tür verschwindet. Ich verkneife mir meine Antwort, aber als ich die Servietten in den Mülleimer werfe, zittert meine Hand.

9

»Lange nicht gesehen«, begrüßt Paul mich mit seiner gewohnt lockeren Art. Als ich ihm in sein Büro folge, atme ich auf. Hier brauche ich keine Anfeindungen, keine bohrenden Blicke zu fürchten. Die Tür ist offen, und mein Kollege macht den Eindruck, als würde es ihn in der Tat freuen, mich zu sehen. »Ich bin vor ein paar Minuten erst gekommen, aber den hier habe ich für dich ausgedruckt.« Paul deutet auf den Obduktionsbericht von Leopold Hoffmann.

»Danke.« Ich stecke den Bericht in meine Tasche, in der sich schon das Handy für Mareike Hoffmann befindet. Der Gedanke, es ihr vorbeizubringen und dann zurück auf die Wache zu fahren, erfüllt mich auf einmal mit Erschrecken. Die Situation von heute Morgen belastet mich. Ich kann mich nicht verkriechen, aber ich will diesen Moment hinauszögern. »Hast du einen Kaffee für mich?«, frage ich vorsichtig.

»Natürlich! Wie unhöflich von mir! Ich hole dir eine Tasse, bin sofort zurück.« Paul stürzt los in die Küche, und ich lasse mich auf einen der beiden Stühle sinken.

»Ich hoffe, ich halte dich nicht von der Arbeit ab.« Dankbar umklammere ich mit meinen Fingern den Becher. Ich nippe vorsichtig an dem heißen Getränk, aber wirkliche Lust auf Kaffee habe ich gerade nicht. Vielleicht hängen mir Alex' Worte über meine Magenschleimhaut von heute Morgen nach. An mein Frühstück habe ich natürlich auch nicht gedacht. Ich nehme mir einen Keks aus der Schale, die vor mir auf dem Schreibtisch steht, und knabbere daran herum. Ich sollte mehr auf meine Ernährung achten.

»Mach dir keine Gedanken. Immerhin weißt du, was ich hier den ganzen Tag treibe.« Er deutet auf seinen Computer. »Berichte, Berichte und noch mal Berichte. Die Bürokratie hat in den letzten Jahren zugenommen.«

»Aber so viele Mordfälle gibt es hier doch nicht, oder?«

Paul greift sich an den Kopf. »Siehst du, nicht einmal Menschen wie du wissen, dass zur Pathologie mehr gehört als nur das Obduzieren von Leichen. Und das Dokumentieren.« Er wirft einen weiteren vernichtenden Blick in Richtung Computer. »In der Regel übernimmt die Obduktion eines Mordopfers ein Rechtsmediziner, der nichts anderes macht als das.«

»So kenne ich das aus Wiesbaden«, bestätige ich.

»So jemand ist hier in der Gegend nicht zu finden. Dafür gibt es, wie du schon sagtest, nicht genügend Fälle. Deswegen landete eure Leiche auf meinem Tisch. Eine Obduktion wie die von Leopold Hoffmann ist für mich eher die Ausnahme. In der Regel führe ich die Obduktionen durch, die im Krankenhaus anfallen, wenn Angehörige Klarheit über die Todesursache eines Verstorbenen fordern. Auch die Vor- und Nachbereitung von Operationen findet in der Pathologie statt. Sämtliche Instrumente landen hier zur gründlichen Reinigung. Den Großteil des Tages verbringe ich aber hinter dem Mikroskop, um Gewebeproben zu analysieren. Dadurch können meine Kollegen zum Beispiel Gewissheit erlangen, ob ein Tumor gut- oder bösartig ist. Oder ich stelle fest, warum der Darm eines Patienten entzündet ist: Ist es eine chronisch-entzündliche Erkrankung oder doch eine Lebensmittelallergie?«

»Normalerweise beschäftigst du dich also mit den Lebenden?«

Paul nickt. »Das macht diesen Beruf so spannend. Nicht dass der Mordfall nicht spannend wäre. Aber ich helfe lieber den Ärzten dabei, einen Menschen wieder gesund zu machen. In einem Fall wie dem hier geht das leider nicht mehr.«

»Aber du kannst uns helfen, den Mörder zu finden. Wo wir gerade dabei sind: Hoffmanns Blutwerte sind doch auch im Bericht, oder?«

»Natürlich. Aber es gibt leider nichts Neues. Sein Cholesterinwert war etwas erhöht. Ein paar Kilo weniger auf den

Rippen hätten ihm nicht geschadet. Aber das könnte ich von mir auch behaupten.«

»Blödsinn.« Ich mustere Paul. Er trägt ein kurzärmeliges OP-Hemd, sodass ich die muskulösen Oberarme sehen kann. Paul ist durchtrainiert und nicht zu dick.

»Außerdem scheint Sonntag nicht der erste Tag gewesen zu sein, an dem der Herr Durchfall hatte und medikamentös dagegen vorgegangen ist«, fährt er fort, ohne auf meinen Kommentar einzugehen. »Aber die Dosis, die er im Blut hatte, war noch nicht besorgniserregend. Es wirkt eher so, als hätte er einen Magen-Darm-Infekt nicht auskurieren wollen. In ein paar Tagen hätte sein Körper sich von den Viren befreit, Durchfalltablette hin oder her. Aber so weit ist es nicht mehr gekommen.«

»Danke.« Ich greife nach dem Bericht und erhebe mich. »Ich melde mich, wenn ich noch Fragen habe. Jetzt muss ich Mareike Hoffmann ihr Handy bringen.«

Paul begleitet mich zur Tür. »Ich hab dich noch gar nicht gefragt, ob du dich schon eingelebt hast. Ist bestimmt nicht einfach, vom BKA zur Laaspher Polizei zu wechseln.«

Ich verziehe das Gesicht. »Es ist furchtbar«, antworte ich, bevor ich mich stoppen kann. Zu allem Überfluss schießen mir die Tränen in die Augen.

»Komm, setz dich einen Moment.« Paul legt mir den Arm um die Schultern und führt mich zurück ins Büro. Er schließt die Tür. »Was ist denn los?«, fragt er und streicht mir über den Rücken.

Ich wische mir die Tränen aus den Augenwinkeln. Mein Versuch zu lächeln misslingt und endet in einer Grimasse. »Tut mir leid«, murmele ich, als ich meine Sprache wiedergefunden habe. »Das sollte eigentlich nicht passieren.«

»Jetzt ist es aber passiert. Kann ich dir helfen?«

»Du könntest machen, dass das Baby wieder auftaucht und dass meine Kollegen ihr Platzhirschgehabe einstellen. Sie mögen mich nicht«, schiebe ich hinterher und muss unter Tränen lachen, weil ich feststelle, wie kindisch das klingt.

»Aber ich mag dich.« Paul schiebt mir die Schale mit den Keksen hin. »Nimm noch einen«, fordert er mich auf.

Ich greife zu. Immerhin muss ich nicht reden, solange ich etwas im Mund habe. »Die vier arbeiten seit Ewigkeiten zusammen. Da scheint für mich kein Platz zu sein. Ich weiß nicht, was Alex sich dabei gedacht hat, mich einzustellen. Ich habe das Gefühl, allen nur im Weg zu stehen.«

»Für ihn ist das sicherlich auch nicht leicht«, gibt Paul zu bedenken. »Wenn ich das richtig verstehe, bist du seine Freundin und zugleich seine Untergebene. Da denken die anderen per se, dass du bevorzugt wirst. Also muss Alex den richtigen Ton treffen, um ihnen zu signalisieren, dass du nicht besser dastehst als sie. Gleichzeitig muss er mit dir respektvoll umgehen, damit du dich einfindest und ihr keinen Konflikt im Feierabend austragen müsst.«

»Er hat mir vorgeschlagen, für ihn zu arbeiten«, entgegne ich trotzig. »Dann ist es auch seine Aufgabe, den richtigen Ton mir gegenüber zu treffen und mir eine Rolle in diesem Team zuzuteilen.«

»Machst du es dir so nicht ein bisschen bequem?«

Ich überlege. »Ich weiß nicht, was ich tun soll, damit meine drei Kollegen mich als Teammitglied akzeptieren. Ich behaupte nicht, dass ich mehr auf dem Kasten habe als sie. Aber ich komme vom BKA und habe schon an Fällen wie diesem gearbeitet. Da ist es doch normal, dass ich bei den Ermittlungen eine führende Funktion einnehme.« Ich denke an meinen spontanen Auftritt vor der Presse gestern. Daran, dass ich mich in die Psyche des Täters besser eindenken kann als Anna. Aber hatte ich deshalb das Recht, ihr ihren Auftritt wegzuschnappen?

»Gib den dreien Zeit«, rät Paul mir. »Du bist neu hier. Auf dem Land beschnuppern sich die Menschen erst einmal.«

»Aber die Zeit läuft uns davon! Ein Baby wird vermisst. Da können wir doch nicht erst zwanzig Kennenlernspiele spielen.«

»Ihr müsst trotzdem miteinander arbeiten und nicht gegeneinander. Auch das spart Zeit. Und an diesem Ansatz musst du genauso arbeiten wie die anderen. Wenn du deine Kollegen mit einbindest, werden sie von dir lernen. Und je mehr sie von dir lernen, umso besser führen sie ihre Aufgaben aus. Das erhöht eure Chancen und wird langfristig deinen Platz im Team festigen.«

Ich denke daran, dass Anna mich »Oberlehrerin« genannt hat. Dass sie von mir lernen will, bezweifle ich. »Ich werde darüber nachdenken«, sage ich trotzdem und nehme mir vor, meinen Kollegen gegenüber mit offenen Karten zu spielen. Was habe ich zu verlieren?

»Wenn du magst, können wir heute Abend ja in Laasphe was trinken gehen«, sagt Paul. »Vielleicht tut dir das gut.«

Ich lasse meinen Blick über seine Hände schweifen.

»Kein Ehering«, bestätigt er, und ich senke beschämt den Kopf. »Aber ich weiß, dass du mit Alex zusammen bist«, beruhigt er mich. »Das wird nur ein kleiner Absacker unter Kollegen. Damit du wenigstens bei einem das Gefühl hast, dass er dich nicht bei der nächsten Gelegenheit zurück nach Wiesbaden jagen will.«

Ich lächle. »Danke. Das ist lieb von dir.« Vorausgesetzt, dass sich heute keine weiteren Erkenntnisse ergeben, die eine Nachtschicht erfordern, sage ich zu.

»Sie sehen von Tag zu Tag besser aus«, stelle ich zufrieden fest, als ich Mareike Hoffmann in ihrem Krankenzimmer sehe. Das Pflaster auf ihrer Stirn ist entfernt worden. Man sieht noch einen rötlichen Schimmer, dort, wo sie mit dem Kopf aufgeschlagen ist. Aber insgesamt scheint es mit ihr aufwärtszugehen.

»Morgen werde ich entlassen«, erwidert sie nicht ohne Vorfreude. »Gibt es was Neues von Nora?«

»Leider nicht.«

Ein Teil des Glanzes in Mareike Hoffmanns Augen erlischt wieder.

»Ihre Wohnung ist noch nicht freigegeben«, muss ich sie enttäuschen.

»Ich kann ein paar Tage bei meiner Schwester wohnen. Ich bin froh, wenn ich das Wohnzimmer nicht permanent vor Augen haben muss. Außerdem ist die Scheibe ja noch nicht ersetzt.«

»Hier, das habe ich Ihnen mitgebracht.« Ich krame in meiner Tasche und gebe ihr das Zweithandy, das ich heute Morgen aus ihrer Wohnung geholt habe. »Haben Sie darauf Nachrichten erhalten, die für uns interessant sein könnten?«

»Das Handy hat ewig nur in einer Schublade gelegen. Aber ich sehe mal nach.« Mareike Hoffmann steckt das Ladegerät ins Handy, gibt kurz darauf eine Zahlenkombination ein und wirft einen Blick auf das Display. Dann schüttelt sie den Kopf. »Nichts.«

»Können Sie sich mittlerweile an etwas erinnern?«

Wieder schüttelt sie den Kopf und sieht dabei so frustriert aus, wie ich mich fühle. »Nein. Und ich kann mir nach wie vor nicht vorstellen, wer von unseren Bekannten uns so etwas antun würde.«

»Ihre Schwiegermutter meinte, dass Ihr Mann Probleme auf der Arbeit gehabt haben könnte. Wann ist er denn zum Schichtleiter befördert worden?«

»Vor einem halben Jahr.«

»Die zusätzliche Verantwortung war bestimmt nicht einfach, mit der kleinen Nora zu Hause.«

»Leo hatte so gut wie keine Arbeit mit Nora. Ich habe alles getan, um ihn zu unterstützen, was seine Karriere angeht. Meine habe ich hintangestellt.« Mareike Hoffmanns Ton hat an Schärfe gewonnen. »Dass ich den Standort der Firma Hoffmann in Attendorn aufgebaut habe, hat niemand gesehen. Immer war ich nur Oscar Hoffmanns kleines Mädchen.«

Ich mache mir eine Notiz und hoffe, dass Alex Oscar Hoffmann nicht schon befragt hat, wenn ich nachher zurückkomme.

»War auf der Arbeit jemand eifersüchtig auf Ihren Mann?«, will ich wissen.

»Nicht dass ich wüsste.« Mareike Hoffmann starrt demonstrativ auf ihr Handy und beginnt, auf den Tasten herumzuhacken. Unser Gespräch ist wohl zu Ende. Widerwillig verabschiede ich mich.

Vor der Tür renne ich fast in eine Frau hinein, die offensichtlich ins Patientenzimmer will. »Entschuldigung!« Sie tritt einen Schritt zur Seite, um mir Platz zu machen.

»Darf ich fragen, wer Sie sind?«

»Natürlich. Ich bin Sabine Riedel.« Sie streckt mir die Hand entgegen.

»Caroline König von der Kripo.«

Ihre Gesichtszüge hellen sich auf. »Richtig! Ich habe schon gehört, dass in Laasphe jemand Neues angefangen hat. Ich arbeite beim Kriseninterventionsteam des DRK«, erklärt sie mir. »Anna Lenz hat mich beauftragt, nach Frau Hoffmann zu sehen.«

»Das ist ja interessant.« Nicht ungewöhnlich, denke ich mir. Ungewöhnlich ist nur, dass Anna heute Morgen nichts davon erzählt hat. Doch ich weiß, dass in erster Linie ich diejenige war, die sich nicht kooperativ verhalten hat, und so kann ich Anna nicht wirklich böse sein.

Sabine Riedel hält mir ihre Karte hin. »Wenn Sie sich mal aussprechen wollen, melden Sie sich gern.«

Ich mustere die Frau, während ich ihre Karte in meiner Tasche verstaue. Sie ist nicht viel größer und vielleicht fünf Jahre älter als ich. Ihre schulterlangen Haare sind weißblond. Seit Erscheinen der Serie »Game of Thrones« ist diese Haarfarbe in Mode. Hier auf dem Land ist Frau Riedel die Erste, die ich damit sehe. Am meisten fällt mir jedoch der recht breite silberne Ring in ihrer linken Augenbraue auf. Ich weiß nicht, wie ich mir eine Mitarbeiterin des KIT vorgestellt habe, aber so mit Sicherheit nicht. »Danke für das Angebot.« Ich übergebe ihr meine Karte. »Sollte Frau Hoffmann etwas für uns Relevantes sagen, melden Sie sich jederzeit.« Ich nicke ihr zu, dann mache ich mich auf den Weg zurück nach Laasphe.

Im Auto schießt mir die Aussage von Christoph Marburger

durch den Kopf. Er sprach davon, dass die Hoffmanns mit der kleinen Nora überfordert waren. Hing das mit Leopold Hoffmanns Beförderung zusammen? Anscheinend habe ich bei Mareike Hoffmann einen Nerv getroffen. Hat ihr Mann sie mit der Kleinen alleingelassen, während sie zudem in ihrem Job zurückstecken musste?

10

»Mareike Hoffmanns Amnesie muss nicht gelogen sein.« Ich wiederhole das, was Paul mir darüber erzählt hat. »Zu den zwei Schlägen, die ihr Hirn erhalten hat, kommt die seelische Belastung: Ihr Mann ist tot, und womöglich hat sie ihn sterben sehen. Zudem stand es um ihre Ehe nicht besonders gut, wenn ich sie so reden höre.«

»Es ist theoretisch möglich, dass ihr Unterbewusstsein sich den kompletten Tathergang herbeidichtet, nur weil sie ein schlechtes Gewissen hat?«, fragt Alex.

Ich zucke mit den Schultern. »Vielleicht ist der Täter ganz normal durch die Tür reingekommen. In dem Fall hätte Mareike Hoffmann ihn gesehen. Ihr Gehirn würde sich dann den Einbruch zurechtspinnen, weil sie den Täter kennt.«

»Das heißt, wir müssen alle Personen, die einen Schlüssel zur Wohnung der Hoffmanns haben, unter die Lupe nehmen.«

Ich zähle die Verdächtigen an meinen Fingern ab. »Familie Marburger. Leopold Hoffmanns Eltern. Oscar Hoffmann, Mareike Hoffmanns Schwester. Ingrid war ja heute bei ihr und hat ihr den Schlüssel abgenommen, wenn sie denn einen hat.«

In dem Moment betritt Murat den Raum. »Fehlanzeige bei Leopold Hoffmanns Arbeitsstätte«, sagt er ohne Umschweife. »Der eine oder andere seiner Kollegen wäre gern selbst Schichtleiter geworden. Aber niemand ist mit Leopolds Beförderung unzufrieden. Er war ein guter Vorgesetzter und ein geschätzter Kollege. Jeder konnte ihn leiden. Oder hat Angst, schlecht über Tote zu reden.« Murat schneidet eine Grimasse.

»Dafür haben wir wenigstens ein bisschen Klarheit.« Alex bringt ihn schnell auf den neuesten Stand.

»Kann der Täter nicht trotzdem über den Balkon reingekommen sein, auch wenn sämtliche Scherben draußen lagen?«, fragt Murat.

»Theoretisch hätte er einen Komplizen haben können, den er über den Balkon in die Wohnung gelassen hat«, bestätigt Alex.

»Oder er hat einem Komplizen dort das Baby überreicht.« Ich reiße die Augen auf. »Habt ihr irgendwo eine Babypuppe, die für Wiederbelebungssimulationen bei Erste-Hilfe-Kursen benutzt wird?«

»Wir nicht. Aber ich weiß, wo wir eine finden«, sagt Murat.

»Alles klar. Alex, ich entführe Murat«, sage ich. Mein Herzschlag beschleunigt sich.

Die beiden Männer werfen einander einen Blick zu, aber ich habe jetzt keine Zeit, ihre Fragen zu beantworten. »Komm schon! Wir brauchen ein Baby!« Ich mache eine ungeduldige Handbewegung, und endlich folgt Murat mir.

Vor der Feuerwache halten wir an. »Bin sofort wieder da.« Murat steigt aus und kommt kurz darauf mit einer Reanimationspuppe zurück. »Wiegt weniger als vier Kilo«, sagt er entschuldigend. »Ungefähr halb so viel wie ein einjähriges Mädchen.«

»Für das, was ich vorhabe, wird es reichen.«

»Hi, Uli«, begrüßt Murat den Beamten, der gerade vor dem Haus der Hoffmanns Dienst schiebt.

Ich nicke und lächle nur. Jetzt weiß ich, wie der Kollege heißt. Hoffentlich merke ich es mir dieses Mal. Zunächst gibt es aber Wichtigeres. Ich bedeute Murat, mit mir zusammen in den Halbstock zu kommen, und nehme die Puppe an mich.

In der Wohnung der Hoffmanns sehe ich mich zunächst noch einmal um.

»Was denkst du?«, will Murat wissen, als ich mich nicht bewege.

»Diese Wohnung ist ja alles andere als klein, und die Einrichtung ist durchaus hochwertig. Aber die Wohnung einer Unternehmertochter habe ich mir … irgendwie pompöser vorgestellt.«

»Du hast Mareike Hoffmanns Porsche nicht gesehen. Und die Häuser auf Mallorca und in der Toskana, nicht zu vergessen den Bauplatz, den die Hoffmanns sich in Winterberg gesichert haben, um dort ein neues Hotel zu bauen. Damit auch im Winter der Rubel rollt, wenn weniger Landmaschinen gebraucht werden.«

Ich warte darauf, dass Murat lacht, doch offensichtlich meint er es ernst. »Anna hat Hintergrundrecherchen betrieben«, erklärt er. »Verrätst du mir jetzt, weswegen wir hier sind?«

Im Wohnzimmer der Hoffmanns entferne ich die Folie von der Scheibe, öffne die Balkontür und greife durch das Loch hindurch, um hinter mir den Türgriff wieder zu verschließen. »So hätte man das Baby sogar noch weniger gefährdet, als mit ihm durch das Loch in der Scheibe zu klettern.«

Wir sehen uns die Blumenkästen an. An einer Stelle sind die Blumen platt gedrückt.

»Wenn der Täter allein gehandelt hat, musste er jetzt mit Nora vom Balkon runter«, spinnt Murat meinen Gedanken weiter. Bevor ich etwas erwidern kann, nimmt er mir die Babypuppe ab, schwingt sich über das Geländer und wagt einhändig den Abstieg, die Puppe an die Brust gepresst. Auf der Hälfte der Strecke rutscht er ab. »Mist!« Er lässt sie fallen, um sich mit dem zweiten Arm abzusichern. Einen Moment lang baumelt er am Geländer, dann lässt er los und landet im Gras.

»Alles okay?«, rufe ich hinunter.

»Bei mir ja, aber das Baby wäre jetzt wohl tot.« Er hebt die Puppe auf. »Fang!«, ruft er mir zu und wirft sie zu mir nach oben. Anschließend kraxelt er wieder am Geländer hinauf und kommt völlig außer Atem bei mir auf dem Balkon an. Prustend lehnt er sich an die Wand. »Fazit Nummer eins«, japst er, »der Aufstieg wäre für einen Einbrecher machbar gewesen. Danach einen derart gezielten Kopfschuss abzufeuern und sich mit dem Baby auf demselben Weg aus dem Staub zu machen definitiv nicht. Ich bin gut in Form, aber das wäre zu viel verlangt.« Er streckt einen Arm aus, der vor Anstrengung zittert. Nein, so hätte der Täter Leopold Hoffmann nicht erschießen können.

»Das heißt, der eigentliche Täter muss durch die Tür gekommen sein.«

»Fakt Nummer zwei«, fährt Murat fort, »mit dem Baby über den Balkon zu flüchten ist schier unmöglich. Einarmig kommt man dort nicht hinunter. Das echte Baby wäre doppelt so schwer und garantiert nicht so genügsam wie dieses hier.«

»Susanne Marburger hat eine dunkle Gestalt durch den Garten wegrennen sehen. Das heißt, unsere Täter waren mindestens zu zweit. Einer ist, wie schon vermutet, durch die Tür gekommen. Vielleicht hat der ja dem Zweiten das Baby von hier aus angereicht?« Wieder zeige ich auf die zerdrückten Blumen.

Murat und ich sehen uns eine Sekunde lang schweigend an. Dann nickt er und macht sich wortlos auf den Weg zurück in den Garten. Dieses Mal nimmt er jedoch die Treppe. »Bereit«, ruft er, als er unten angekommen ist.

Ich nehme die Puppe und beuge mich mit ihr über das Balkongeländer. Er stellt sich auf die Zehenspitzen und streckt seine Arme nach oben aus. Doch selbst wenn wir beide uns so weit wie möglich entgegenkommen, berührt er die Puppe gerade so an den Beinen. Ich kann sie ihm nicht problemlos in die Arme legen. »Ich werfe sie dir runter«, ächze ich und lasse auf sein Nicken hin die Puppe los. Er fängt sie zwar auf, aber wir beide sind uns einig: Das macht man nicht mit einem richtigen Baby. Nicht mitten in der Nacht. Vor allem, wenn man kein Aufsehen erregen will. Zudem wäre das Risiko zu groß, dem Baby Schaden zuzufügen.

In der Hoffnung, dass der Täter das nicht wollte, lesen wir beide in den Augen des anderen.

»Also bleiben wir bei der Annahme, dass der Einbruch vorgetäuscht war«, fasst Murat zusammen.

Ich nicke. »Das bringt uns zurück zu denen, die einen Schlüssel zur Wohnung haben.«

»Und warum ist der Täter dann durch den Garten geflüchtet, wenn er doch vorn durch die Tür gekommen ist?«

Ich zucke mit den Schultern. »Vermutlich hat er ein paar Straßen weiter geparkt, damit man sein Fahrzeug nicht hier vor dem Haus sieht.«

Murat starrt ungläubig auf die Scherben auf dem Balkon. »Wahnsinn, wie viel die Täter bedacht haben.«

Ich werfe einen Blick nach oben. »Fangen wir bei den Marburgers an.«

Murat nickt.

Während wir im Flur stehen und ich ein neues Polizeisiegel an der Wohnungstür der Hoffmanns befestige, berührt Murat mich an der Schulter. »Warum?«, fragt er.

»Warum was?« Ich lasse die Klinke los und drehe mich zu ihm um.

»Warum bist du vom BKA weggegangen? Hierher? Ich versuche seit Jahren, dort unterzukommen, und du wirfst dieses Privileg einfach weg?«

»Einfach war es nicht. Aber ich habe es aus Liebe getan«, wiederhole ich die Worte meiner Mutter, dieses Mal ohne Theatralik und mit vollem Ernst. »Ich bin damals hier weggegangen, weil ich mit dem Tod meines Vaters nicht zurechtgekommen bin«, erkläre ich, weil meine Antwort Murat offensichtlich nicht zufriedenstellt. »Ich habe gerne beim BKA gearbeitet. Dort habe ich viel gelernt. Aber ich bin in Wiesbaden nie heimisch geworden. Mein Zuhause ist hier. Bei Alex. Als ich das erkannt habe, bedeutete das, dass ich meinen Job wechseln muss.«

»Und der neue Job macht dich glücklich?«

Ich seufze. »Das werden wir sehen. Du wechselst gerade mehr als zwei Sätze mit mir. Es besteht also Hoffnung.«

Susanne Marburger öffnet uns beim ersten Klingeln die Tür. »Ich habe Sie schon aus dem Fenster beobachtet«, sagt sie ohne Umschweife. »Was haben Sie da gemacht?«

»Das lassen Sie mal unsere Sorge sein«, gebe ich zurück.

»Gibt es Neuigkeiten?«

»Die gibt es. Deswegen müssen wir Sie und Ihren Mann bitten, mit aufs Revier zu kommen«, sagt Murat.

»Mein Mann ist nicht zu Hause.«

»Dann begleiten Sie uns bitte. Mit Ihrem Mann sprechen wir später.«

»Ich sage schnell meiner Tochter Bescheid.« Frau Marburger nickt uns kurz zu. Dann ruft sie über die Schulter: »Toni? Die Polizei hat ein paar Fragen zu Sonntagnacht. Ich bin mal eben weg. Sagst du Papa Bescheid, wenn er nach Hause kommt?«

Wir hören eine unverständliche Antwort. Marburger nickt uns zu, dann folgt sie uns die Treppe hinunter.

Auf dem Revier bitten wir sie, im Vernehmungszimmer Platz zu nehmen, und gehen zusammen in die Küche, um Kaffee und Wasser zu holen. Auf dem Weg dorthin kommen wir an Alex' Büro vorbei. Die Tür ist geschlossen, aber er redet so laut, dass wir ihn unmöglich überhören können. »Du vertraust deinem Püppchen jetzt mehr als mir«, hören wir Ingrids Stimme, nicht weniger laut.

»Sie ist nicht mein Püppchen! Außerdem ist sie deine Kollegin, mäßige deinen Ton.«

»Du hast sie geholt, damit sie meinen Platz einnimmt, sei wenigstens so fair und gib es zu!«

»Wer redet denn davon, dich in Rente zu schicken? Ich habe eine neue Stelle bewilligt bekommen und diese besetzt, was ist dein Problem?«

Murat und ich sehen einander an. Jeder wartet darauf, dass der andere das Gespräch kommentiert. »Lass uns mit Susanne Marburger reden«, sage ich schließlich. Dass Ingrid mich vor Alex als Püppchen bezeichnet hat, gefällt mir nicht. Am liebsten würde ich Murat nach seiner Meinung dazu fragen. Aber zum einen will ich das Band, das sich gerade zwischen uns zu bilden scheint, nicht wieder zerschneiden. Und zum anderen habe ich ein wenig Angst vor seiner Antwort. Nervös ziehe ich meine Ponysträhne in die Stirn, während wir Wasser in eine Karaffe füllen und Gläser aus dem Schrank nehmen.

»Erzählen Sie uns noch mal genau, was sich aus Ihrer Sicht in der Nacht von Sonntag auf Montag ereignet hat«, bitte ich Susanne Marburger, als Murat und ich uns gesetzt haben und die Getränke verteilt sind.

»Das hat mein Mann doch schon getan«, erwidert sie mit schwacher Stimme. Erst jetzt fällt mir auf, dass ihre Augen und Wangen stark gerötet sind. Als hätte sie viel geweint. »Haben Sie den Täter gefunden?«, hakt sie wieder nach.

»Deswegen haben wir Sie zu Hause abgeholt und noch mal aufs Revier mitgenommen«, sagt Murat. »Ein paar Details scheinen uns nicht stimmig, und wir möchten prüfen, ob wir Ihre Aussage richtig verstanden haben.«

»Vielleicht ist Ihnen ja jetzt, nachdem der Schock sich ein wenig gesetzt hat, etwas eingefallen«, ergänze ich und lächle ihr aufmunternd zu.

Sie überlegt einen Moment. »Wir sind von einem Knall wach geworden, mein Mann und ich«, sagt sie dann.

»War das ein Knall wie das Zersplittern von Glas oder der Schuss?«, unterbricht Murat sie.

»Glas, glaube ich. Und dann der Schuss. Später noch mal Glas.«

»Wie viel später?«

Sie zuckt hilflos mit den Schultern. »Ich weiß es nicht. Kurz darauf, würde ich sagen. Eine Minute? Vielleicht zwei? Ich habe nicht auf die Uhr gesehen.«

»Und dann hat Ihr Mann die 110 gewählt?«, frage ich.

»Ja. In der Zeit habe ich nach unserer Tochter gesehen, aber die schlief tief und fest. Also habe ich mich ans Fenster gestellt. Ich wusste nicht, was ich sonst machen soll. Christoph hat mich allein im Zimmer gelassen, während dieser Verrückte da unten sein Unwesen trieb«, sagt sie vorwurfsvoll. »Und da habe ich jemanden weglaufen sehen.«

»Nur eine Person?«, fragt Murat.

»Ja. Es war dunkel, ich hab ihn nicht erkannt.«

»Aber dass es ein Mann war, wissen Sie schon?«

»Frauen machen so was doch nicht.«

Murat und ich werfen einander einen Blick zu, gehen aber nicht weiter darauf ein.

»Und der Mann ist gelaufen, nicht gegangen?«, hake ich nach.

»Er ist nicht gerannt, wenn sie das meinen. Aber er ist nicht herumspaziert. Er hat sich zügig entfernt.«

»Hat er etwas bei sich getragen? Hat er Nora dabeigehabt?«

Wieder hilfloses Schulterzucken. »Es war doch dunkel. Und es ging alles so schnell.«

Ich atme tief durch. »Frau Marburger, Sie wollten wissen, was wir da heute in der Wohnung der Hoffmanns gemacht haben. Wir haben versucht, die Tatnacht zu rekonstruieren. Und wir haben festgestellt, dass der Täter nicht mit Nora über den Balkon geflüchtet sein kann. Er kann das Baby nicht von dort aus angereicht bekommen haben. Außerdem ist der Täter nicht über den Balkon eingedrungen, sondern durch die Wohnungstür. Haben Sie es unten bei den Hoffmanns klingeln hören?«

Susanne Marburger reißt die Augen auf. »Nein!«

»Damit bleibt nur die Möglichkeit, dass jemand mit einem Schlüssel reingekommen ist. Sie haben einen.«

»Den haben Sie uns doch abgenommen!«

»Aber erst nachdem der Mord passiert ist. Deswegen frage ich Sie jetzt: Haben Sie oder Ihr Mann Ihren Schlüssel jemandem gegeben, damit er in der Nacht Zutritt zur Wohnung hatte?«

»Nein.«

»Sind Sie am Ende selbst zu den Hoffmanns gegangen?«

»Nein! Warum hätte ich das tun sollen?« Ihr Atem beschleunigt sich.

»Wir müssen alle Eventualitäten abklären.«

»Ich habe nichts damit zu tun!«

»Und warum werden Sie dann gerade so nervös?«

»Haben Sie eine Ahnung, was das für ein Gefühl ist, über einer Wohnung zu schlafen, in die eingebrochen wurde? In der ein Mensch erschossen wurde und ein Baby entführt? Die Wohnung ist immer noch nicht dicht, das Fenster ist zerbrochen, sodass dieser Verrückte jederzeit wiederkommen könnte. Dieses Mal hat er es vielleicht auf mich oder meine Tochter abgesehen, wer weiß. Machen Sie Ihre Arbeit und werfen Sie nicht mit haltlosen Anschuldigungen um sich!«

»Haben Sie Nora Hoffmann entführt?«

»Nein!«

»Haben Sie Leopold Hoffmann erschossen?«

»Nein, welchen Grund hätte ich denn dazu gehabt?«

Ich mache eine Handbewegung, die sie zum Weiterreden animieren soll, und hoffe, dass Murat meinen Wink versteht und den Mund hält.

Die Stille, die sich jetzt im Raum ausbreitet, ist unangenehm. So unangenehm, dass niemand von uns sie lange aushalten wird. Ich spüre, wie mein Herz gegen meine Brust pocht. Aus dem Augenwinkel sehe ich, wie Murat unruhig mit seinem rechten Bein auf und ab wippt. Susanne Marburgers Augen wandern im Zimmer hin und her und suchen etwas, an dem sie sich festhalten können. Immer wieder sucht sie Augenkontakt mit uns. Wartet darauf, dass wir etwas sagen, ihr eine weitere Frage stellen. Aber wir halten die Stille aufrecht. Schließlich tut sie uns den Gefallen und ergreift als Erste das Wort. »Ich habe Leopold nicht erschossen. Ich habe ihn geliebt.«

Dann sinkt sie müde auf ihrem Stuhl zusammen.

11

Wir mussten Susanne Marburger gehen lassen. Ihre Fingerabdrücke sind überall in der Wohnung, aber das war keine Überraschung: Sie hat regelmäßig auf Nora aufgepasst, das hat sie uns schon in der Tatnacht erzählt. Also hatten wir nicht genug in der Hand, um sie festzuhalten. Wichtiger ist aber, dass sie gar kein Motiv hat. Im Gegenteil: Sie hatte seit einem Jahr eine Affäre mit Leopold Hoffmann und leidet unter seinem Tod.

Ich sollte jetzt an alles denken, aber nicht mehr an diesen Fall. Trotzdem scheint jeder meiner Gedanken sich daran zu klammern, auch hier. Ich nippe an meinem Cocktail. Eigentlich trinke ich lieber Bier. Und noch lieber würde ich jetzt, da wir mit unseren Ermittlungen langsam Fortschritte machen, nüchtern bleiben. Aber Paul hat mir diesen Cocktail wärmstens empfohlen, sodass ich mich darauf eingelassen habe. Von hier aus kann ich bequem zu meiner Mutter oder zu Alex laufen. Und durch mein Abendessen verschaffe ich mir hoffentlich eine ausreichende Basis, sodass mir der Alkohol nicht zu sehr zu Kopf steigt. Als ich Alex vorhin gesagt habe, dass ich mit Paul verabredet sei, hat der nur ein »Okay, viel Spaß« von sich gegeben. Mit düsterer Miene brütete er über dem Tatortbild von der zerbrochenen Scheibe. Dass er überhaupt reagiert hat, wundert mich.

Jetzt sitze ich hier mit Paul in einem Restaurant im Laaspher Zentrum. Das Steak und die Süßkartoffelpommes schmecken hervorragend. So richtig komme ich trotzdem nicht im Feierabend an. Susanne Marburger hat uns angefleht, ihrem Mann nichts von der Affäre zu sagen. Ich kann mir allerdings nicht vorstellen, dass der davon nichts weiß.

»Könntest du dir vorstellen, dass deine Partnerin eine Affäre mit ihrem Nachbarn hat? Ein Jahr lang, ohne dass du es weißt?«, frage ich Paul.

Seine Mundwinkel zucken amüsiert. »Alex wohnt doch allein, oder?«

»Jaja, und seine Nachbarin ist um die achtzig, soweit ich weiß. Aber würdest du denken, dass das möglich ist?«

Paul überlegt einen Moment. »Manchmal ist das keine Frage des Wissens, sondern der Betrogene verschließt bewusst die Augen davor. Wenn der Partner fremdgeht, muss man sich eingestehen, dass in der Beziehung etwas nicht rundläuft. Das bedeutet, dass man auch selbst Fehler macht. Dazu ist der Betrogene oftmals nicht bereit, und es ist einfacher, so zu tun, als wüsste er nichts von der Affäre.«

»Das klingt so, als würdest du aus Erfahrung sprechen«, antworte ich überrascht.

»Ich war jahrelang der Geliebte einer verheirateten Frau, deswegen kenne ich mich in der Tat ein wenig aus. Als Außenstehender hätte ich auch mit dem Finger auf sie gezeigt. Bis ich etwas mit ihr angefangen und Einblicke in ihr Seelenleben erhalten hatte: Wer seinen Partner betrügt, ist nicht immer zwingend der Böse in einer Ehe, da gibt es nicht nur Schwarz und Weiß. Oft kommt es zu einer Affäre, weil in der Beziehung etwas fehlt. Weil der Betrügende unglücklich ist. Für die Frau, auf die ich mich eingelassen habe, war die Situation nicht immer leicht. Eine Trennung von ihrem Partner kam für sie nie in Frage, des Kindes wegen. Und was sollten die Leute bloß denken.« Er lacht bitter.

»Und wie ist die Geschichte ausgegangen?«

Er zuckt mit den Schultern. »Noch hat sie kein Ende.«

»Und das lässt du mit dir machen?«

Paul sieht konzentriert auf seinen Cocktail. »Sex on the Beach«, murmelt er. »Was ist das für ein Name. Wir sind hier auf dem Land. Da kann man den Cocktail doch anders nennen. Wie wäre es mit ›Stelldichein in Wittgenstein‹? Damit würde das Getränk zum Verkaufsschlager.«

Ich muss lachen. »Respekt, wenn du für alle anderen Cocktails auf der Karte auch solche Bezeichnungen findest.«

»Dann mache ich meine eigene Kneipe auf und werde reich.«

»Und zeigst deiner verheirateten Affäre, was sie verpasst hat, als sie sich nicht für dich entschieden hat.«

»Vielleicht entscheidet sie sich dann für mich. Den skalpellschwingenden Cocktailkönig.« Sein Lachen wird vom Klingeln seines Handys unterbrochen. Er blickt auf das Display. »Sorry, da muss ich kurz ran«, entschuldigt er sich und verzieht sich auf die Toilette, wo die Musik nicht so laut ist. Ich nutze die Gelegenheit, zwei Steakhouse-Pommes von seinem Teller zu stibitzen. Ja, Alex hat definitiv recht: Ich esse zu wenig. Abends könnte ich immer alles, was vor mir steht, einatmen.

»Ein Notfall. Ich muss leider los.« Paul ist zurück an unseren Tisch gekommen.

»Deine Angebetete?« Ich sollte so etwas nicht fragen, aber der Cocktail ist mir zu Kopf gestiegen.

»Bedien dich.« Paul zeigt auf seinen Teller, ohne auf meine Frage einzugehen. »Ich hab deinen Blick gesehen. Los, iss nur. Sonst wird das Steak weggeworfen. Ich habe an der Theke schon bezahlt. Tut mir leid, dass ich dich jetzt hier so sitzen lasse.«

»Sag mir bitte, dass die Kleine nicht tot aufgefunden wurde!«

Er legt beruhigend die Hand auf meine Schulter. »Keine Sorge. Unser Fall hat damit nichts zu tun. Das ist ein privater Notfall. Ich mach es wieder gut. Und wenn wir das nächste Mal essen gehen, lasse ich das Handy zu Hause.«

Er nickt mir noch einmal zu, dann begibt er sich in Richtung Ausgang. Ich schaue auf meinen mittlerweile leeren Teller. Schließlich gebe ich dem Grummeln in meinem Magen nach und nasche ein paar Pommes und ein Stück Steak von Paul, bevor ich nach meiner Jacke greife und mich auf den Nachhauseweg mache. Zu Alex, entscheide ich. Meiner Mutter schreibe ich eine Nachricht.

Warum kann ich nicht endlich bei Alex einziehen, frage ich mich. Dann müsste ich mich nicht wie ein Teenager ständig bei meiner Mutter an- und abmelden. Momentan ist das selbstverständlich, damit sie sich keine Sorgen macht. Wenn ich bei Alex einzöge, würde sich das erübrigen. Ich müsste mich eher ankündigen, wenn ich bei ihr vorbeikäme. Ich schüttele den Kopf, während ich durch die ruhigen Straßen gehe. So eine Entscheidung sollte ich nicht im angetrunkenen Zustand treffen.

12

Donnerstag

Alex hat schon tief und fest geschlafen, als ich am Abend nach Hause gekommen bin. Ich bin froh, dass er ein wenig Ruhe gefunden hat. Der Druck auf ihn wächst. Gestern Abend ging meine Pressemitteilung noch einmal durch die Nachrichten, gepaart mit dem Fazit, dass die Polizei nach wie vor keine Ergebnisse vorweisen könne. Im Anschluss wurde Oscar Hoffmann eingeblendet. Auch er appellierte an den Entführer, Nora heil zurückzubringen. Mareike Hoffmann hat uns telefonisch bestätigt, dass sich niemand mit einer Lösegeldforderung bei ihr gemeldet hat. Auch unter der eigens dafür eingerichteten Telefonnummer sind keine Anrufe eingegangen, und das, obwohl Oscar Hoffmann mittlerweile eine Belohnung für Hinweise zahlen würde, die dazu beitragen, seine Enkelin heil nach Hause zu bringen. Aber mit den neuen Erkenntnissen werden wir heute hoffentlich den Durchbruch erzielen, um Leopold Hoffmanns Mörder und den Entführer der kleinen Nora zu finden.

»Du machst dir Frühstück?« Wieder habe ich nicht bemerkt, wie Alex zu mir in die Küche gekommen ist.

»Uns«, korrigiere ich ihn und zeige auf den Teller mit Brot und Aufschnitt, den ich ihm bereitgestellt habe. »Die fünf Minuten dafür nehmen wir uns. Wer weiß, wann wir heute Zeit zum Essen finden.«

Ich setze mich mit meinem Brot an den Tisch und greife anschließend nach einer der beiden Tassen Kaffee, die ich schon gefüllt habe. Ohne mein Lieblingsgetränk werde ich nicht aus dem Haus gehen, Frühstück hin oder her.

»Wie war's gestern mit Paul?«

»Schön. Wir haben uns nett unterhalten. Bis er auf einmal

gehen musste.« Was Paul mir über seine Affäre erzählt hat, behalte ich für mich. »Lass uns auch mal wieder essen gehen«, sage ich stattdessen. »Ich hätte nie gedacht, dass Süßkartoffelpommes so lecker sind.«

»Gerne. Wenn irgendwann wieder Ruhe einkehrt.«

»Heute nehme ich mir Christoph Marburger und Mareike Hoffmanns Schwester vor. Leopold Hoffmanns Eltern haben auch einen Schlüssel zu der Wohnung, aber warum genau hätten sie ihren Sohn erschießen und ihr Enkelkind entführen sollen?«

»Das besprechen wir gleich am besten im Team«, antwortet Alex und reibt sich die Augen.

»Bist du okay?«

Er zieht die Schultern hoch. »So okay, wie ich als Chef in der jetzigen Situation sein kann. Ich bin unfassbar müde und frage mich die ganze Zeit, was ich mehr tun kann.« Er nimmt einen Schluck Kaffee. Einen Moment lang starrt er mit düsterer Miene auf den Tisch. Dann sieht er mich an, und in seinen Augen liegt eine Panik, bei der sich mir das Herz zusammenzieht. »Wie wahrscheinlich ist es, dass wir Nora lebend finden?«, fragt er leise.

Ich überlege. »Sie ist jetzt seit drei Tagen verschwunden, und wir haben keine Lösegeldforderung erhalten, also ist der Täter nicht auf Geld aus. Damit stehen die Chancen nicht besonders gut.« Ich lege ihm die Hand auf den Arm. »Aber wir geben nicht auf.«

Als wir aufstehen, ziehe ich Alex an mich. Ich hoffe, ihm so genug Kraft für den heutigen Tag zu geben. »Ich liebe dich«, murmele ich.

Und bin über mich selbst erstaunt. Eigentlich wollte ich ihm sagen, dass ich bei ihm einziehen will. Aber die Worte wollen nicht aus mir raus. Na gut. Dann eben später.

Anna taxiert mich immer noch mit einem Blick, der zwischen Verachtung und Gleichgültigkeit schwankt. Ingrid straft mich mit Nichtachtung. Nur Murat kommt mit einem »Morje, Caro« in den Raum, was ihm hochgezogene Augenbrauen von seinen Kolleginnen beschert.

Alex fasst noch einmal kurz zusammen, was wir gestern herausgefunden haben.

»Warum beschränken wir uns auf die Verdächtigen, die einen Schlüssel zur Wohnung der Hoffmanns haben?«, hakt Anna nach. »Es könnte doch jemand durch die Tür eingebrochen sein.«

»Dann hätte er aber keinen Einbruch über den Balkon vortäuschen müssen. Außerdem gibt es keine Einbruchspuren. Weder an der Haus- noch an der Wohnungstür. Wir konzentrieren uns jetzt auf die Marburgers und Daria Clemens, Mareike Hoffmanns Schwester.« Er nickt mir zu, um mir zu bedeuten, dass ich das übernehmen werde.

Murat und Ingrid erhalten ihre Aufgaben für den Tag, Anna wird in den Feierabend geschickt. Sie soll heute Abend die Schicht am Telefon übernehmen. Bevor wir uns erheben, räuspert Alex sich. »Die Situation ist für uns alle nicht leicht. Zumindest mir geht dieser Fall an die Substanz. Ich habe immer ein offenes Ohr für euch. Aber manchmal ist es leichter, mit jemand Außenstehendem zu reden als mit dem Chef. Sabine Riedel ist uns als Notfallseelsorgerin zugeteilt worden. Sie steht schon mit Mareike Hoffmann in Kontakt und kann auch von uns jederzeit angesprochen werden.« Alex deutet auf den Tisch, wo ihre Karte liegt. »Alles, was wir sagen, wird natürlich vertraulich behandelt.« Dann steht er auf. Das Gespräch ist beendet.

Ich weiß nicht, wie das passiert ist. Ich habe nicht getrödelt, aber auf einmal sind alle weg, und nur Ingrid und ich sind im Raum. Ich erinnere mich an Alex' Standpauke, die ich gestern unweigerlich mit angehört habe. »Ingrid, könntest du mir vielleicht einfach sagen, was dein Problem ist?«, frage ich sie. »Was habe ich dir getan?«

»Du denkst, du bekommst eine Sonderbehandlung, weil du

das Betthäschen unseres Chefs bist. Aber so läuft das nicht. Mich kann man nicht ersetzen. Ich gehe nicht eher in Rente, weil Alex ein neues Spielzeug gefunden hat.«

Mir bleibt der Mund offen stehen. Einen Moment lang weiß ich nicht, was ich sagen soll. Ich sollte gehen. Einfach nichts erwidern und den Raum verlassen. Aber ich bleibe wie angewurzelt stehen und starre Ingrid an, die ihr Kinn trotzig nach vorn geschoben hat und offensichtlich auf eine Antwort von mir wartet. »Wer hier geglaubt hat, sie bekäme eine Sonderbehandlung, bist eher du«, platzt es aus mir heraus. »Ich bin ein neues Teammitglied und kein Ersatz für dich. Aber vielleicht willst du ja eigentlich in Rente gehen und solltest dich mit dem Gedanken befassen, wenn du so viel Angst davor hast, dass ich dir deinen Platz streitig mache.«

Bevor ich durch die Tür gehe, drehe ich mich zu ihr um. »Außerdem bin ich weder ein Betthäschen noch ein Spielzeug für Alex. Ich werde nicht aufhören, mit unserem Chef zu schlafen, nur um dir einen Gefallen zu tun.« Ich knalle die Tür zum Besprechungsraum hinter mir zu, ohne auf eine Antwort von Ingrid zu warten. Hat Alex nicht gesagt, sie hätte schon mit meinem Vater zusammengearbeitet? Wie zur Hölle hat der es mit ihr ausgehalten?

Daria Clemens wartet schon auf mich und öffnet mir die Tür, bevor ich die Chance habe zu klingeln. Sie bittet mich in die großzügige Wohnküche, wo die Kochinsel mit angrenzender Theke das Herzstück ist. Ich setze mich auf einen der Barhocker und lasse meinen Blick durch den Raum schweifen. Nur im Wohnbereich liegen ein paar Spielsachen in einer Ecke, ein abgegriffenes Stofftier liegt auf dem Sofa. Ansonsten ist es nicht ein bisschen unordentlich. Hier könnte man vom Boden essen. Daria Clemens hat Geschmack, so viel steht fest. Ihre Wohnung passt für mich eher ins Bild einer Unternehmertochter.

»Ich habe mir für den Rest der Woche Urlaub genommen«, erklärt sie. »Wenn wir hier fertig sind, hole ich meine Schwester aus dem Krankenhaus ab. Sie wird die nächsten Tage bei mir wohnen.«

»Ich will nicht viel von Ihrer Zeit in Anspruch nehmen, aber meine Kollegin hat Sie bestimmt nicht gefragt, wo Sie in der Nacht von Sonntag auf Montag waren. Deswegen mache ich das jetzt.«

Ihre Augen weiten sich unmerklich. »Ich war natürlich hier. Am Montag musste ich arbeiten und bin früh schlafen gegangen.«

»Kann das jemand bezeugen?«

»Ich fürchte, nein. Mein Mann und ich leben seit einer Weile getrennt.«

»Einen neuen Partner haben Sie nicht?«

»Nein.« Ihr Blick wird immer misstrauischer. »Warum wollen Sie das wissen? Brauche ich einen Anwalt?«

»Nein«, beruhige ich sie. »Das sind Routinefragen, die wir zurzeit jedem aus dem Umfeld der Hoffmanns stellen. Insbesondere denen, die einen Schlüssel zu ihrer Wohnung hatten. Haben Sie den mal verliehen, oder hatte jemand außer Ihnen Zugriff darauf?«

»Nein. Der Schlüssel ist an meinem Schlüsselbund, und der hängt im Schlüsselkasten im Flur. Normalerweise. Jetzt ist er ja bei der Polizei.«

Ich zögere kurz. Weiß Daria Clemens von der Affäre ihres Schwagers? Wie kann ich sie darauf ansprechen, ohne ihr die Antwort vorzugeben? Ich taste mich langsam vor. »Wie war es Ihrer Meinung nach um die Ehe Ihrer Schwester bestellt?«

Sie zuckt mit den Schultern. »Normal, würde ich sagen.«

»Was heißt das für Sie?«

»Na ja, wie eine Ehe nach ein paar Jahren eben so ist. Leo war beruflich stark eingespannt. Da blieb zu Hause viel an Mareike hängen. Vor allem in den letzten Monaten, in denen sich Leos Einsatz auf der Arbeit ausgezahlt hat und er befördert wurde.«

»Hatten Sie das Gefühl, dass Mareike mit Nora überfordert war?«

Frau Clemens schüttelt entschieden den Kopf. »Nein. Mareike hat sich von ganzem Herzen ein Baby gewünscht. Es hat eine Weile gedauert, bis es geklappt hat mit der Schwangerschaft. Dann gab es keine Glücklichere als Mareike. Ein Baby macht Arbeit, dessen war sie sich bewusst. Aber sie hätte Nora niemals wieder hergegeben. Auch wenn die momentan durch eine schwierige Phase geht.«

»Inwiefern?«

»Nora schläft kaum. Es ist schwer, sie ruhig zu kriegen. Da liegen die Nerven manchmal blank. Aber bei meinem Sohn gab es eine ähnliche Phase, als der in Noras Alter war. Da muss eine Mutter durch.«

»Und Leo? War der auch glücklich, als Nora geboren wurde?«, hake ich nach.

»Natürlich! Haben Sie Kinder, Frau König?«

»Nein.«

»Dann können Sie nicht nachvollziehen, was für ein Glück es bedeutet, ein Kind zu haben.«

»Sie haben einen Sohn, sagten Sie?«

»Ja. Tim ist achtzehn und verbringt die meiste Zeit bei seinem Vater. In dem Alter sind die Papas cooler.«

Sie zieht die Schultern hoch und lacht, aber es klingt gezwungen. Gern würde ich sie fragen, wo das Mutterglück, von dem sie gesprochen hat, denn jetzt ist. Aber ich bin nicht hier, um Daria Clemens' Familie zu beurteilen.

»Was für ein Verhältnis hatten Sie zu Leopold Hoffmann?«, frage ich stattdessen.

»Ein gutes. Wollen Sie wissen, ob ich einen Grund hatte, ihn umzubringen? Er war mein Schwager. Ich mochte ihn! Jetzt steht Mareike ganz allein mit Nora da. Vorausgesetzt, Sie finden sie endlich. Warum sollte ich ihr so eine Last aufbürden?« Sie sieht mich verständnislos an.

Weil dein Schwager eine Affäre hatte und du deine Schwester beschützen wolltest, würde ich ihr am liebsten antworten, aber sie scheint wirklich nichts von Hoffmanns Doppelleben zu wissen. »Können Sie sich vorstellen, dass jemand anderes Leopold und Mareike so etwas antun wollte?«

»Das habe ich Ihrer Kollegin doch schon gesagt! Nein, ich kann mir niemanden vorstellen, der so weit gehen würde.« Sie rollt mit den Augen.

»Dann danke ich Ihnen für Ihre Zeit.« Ich stehe auf und begebe mich zur Tür. Dort berührt Daria Clemens mich am Arm. »Wann bekomme ich den Schlüssel zu Mareikes Wohnung zurück? Sie kommt heute aus dem Krankenhaus, und ich würde ihr gern ein paar Klamotten zum Wechseln holen.«

»So schnell werden wir die Wohnung nicht wieder freigeben, fürchte ich. Aber kommen Sie doch jetzt mit mir mit. Dann lasse ich Sie hinein, und Sie können die Kleidung zusammenlegen, während ich dabei bin.«

Daria Clemens schnalzt abschätzig mit der Zunge. »Meiner Schwester ist es bestimmt nicht recht, wenn Sie sehen, welche Unterwäsche ich ihr einpacke.«

»Wir haben sowieso jeden Winkel ihrer Wohnung durchforstet, da war die Unterwäscheschublade mit Sicherheit dabei. Entweder holen Sie die Wäsche mit mir zusammen, oder Sie kaufen Ihrer Schwester neue.« Ich zucke mit den Schultern. »Eine andere Möglichkeit gibt es nicht.«

Widerwillig macht sich Daria Clemens mit mir auf den Weg zur Wohnung der Hoffmanns. An der Tür durchtrenne ich das ich weiß nicht wievielte Tatortsiegel und folge ihr in den Flur. An der Tür zum Wohnzimmer bleibt sie stehen. »Dort hat er gelegen?«, fragt sie leise und zeigt auf das Sofa, auf dem immer noch ein dunkler Fleck zu sehen ist.

Ich nicke.

»Was für ein furchtbarer Anblick das für Nora gewesen sein muss, als der Einbrecher mit ihr an ihrem Vater vorbeigegangen ist.« Sie schüttelt energisch den Kopf, um das Bild von ihrem toten Schwager zu vertreiben, und geht weiter in Richtung Schlafzimmer.

Ich bleibe eine Sekunde in der Tür stehen. Das Kissen, mit

dem Leopold Hoffmanns Gesicht bedeckt wurde, kommt mir in den Sinn. Auch wenn der Täter letztendlich mit dem Kind durch die Wohnungstür und nicht über den Balkon geflohen ist: Vom Flur aus war der erschossene Hoffmann auf dem Sofa gut zu sehen. Hat der Täter versucht, der kleinen Nora das Bild des toten Vaters zu ersparen, indem er sein Gesicht mit dem Kissen verdeckte? Das wäre ein weiterer Hinweis darauf, dass der Täter mit den Hoffmanns bekannt war. Und dafür, dass Nora ihm nicht egal ist und er sich um ihr Wohlergehen sorgt, schießt es mir durch den Kopf. In der Hoffnung, dass ich mit meiner Vermutung richtigliege, konzentriere ich mich auf meine eigentliche Aufgabe und folge Daria Clemens ins Schlafzimmer.

Die hat dort eine kleine Reisetasche auf dem Bett abgestellt und fischt systematisch Kleidungsstücke aus der rechten Schrankseite, anscheinend die Seite ihrer Schwester. »Sie können gern einen Blick in die Tasche werfen«, sagt sie. »Ich habe schon mal angefangen und die Unterwäsche eingepackt, die Sie doch so gerne sehen wollten.«

Ich rolle mit den Augen, besinne mich aber auf meinen Job und schaue in die Tasche. In der Tat befinden sich darin ein paar Slips, ein BH und Socken sowie ein paar Schuhe. Daria Clemens legt noch eine Jeans, T-Shirts und zwei Cardigans dazu. »Wissen Sie, wann die Wohnung wieder freigegeben wird?«

»Die Scheibe wird in den kommenden Tagen ersetzt. Dann sollte Ihre Schwester auch wieder herkommen können.«

Sie sieht mich prüfend an, geht zurück zum Schrank und packt vorsichtshalber einen weiteren Cardigan ein. Aus dem Badezimmer kommt sie mit Cremes und diversen Kosmetika. Schließlich zieht sie den Reißverschluss der Tasche zu und nickt in meine Richtung. »Ich habe hoffentlich alles.« Im Flur bleibt sie vor dem Kinderzimmer stehen.

Als sie an die Türklinke fasst, halte ich sie sanft zurück. »Für Nora brauchen Sie nichts, oder?«

Sie wirft mir einen finsteren Blick zu, dann geht sie ohne

ein weiteres Wort zurück zur Wohnungstür. Ich bringe außen ein neues Tatortsiegel an und verabschiede mich von ihr. Über die Schulter hinweg winkt sie mir noch einmal zu, aber sieht nicht zurück. Bevor ich mir weiter darüber Gedanken machen kann, klingelt mein Handy.

Es ist Alex. »Eine Waffe wurde gefunden«, sagt er. »Könnte die Tatwaffe sein.«

13

»Die Pistole ist auf Christoph Marburger registriert«, erklärt Alex, als ich auf dem Revier angekommen bin. »Eine Glock G44, passt also zum Projektil.«

»Wo kommt die auf einmal her?«

»Man hat sie gestern bei der Polizei Hochsauerlandkreis in Winterberg vorbeigebracht. Dort hat man die Seriennummer aber erst heute Morgen durchs System gejagt und uns Bescheid gegeben.«

»Marburger hat die Waffe bis jetzt nicht als vermisst gemeldet?«

»Nein!« Alex knallt frustriert die Hand auf den Tisch.

»Wenn die nichts mit unserem Mord zu tun hat, wäre das schon ein riesiger Zufall. Ich hole ihn her, das muss er uns erklären!«

Alex schüttelt den Kopf. »Erst müssen wir nach Winterberg, mit den Kollegen reden und die Waffe abholen. Murat muss bestätigen, ob es sich um die Tatwaffe handelt. Dann reden wir mit Marburger.« Er seufzt. »Könntet ihr, Ingrid und du, das übernehmen? Ich kann hier heute Morgen nicht weg.«

Er zeigt auf sein Handy, auf dem er, seit wir hier sitzen, bereits drei Anrufe bekommen hat. Mit Sicherheit sein Vorgesetzter, der inzwischen von Oscar Hoffmann terrorisiert wird und den Druck nach unten weitergibt. Ich darf gar nicht daran denken, welche Erklärungen Alex sich ausdenken muss, wenn sich herausstellen sollte, dass die Waffe aus der Wohnung über der der Opfer stammt. Mit Ingrid eine derart weite Fahrt zu verbringen, behagt mir allerdings nicht sonderlich.

»Natürlich«, sage ich trotzdem und mache mich notgedrungen mit meiner neuen Kollegin auf den Weg.

Auf der Landstraße fahren wir in Richtung Sassenhausen, weiter nach Weidenhausen und durch Bad Berleburg. Ich lenke meinen Golf durch enge Waldstraßen, an Windrädern und Hochsitzen vorbei, bis die B 480 schließlich breiter wird und Winterberg bereits ausgeschildert ist. Familien, die Ski fahren, sind hier am Wochenende ständig unterwegs. Da nimmt man die Fahrt zum nächstgrößeren Wintersportgebiet in der Saison gern in Kauf. Durch meine Zeit in Wiesbaden und die Tatsache, dass ich lieber wandere, ist mein letzter Besuch in dieser Gegend schon eine Weile her.

»Bist du oft hier unterwegs?«, versuche ich zum gefühlt zwölften Mal, das Gespräch mit Ingrid in Gang zu bringen.

»Hin und wieder, zum Skilaufen«, antwortet sie genauso einsilbig wie zuvor. »Gibt auch ein paar schöne Wanderwege.«

Ich weiß nicht, wann mir das letzte Mal eine Dreiviertelstunde derart lang vorgekommen ist. Gott sei Dank haben wir in diesem Moment die Polizeidienststelle erreicht, sodass ich meine Versuche, mit ihr zu reden, einstellen kann. Zumindest vorerst.

Der zuständige Beamte erwartet uns bereits. »Bieker«, stellt er sich vor und bedeutet uns, ihm ins Besprechungszimmer zu folgen.

»Ich weiß nicht so genau, was ich Ihnen noch erzählen soll«, eröffnet er das Gespräch. »Bei uns wurde gestern eine Waffe abgegeben. Anhand der Seriennummer konnten wir feststellen, dass die in Ihrem Zuständigkeitsbereich gemeldet ist, und haben uns deswegen mit Ihnen in Verbindung gesetzt. Eine Anzeige wegen Diebstahls konnten wir nicht finden.«

»Danke, dass Sie uns informiert haben«, erwidere ich und lächle Bieker zu. Er scheint zu denken, dass wir seine Vorgehensweise hinterfragen. Dementsprechend angespitzt ist sein Ton. »In erster Linie sind wir hier, um die Waffe abzuholen und ihrem Besitzer wiederzubringen. Da der sie nicht zu vermissen scheint, ist er uns die ein oder andere Erklärung schuldig.«

»Zudem könnte die Waffe im Zusammenhang mit einem Verbrechen stehen«, ergänzt Ingrid.

Am liebsten hätte ich die letzte Information für mich behalten. Doch erfreulicherweise verändert Biekers Haltung sich: Er lehnt sich im Stuhl zurück, seine Hände, die zu Fäusten geballt waren, öffnen sich. »Möchten Sie einen Kaffee?«, fragt er.

»Um ehrlich zu sein, sind wir ein wenig in Zeitdruck«, antworte ich. »Wir bräuchten das Abgabeprotokoll. Derjenige, der die Waffe gefunden hat, könnte ein wichtiger Zeuge sein.«

Bieker steht auf und kommt kurz darauf mit einem kleinen Koffer sowie den Unterlagen zurück. »Ein Herr Weber hat die Pistole gestern während der Arbeit gefunden.« Er schiebt uns die Papiere über den Tisch zu.

»Auf dem Kahlen Asten?«, fragt Ingrid erstaunt, während ich kein Wort herausbekomme.

»Anscheinend hatte er dort beruflich zu tun«, erwidert Bieker. »Da sind sie gerade wieder zugange mit Landschaftsarbeiten.«

Ich ziehe mein Handy hervor und wähle kurzerhand die Telefonnummer, die auf dem Protokoll angegeben ist.

Weber hat nach dem zweiten Klingeln abgenommen. Er ist auch heute auf dem Kahlen Asten, sodass wir uns mit ihm dort treffen. Ausnahmsweise waren Ingrid und ich uns einmal einig: Wenn die Waffe dort gefunden wurde, müssen wir uns vor Ort ein Bild machen, auch wenn es wahrscheinlich zu spät ist, jetzt noch verwertbare Spuren zu sichern. Auf dem Parkplatz angekommen, begeben wir uns direkt zum Astenturm.

Nach dem Langenberg ist der Kahle Asten mit gut achthunderteinundvierzig Metern der zweithöchste Berg in NRW und der dritthöchste Berg im Rothaargebirge. Heute ist der Himmel blau und nahezu wolkenfrei, deswegen ist die Aussicht bereits von hier unten aus atemberaubend. »An Tagen wie heute kann man bis zum Brocken im Harz sehen, der ist über hundertsechzig Kilometer entfernt«, höre ich auf einmal Ingrid neben mir sagen. »Dafür müssten wir aber auf den Aussichtsturm, und heute werden wir wohl keine Zeit haben.«

Überrascht drehe ich mich zu ihr um. Sie würdigt mich jedoch keines Blickes und geht zügig weiter, als hätte ich mir das gerade nur eingebildet. Kopfschüttelnd folge ich ihr. Wir laufen am Turmrestaurant vorbei. Draußen stehen ein paar Tische, nicht alle sind besetzt. Am Wochenende sieht das mit Sicherheit anders aus. Weiter geht es in die Heide. Linker Hand grasen Schafe, durch einen Stacheldrahtzaun von uns getrennt. Ein Holzpfahl schildert diverse Wanderwege aus, aufgestellte Tafeln versorgen den Besucher mit Informationen über das Naturschutzgebiet, in dem wir uns gerade befinden. Wir sehen schon die Landmaschine, die Weber auf unsere Bitte hin an der Wegabzweigung geparkt hat, wo er die Waffe gefunden hat.

Weber ist klein und muskulös. Man sieht, dass seine Haut regelmäßig Wind und Wetter ausgesetzt ist. Er sieht uns aus freundlichen Augen an. Und er strahlt eine unglaubliche Ruhe aus. Bis dieser Mann in Hektik oder Aufregung gerät, muss sicher viel passieren.

»Felix Weber«, stellt er sich mit angenehm dunkler Stimme vor.

»Ingrid Bald und Caroline König von der Polizei in Bad Laasphe. Können Sie uns sagen, was gestern passiert ist?«

Weber nickt. »Ich bin Landschaftsgärtner und habe ein-, zweimal im Jahr hier oben zu tun. Heute gibt es nur noch wenige Heidegebiete wie die Astenheide. Damit die Pflanzen so erhalten bleiben, wie Sie sie gerade sehen, müssen die Flächen beweidet werden.« Er zeigt auf die Schafe, die ein paar Meter entfernt von uns grasen. »Die Heidschnucken und Ziegen, die hier unterwegs sind, reichen aber nicht aus. Zudem müssen die Wanderwege frei gehalten werden. Deswegen werden hin und wieder Rodungs- oder Entbuschungsmaßnahmen durchgeführt, so wie diese Woche. Gestern hab ich dann dahinten die Pistole gefunden.«

Er deutet auf den Weg hinter seiner Maschine.

»Zeigen Sie uns bitte, wo genau«, bittet Ingrid ihn und wirft einen Blick auf die bis jetzt noch leeren Beweisbeutel, die sie mitgebracht hat.

Weber macht ein paar Schritte in den Weg hinein. Traktorspuren sind die einzigen Abdrücke, die sich erkennen lassen. Nach ein paar Metern bleibt Weber stehen und zeigt auf die Heidefläche rechts. »Hier habe ich gestern ein paar Büsche und Stubben entfernt. Da lag dann die Waffe.«

Ingrid überlegt nicht lange und begibt sich sofort auf Spurensuche.

»Was passierte dann?«, will ich wissen.

»Ich konnte die Waffe nicht liegen lassen. Vielleicht ist die einem Wanderer aus der Tasche gefallen. Sie haben ja keine Ahnung, was ich in den Jahren, die ich meinen Job schon mache, alles so gefunden habe. Ich hab sie eingesteckt und zur nächsten Polizeiwache gebracht.«

»Haben Sie sie angefasst?«, will Ingrid, die immer noch vor uns in der Heide kniet, wissen.

»Wie hätte ich sie denn sonst transportieren sollen?«

»Das heißt, wie werden Ihre Fingerabdrücke auf der Waffe finden?«

Weber lacht auf. »Ach, darum geht es. Nein, beim Arbeiten trage ich Handschuhe.«

»Wann haben Sie die Waffe ungefähr abgegeben?«, frage ich.

»Gefunden habe ich sie so gegen vierzehn Uhr. Bis ich dann zurück am Auto war und bei der Polizei in Winterberg … So gegen fünfzehn Uhr?«

Bieker hat uns nicht einmal vierundzwanzig Stunden nach dem Waffenfund informiert. Bei dem Papierkram, der mittlerweile in so einem Fall erledigt werden muss, keine Riesenverzögerung. Trotzdem wird mir übel bei dem Gedanken, wie viel Zeit uns das gekostet hat.

In diesem Moment richtet Ingrid sich auf und kommt zurück zu uns auf den Weg. »Ein paar kaum erkennbare Fußabdrücke und das hier.« Sie deutet auf einen Beweisbeutel mit ein paar

Flusen. »Ich bezweifle aber, dass das brauchbare Spuren sind, wenn man bedenkt, dass der Betrieb hier gestern ganz normal weitergelaufen ist.«

Frustriert schüttelt sie den Kopf. »Wenn es Spuren gab, sind die bei der Entbuschungsaktion zerstört worden. Die Fußabdrücke sind wahrscheinlich sogar Ihre«, ergänzt sie beim Blick auf Webers Stiefel.

Der zuckt lediglich mit den Schultern und lässt es sich zumindest nicht anmerken, wenn er sich durch Ingrids Ausbruch angegriffen fühlt. »Möglich. Ich hab mich ja gebückt, um das Ding aufzuheben.«

»Wer wusste davon, dass Sie gerade hier arbeiten?«, lenke ich seine Aufmerksamkeit schnell auf mich.

Er überlegt. »Meine Firma natürlich. Der Landschaftsverband. Und ich habe mit Sicherheit auch im Privaten mal darüber gesprochen. Dass wir hier immer wieder zu tun haben, ist kein Geheimnis.«

»Haben Sie in den letzten Tagen darüber gesprochen?«

»Natürlich. Aber fragen Sie mich jetzt nicht nach einer Liste.«

»Wenn Ihnen ad hoc jemand einfällt, bin ich ganz Ohr.«

Ich notiere mir die Namen von Webers Angestellten und Familienangehörigen sowie den des Auftraggebers. »Wo waren Sie in der Nacht von Sonntag auf Montag?«, frage ich so beiläufig wie möglich.

Weber reagiert auf dieselbe gelassene Art wie eben schon. »Ich war mit meiner Frau im Bett. Sie können sie gern fragen. Ich schnarche so laut, dass sie mich bemerkt haben wird.«

Ich verkneife mir ein Lachen, während ich mir eine weitere Notiz mache. »Darauf müssen wir vielleicht zurückkommen.«

»Sie können sie gern jetzt anrufen, dann können Sie sich sicher sein, dass ich sie nicht vorwarne.«

»Für den Moment ist das nicht nötig, denke ich.« Dann stecke ich ihm meine Karte zu. »Für den Fall, dass Ihnen noch etwas einfällt.«

Am Auto fragt Ingrid mich: »Was sollte das mit Weber denn?«

»Was meinst du? Dass wir sein Alibi eventuell überprüfen müssen, ist kein Geheimnis.«

»Ich meine die Frage, wer denn wusste, dass er hier oben zu tun hat.«

»Ich weiß, dass ich nach einem Strohhalm greife. Aber überleg dir mal, jemand wollte, dass die Waffe gefunden wird, vierzig Kilometer von Laasphe entfernt, ohne jegliche Spuren. Dann ist so eine Entbuschungsaktion doch die Gelegenheit.« Ich denke kurz nach. »Außerdem ist das schon das zweite Mal, dass bei unseren Ermittlungen ein Landmaschinenbetrieb in Berleburg eine Rolle spielt, und das ist doch merkwürdig, oder etwa nicht? Vielleicht wird es Zeit, dass wir Oscar Hoffmann mal einen Besuch abstatten.«

14

Sie starrt in den Spiegel und streicht sich die Haare aus dem Gesicht. Am Anfang hat er einen DNS-Test gewollt. Dass ihm die Ähnlichkeit nicht aufgefallen ist, hat sie zuerst enttäuscht. Sogar jetzt, als ihre Augen unfassbar müde sind und ihr Mund verkniffen, kann man es eigentlich nicht übersehen. Selbst als sie ihn darauf angesprochen, darauf gestoßen hat, wollte er den Test noch. Nur um sicherzugehen. Auf Nummer sicher gehen war immer sein Credo. Das kränkte sie. Aber für Sentimentalitäten war keine Zeit. Sie war froh darüber, dass sie ihn für ihren Plan gewinnen konnte. Es war riskant, ihn einzuweihen, auch wenn eigentlich alles auf seiner Idee aufbaute. Ihr davon zu erzählen war für ihn nicht weniger riskant gewesen. Danach traf sie sämtliche kritischen Entscheidungen. Das hätte sie alles kosten können, da war ihr Job noch das kleinste Problem. Doch irgendwann setzte sie alles auf eine Karte. Je weiter sie kamen, desto begeisterter war er. Selbst vom NEUE -Test sah er irgendwann ab. Sie hatten einander so viel Vertrauen entgegengebracht, da hätte das Ergebnis sowieso nichts mehr geändert.

Und jetzt? Sie denkt an die zerstörte Wohnung. An die eingeschlagene Fensterscheibe. An alles, was in jener Nacht nicht so gelaufen ist wie geplant. »Da wärst du besser auf Nummer sicher gegangen«, flüstert sie und hält sich am Waschbecken fest, während sie ein paar Sekunden lang zulässt, dass die Wut von ihr Besitz ergreift. Sie wirft ihrem Spiegelbild einen letzten Blick zu. Dann atmet sie tief durch, um sich wieder zu fangen. So lange schon hat sie auf das gewartet, was bald kommt. Jetzt steht sie so kurz davor, da braucht sie einen klaren Kopf. Noch einen Fehler können sie sich nicht erlauben.

Sie greift zum Telefon und wählt seine Nummer. Wenigstens für das Problem mit der Waffe hat sie eine Lösung gefunden.

15

Ich wähle Alex' Nummer, um unser weiteres Vorgehen mit ihm zu besprechen.

»Fahrt nach Berleburg zu Hoffmann, dann kannst du dich dort umsehen. Murat holt Ingrid ab, damit wir in der Zwischenzeit den Projektilvergleich mit der Waffe durchführen können. Anschließend kümmerst du dich um Marburger. Idealerweise wissen wir bis dahin auch, ob es sich um die Tatwaffe handelt.«

Ich beende den Anruf. Die Rückfahrt mit Ingrid kommt mir etwas entspannter vor als die Fahrt nach Winterberg. Das mag aber auch daran liegen, dass uns beiden nicht nach Reden zumute ist und wir unseren Gedanken nachhängen.

Oscar Hoffmanns Firma im Gewerbegebiet Weidenhausen ist nicht zu verfehlen. Am Gebäude prangt ein überdimensionaler Schriftzug mit dem Firmennamen. Zahlreiche Traktoren, Pflüge und Mähdrescher stehen auf dem großen Parkplatz und warten auf ihre Abholer oder Käufer. Ich stelle meinen Golf auf dem Besucherparkplatz ab, wo Murat schon auf Ingrid wartet. Wir nicken einander kurz zu, dann lassen sie mich zurück.

Im Gegensatz zum Parkplatz ist das Verwaltungsgebäude der Firma recht überschaubar. Die Werkstatt nebenan scheint den größeren Platz des Gebäudes einzunehmen. Dort drinnen wird fleißig gehämmert und geschraubt. Erst einmal in die Verwaltung, beschließe ich. Ich zupfe mir noch einmal meine Ponysträhne in die Stirn, dann gehe ich hinein. Direkt neben dem Eingang steht ein kleiner Tisch mit ein paar Stühlen, eine richtige Rezeption gibt es nicht. Einige Meter weiter stehen ein paar Schreibtische. Die Einrichtung ist eher schlicht, aber trotzdem gepflegt. Wie Oscar Hoffmanns Kleidung, denke ich: nicht zu abgehoben, um die Zielgruppe nicht einzuschüchtern, und trotzdem wird eine gewisse Professionalität vermittelt. Es dauert nicht lange, dann kommt eine Mitarbeiterin um die fünfzig auf mich zu. Wie Oscar Hoffmann trägt sie eine nicht zu eng sitzende Jeans und ein kariertes Oberteil. Ob das hier die Dienstkleidung ist? Die Schuhe mit den kleinen Absätzen und schicke Goldohrringe lassen darauf schließen, dass die Frau in der Regel nicht nebenan in der Werkstatt tätig ist.

Sie lächelt mich an. Einer ihrer Schneidezähne steht leicht schief, was sie direkt sympathisch macht bei dem ansonsten makellosen Aussehen. »Hallo, ich bin Anita Sommer, wie kann ich Ihnen helfen?«

Ich zeige ihr meinen Ausweis. »Caroline König von der Bad Laaspher Polizei. Ist Herr Hoffmann zu sprechen?«

»Der ist leider unterwegs. Worum geht es denn?« Wieder das offene Lächeln.

Ich überlege kurz. Hoffmann wird mit Sicherheit nicht begeistert sein, wenn ich ohne sein Beisein seine Mitarbeiter befrage. Andererseits habe ich einen Grund, hier aufzutauchen: Man hat eine Waffe gefunden, und er will über alle Fortschritte unserer Ermittlungen informiert werden. Zu dumm, dass er nicht da ist und sich bislang zu fein war, mir seine Handynummer zu geben. Aber wenn ich schon hier bin, kann ich mich auch ein wenig umsehen. Also setze ich ein strahlendes Lächeln auf. »Wenn Sie fünf Minuten für mich hätten, wäre das großartig.«

Ich folge Anita Sommer in ein kleines Besprechungszimmer. Auf dem Weg dorthin textet sie mich mit Informationen zu, die ich mir auf die Schnelle niemals alle merken kann. Immerhin bin ich an jemanden geraten, der reden möchte.

»Wussten Sie, dass die Borkenkäferplage nicht die erste ist, der unsere Wälder ausgesetzt sind?«

Bevor ich etwas erwidern kann, fährt sie fort. »In den neunziger Jahren war der Käfer schon einmal aktiv. Zu der Zeit haben wir versucht, mit Fallen seiner Herr zu werden: Wir stellten eine Art Käfig in den Wäldern auf, die mit einem Lockstoff versehen waren. Leider konnten wir auf die Art aber nur circa fünf Prozent der Käfer vernichten. Der Rest labte sich weiter an unserem Holz. Trotzdem war die Plage damals kein Vergleich zu dem, was wir gerade erleben. Durch die trockenen Sommer von 2016 bis 2019 konnte der Borkenkäfer sich hervorragend vermehren. Eine Fichte kann im Schnitt zweihundertfünfzig Borkenkäfer beherbergen, ohne Folgen davonzutragen. Aber wissen Sie, wie viele Buchdrucker einen Baum befallen? Tausende! Und ich glaube nicht, dass das die letzte Krise bleibt, so wie sich das Klima verändert.«

Hier im Besprechungszimmer setzt sich der gemütliche, wenig abgehobene Einrichtungsstil fort. Ich setze mich auf einen der bequemen Stühle und nehme dankend den Kaffee an, den sie mir anbietet. Er ist ausgezeichnet.

»Haben Sie während der ersten Borkenkäferplage schon hier gearbeitet?«, frage ich Anita Sommer, um unser Gespräch langsam auf die Firma Hoffmann zu lenken.

Sie wirkt ein wenig enttäuscht, dass ich ihren Redefluss bremse, fängt sich aber schnell wieder. »Zu der Zeit habe ich hier ein Praktikum gemacht. Ich bin froh, dass ich nach der Schule einen Ausbildungsplatz ergattert habe. Nicht nur ich wollte einen Job bei Hoffmanns.«

»Wie viele Leute arbeiten hier?«

»In der Verwaltung sind wir zu fünft. In der Werkstatt arbeiten sieben Kollegen. Der Chef überlegt aber, noch jemanden einzustellen. Es gibt viel zu tun, und er kann mit seinen über sechzig Jahren nicht mehr so mit anpacken.« Sie lacht. »Es hat ein bisschen gedauert, bis er das eingesehen hat.«

»Das kann ich mir vorstellen.« Dass ein Oscar Hoffmann überhaupt erkennt, dass es Grenzen gibt, ist in der Tat beeindruckend.

»Wissen Sie, ich kann das verstehen, der Oscar hat durch Arbeit den Tod seiner Frau verarbeitet. Für den gab es nur Familie und Arbeit, immer schon. Und als die Cordula dann gestorben ist, musste die Arbeit eben reichen.«

»Und hier in der Verwaltung? Gibt es da viel zu tun?«, stelle ich die nächste Frage, als Anita Sommer endlich Luft holt.

»Wir haben vorher schon viel zu tun gehabt. Aber seit Mareike die Idee hatte, Harvester an die Forstunternehmen zu vermieten, um ihren momentanen Überbedarf an Maschinen zu decken, können wir uns vor Arbeit nicht retten. Sie sehen ja, was in den Wäldern in der Gegend los ist: An sieben Tagen die Woche werden Bäume gefällt, um das Holz zu Dumpingpreisen nach Asien zu exportieren. Und dann kaufen wir Deutschen es von dort zurück. Fichtenholz lässt sich nicht lange lagern, und die Sägewerke in Siegen-Wittenstein und Umgebung sind voll. Da muss man es billig verscherbeln, damit es überhaupt verarbeitet wird.« Wieder lacht Anita Sommer, doch dieses Mal klingt es alles andere als fröhlich.

»In der Verwaltung will der Chef aber niemand Neuen mehr anstellen?«

»Nein, Mareike kommt ja hoffentlich bald aus dem Mutterschaftsurlaub zurück. In der Zwischenzeit müssen wir allein zurechtkommen.«

»Mareike Hoffmanns Schwester fängt doch bestimmt vieles auf, oder?«

»Daria arbeitet doch schon seit Jahren nicht mehr hier!«

Einen Moment lang weiß ich nicht, was ich sagen soll. Bei allem, was ich bisher über das Unternehmen Hoffmann erfahren habe, bin ich davon ausgegangen, dass Daria Clemens ebenso bei der Firma ihres Vaters arbeitet wie ihre Schwester.

»Jetzt, wo Sie es sagen: Das war damals schon merkwürdig. Die Daria hat ja hier gearbeitet, und wie gesagt, es gab immer genug zu tun. Aber als sie sich damals scheiden ließ, da war sie auf einmal ganz schnell weg. Von einem Tag auf den anderen. Wir haben damals alle gedacht, dass sie sich erst mal sortieren muss, alleine mit dem Kind dazustehen war bestimmt nicht einfach. Aber sie kam einfach nicht wieder. Mittlerweile ist ihr Sohn erwachsen, und sie ist anderswo untergekommen.«

Ich mache mir schweigend ein paar Notizen. Die Gesprächspause spielt mir in die Karten, denn Anita Sommer beugt sich vor und fährt in verschwörerischem Ton fort: »Vielleicht hat die Daria damals ihren Vater erwischt und hat deswegen ihren Platz hier geräumt. Man munkelt ja, dass der seine Finger nicht bei sich behalten konnte, auch, als die Cordula noch lebte. Und das, obwohl Familie ja alles ist.«

Sie lacht leise und verdreht die Augen. »Aber jetzt stehen wir da, mit dem Borkenkäfer, den ganzen Anfragen nach Harvestern und ohne Daria und Mareike. Hoffentlich hat der Chef sich das gut überlegt.«

16

Auf der Rückfahrt nach Laasphe versuche ich, das Gespräch mit Anita Sommer zu verarbeiten. Sie hat mir bestätigt, dass das Unternehmen, für das Weber arbeitet, ein Kunde der Firma Hoffmann ist und vor der Entbuschungsaktion auf dem Kahlen Asten seine Maschinen dort warten lassen hat. Somit steigt die Zahl derer, die theoretisch von dem Einsatz im Hochsauerland wissen konnten, auf mindestens zwölf. Aber Ingrid hat recht: Was genau soll dieses Wissen uns bringen? Wir können lediglich prüfen, ob einer von Hoffmanns Mitarbeitern Kontakt zu Marburger hatte, um an die Waffe zu kommen.

Die zwei weiteren Mitarbeiter der Firma Hoffmann, die ich angetroffen habe, sind mit ihrer Arbeit rundum zufrieden. Ein bisschen viel zu tun, aber das wird schon werden, wenn ein neuer Mitarbeiter für die Werkstatt gefunden und Mareike zurück ist. Und natürlich haben weder Oscar noch Mareike Hoffmann Streit mit jemandem. Etwas anderes würde in der Firma auch niemand sagen. Ich habe überall meine Karte verteilt, aber rechne nicht wirklich damit, dass sich jemand bei uns meldet. Oscar Hoffmann hat sich nicht blicken lassen. Darüber bin ich einerseits erleichtert, andererseits wüsste ich gern, wie viel von der Geschichte mit seiner Tochter Daria stimmt. Doch auch hier höre ich Ingrids Stimme: Was hat das mit unserem Fall zu tun? Wenn Daria Clemens das Unternehmen verlassen hat und neidisch auf ihre Schwester ist, die das Geschäft irgendwann übernehmen wird, hätte sie Mareike Hoffmann umbringen müssen und nicht deren Mann.

Auf dem Firmengelände in Bad Laasphe brauche ich nicht lange, um Christoph Marburgers Auto zu finden. Es steht direkt auf einem der Parkplätze am Hauptgebäude, neben den Besucherparkplätzen. Der frühe Vogel, denke ich. Diese Parkplätze sind morgens die ersten, die vergeben sind. Hier steigt man aus und erreicht innerhalb von Sekunden den Rezeptions- und Produktionsbereich. Das Gelände ist weitläufig. Die Mitarbeiter, die später eintreffen, müssen unter Umständen eine weite Strecke in Kauf nehmen, um vom Auto zu ihrem Arbeitsplatz zu kommen. Aber es scheint kein Parkplatzmangel zu herrschen. Während ich noch überlege, ob ich reingehen und nach Marburger fragen soll, öffnet sich die Tür, und er kommt heraus.

»Hallo, Herr Marburger, das nenne ich Timing«, begrüße ich ihn. »Haben Sie ein paar Minuten für mich?«

Er scheint nicht überrascht, mich zu sehen. Womöglich hat seine Frau ihm von unserer Unterhaltung gestern erzählt. Auf dem Weg zu mir grüßt er zwei Mitarbeiter, die jetzt mit ihrer Schicht beginnen, mit Namen und wechselt ein paar Worte mit ihnen. Einen berührt er an der Schulter, um sich zu verabschieden. Der geborene Vorgesetzte. Nett, professionell. Hat selbst auf dem Nachhauseweg ein offenes Ohr für seine Mitarbeiter. Sein Verhalten erinnert mich an das von Alex.

»Hallo, Frau König. Tut mir leid«, entschuldigt er sich, als er bei mir ankommt. »Solange es möglich ist, bin ich für meine Mitarbeiter ansprechbar.«

»Schon in Ordnung. Hätten Sie Zeit, kurz mit mir aufs Revier zu fahren? Wir hätten da ein paar Fragen.«

»Natürlich, für Sie doch immer.«

Ich öffne die Beifahrertür und lasse ihn einsteigen.

Alles in mir will Marburger auf seine Waffe ansprechen, aber das muss warten. »Sie sind also in einer Führungsposition in dieser Firma?«, versuche ich das Gespräch fortzusetzen, bis wir auf dem Revier eintreffen.

Marburger nickt. »Bei meinem alten Arbeitgeber hat man vor nicht allzu langer Zeit auch einen neuen Schichtleiter gesucht und wollte die Stelle intern besetzen. Als absehbar war, dass ich das Rennen gegen einen Mitbewerber verlieren würde, habe ich mir einen anderen Job gesucht. Zufällig ergab sich hier, quasi vor der Haustür, diese Gelegenheit. Da wäre ich dumm gewesen, nicht zuzuschlagen.«

Mein Herzschlag beschleunigt sich. »Ihr Mitbewerber in der alten Firma war nicht zufällig Leopold Hoffmann?«

Marburger presst seine Kiefer aufeinander. In diesem Moment setze ich den Blinker und parke vor dem Polizeirevier. Auf die Antwort werde ich ein paar Minuten warten müssen.

Drinnen ist niemand zu sehen. Wo sind Ingrid und Alex? Weiß Anna Bescheid? Und wie weit ist Murat mit der Analyse? Ich bedeute Marburger, im Besprechungszimmer Platz zu nehmen, fülle Kaffee in zwei Tassen und stelle Wassergläser auf den Tisch. Marburger sieht mir die ganze Zeit wortlos zu. Ich setze mich auf den Stuhl ihm gegenüber und greife nach meiner Kaffeetasse. Nicht, weil ich zwingend davon trinken möchte, sondern um meinen Fingern etwas zu tun zu geben. Mit beiden Händen halte ich den Becher fest und sehe Marburger in die Augen, doch der weicht meinem Blick aus.

»Haben Sie den neuen Job angenommen, als Leopold Hoffmann Schichtleiter bei Ihrem vorigen Arbeitgeber wurde?«, wiederhole ich meine Frage.

»Nein, schon vorher. In der Firma wurde viel geredet. Flurfunk. Ich hatte ein gutes Netzwerk und war früh auf dem Laufenden, bevor die Entscheidung offiziell war. Zu der Zeit war der Job in meiner jetzigen Firma ausgeschrieben. So konnte ich meine Bewerbung absenden und hatte die ersten Gespräche geführt, bevor Leo als Schichtleiter offiziell ernannt war.«

»Wie lange haben Sie in Ihrer vorigen Firma gearbeitet?«

»Über zwanzig Jahre. Ich habe dort meine Ausbildung gemacht.«

»Da ist es Ihnen bestimmt nicht leichtgefallen, sich nach so langer Zeit einen neuen Job zu suchen und dieses Netzwerk aufzugeben, das Sie gerade erwähnten. Wie alt sind Sie? Mitte vierzig?«

Marburger nickt.

»Aber als Untergebener von Leopold Hoffmann zu arbeiten war keine Option?«

»Warum hätte ich das tun sollen, wo eine weitere Firma einen gleichwertigen Posten neu besetzen wollte?«

»Und Sie waren nicht sauer auf ihn, weil er Ihnen die Stelle vor der Nase weggeschnappt hat und Sie zwang, sich umzuorientieren?«

»Nein. Leo hatte noch nicht so lange dort gearbeitet. Aber er war für den Job nicht schlechter geeignet als ich. Außerdem war es ja meine Entscheidung, neu anzufangen. Leo hätte sich über mich als Mitarbeiter nicht beschwert. Wir haben uns gut verstanden.«

Bevor ich weitere Fragen stellen kann, öffnet sich die Tür, und Alex kommt herein. »Wann genau wollten Sie uns erzählen, dass Ihre Waffe verschwunden ist, Herr Marburger?«

17

»Das Projektil passt exakt zu Marburgers Waffe«, bestätigt Murat noch einmal, als wir alle zusammen im Besprechungsraum sitzen. »Da besteht überhaupt kein Zweifel.«

»Marburger besitzt sie seit fast zwanzig Jahren«, fasst Alex zusammen, was dieser uns vorhin erzählt hat. »Wenn man ihm glaubt, ist er damit nur auf dem Schießstand unterwegs. Ein Ausgleich zum Berufsalltag. Angeblich hat er in seiner neuen Position für diesen Ausgleich momentan keine Zeit. Deswegen hat er nicht bemerkt, dass die Waffe gestohlen wurde. Wir werden ihn über Nacht in Verwahrung halten. Wenn wir kein weiteres belastendes Material finden, müssen wir ihn wieder gehen lassen.«

»Wir sind in der Tatnacht nach seinem Anruf innerhalb von Minuten eingetroffen. Er hatte doch gar keine Zeit, das Kind zu entführen«, gibt Ingrid zu bedenken.

»Ebenso könnte er gelogen haben, was die Zeiten anbelangt. Wenn er, sagen wir, eine Stunde vor seinem Anruf bei der Polizei Mareike Hoffmann niedergeschlagen und Nora entführt hat, hätte er genug Zeit gehabt, das Baby wegzuschaffen«, widerspricht Alex.

»Seine Frau gibt ihm für Sonntagabend ein Alibi«, wirft Anna ein.

»Deswegen nehmen wir jetzt Marburgers Leben auseinander. Jede Sekunde, jede Minute. Wir müssen etwas finden.«

Das obligatorische Stühlerücken.

An der Tür halte ich Alex zurück. »Ich fahre kurz zum Tatort«, informiere ich ihn.

Er nickt und streicht mir über den Arm. Ich bin froh, dass er nicht wissen will, was ich dort anstellen werde. Wahrscheinlich würde er mich für verrückt erklären.

Als ich die Haustür geöffnet habe, stehe ich einen Moment lang unbeweglich im Flur. Alles in mir wehrt sich, das zu tun, was ich jetzt tun werde. Aber Alex' Worte wegen der erkauften Zeit haben einen Gedanken in mir freigesetzt, der mir keine Ruhe mehr lässt. Warum sollte Marburger so etwas tun? Aber was, wenn er wirklich hinter der Tat steckt? Was, wenn er das Haus nicht verlassen hat? Und Nora auch nicht? Ich schlucke. Dann öffne ich die Tür, die in den Keller führt, und steige mit klopfendem Herzen die Stufen hinab. Vor der Kellertür, an der ein kleines Schild mit der Aufschrift »Marburger« klebt, bleibe ich stehen. Dann stoße ich auch diese auf. Bei der Kühltruhe angekommen, bebe ich am ganzen Körper. Mein Herzschlag dröhnt in meinen Ohren. Ich halte den Atem an. Der Schweiß läuft mir den Rücken herab, als ich sie mit zitternden Händen öffne. Beim Blick hinein atme ich aus.

Sie ist leer.

18

Ich zittere immer noch am ganzen Körper, während ich mich am Treppengeländer entlang zurück in den Flur hangele und langsam wieder zu Atem komme. Ich weiß nicht, wann ich das letzte Mal solche Angst hatte, und ärgere mich zugleich über mich selbst. Seit wann bin ich so paranoid? Im Erdgeschoss höre ich oben ein Geräusch. »Hallo?«, rufe ich in den Flur. Wieder nur ein Rascheln und der Klang von Schritten auf Treppenstufen. »Frau Marburger?« Nichts.

Obwohl meine Beine immer noch wackelig sind, steige ich die Stufen hinauf. Vor der Tür der Hoffmanns ist nichts zu sehen. Das Tatortsiegel ist intakt. Also weiter rauf zur Wohnung der Marburgers. Die Wohnungstür ist nur angelehnt. »Hallo?« Ich greife an mein Holster. Meine Dienstwaffe ist dabei. Ich lasse meine Hand darauf liegen. So kann ich sie jederzeit ziehen und laufe nicht Gefahr, dass sie mir entrissen wird.

Die Wohnung ist identisch mit der unteren geschnitten. Ein langer Flur. Rechts befindet sich das Wohnzimmer, eine Tür weiter das Arbeitszimmer, links die Küche. Vor Kopf ist das Badezimmer, links das Schlaf- und rechts das Kinderzimmer. Die Badezimmertür ist geschlossen. Wohn- und Arbeitszimmer sind leer, genau wie die Küche. Langsam gehe ich den Flur entlang, bis ich die hinteren beiden Zimmer erreiche. Bevor ich die Schlafzimmertür öffnen kann, höre ich aus dem Kinderzimmer ein Geräusch. Die Tür ist nur angelehnt. Ich trete sie schwungvoll auf. Auf dem Bett sitzt ein Mädchen. Als die Tür hinten gegen die Wand prallt, zuckt sie zusammen und stößt einen kurzen Schrei aus.

»Tut mir leid!« Ich hebe beschwichtigend die Hände, doch das Mädchen widmet sich schon wieder dem Handy in ihrer Hand. Ich atme durch und lasse meine Waffe los. »Du musst Antonia sein«, bringe ich hervor. Meine Stimme zittert leicht, doch mein Atem und Herzschlag stabilisieren sich. Langsam gehe ich auf das Mädchen zu, das mich mit Nichtachtung straft. »Hi, ich bin Caro König von der Polizei.«

»Ich weiß.« Langsam wandert der Blick des Mädchens zu mir. »Ich bin Toni«, sagt sie, dann starrt sie wieder auf ihr Handy.

»Lässt du eure Wohnungstür immer offen stehen, wenn du nach Hause kommst?«

Sie zuckt mit den Schultern. »Die Polizei ist doch eh ständig da. Was soll mir schon passieren?« Sie tippt ein paar Sekunden weiter auf ihrem Handy herum, dann sieht sie wieder zu mir herauf. »Mir kann doch nichts passieren, oder?« Sie lächelt süffisant.

Ihr Verhalten ärgert mich. »Das haben eure Nachbarn auch gedacht. Deswegen ist es leichtsinnig, die Tür offen stehen zu lassen.« Dann füge ich versöhnlicher hinzu: »Aber jetzt passiert dir wirklich nichts.«

Ich lächle aufmunternd. Wie soll ich Antonia Marburger erklären, dass ihr Vater unter Mordverdacht steht? Dass er heute nicht nach Hause kommt? Das Mädchen ist sechzehn, eigentlich dürfte ich ohne einen Erziehungsberechtigten gar nicht mit ihr reden.

»Wo ist deine Mutter?«

Wieder das obligatorische Schulterzucken.

»Die ist hier«, höre ich eine Stimme hinter mir. Susanne Marburger steht mit einem Wäschekorb hinter mir.

»Hallo, Frau Marburger.« Ich atme auf. »Ich wollte hier nicht so reinplatzen, aber die Tür stand offen, und ich wollte kurz nach dem Rechten sehen.«

Susanne Marburger nickt. »Antonia haben Sie ja schon kennengelernt.«

Die Augen des Mädchens sind weiter auf ihr Display geheftet.

»Wissen Sie, wo Ihr Mann seine Waffe aufbewahrt?«

Susanne Marburger lacht nervös. »Dürfte ich das nicht? Ist das ein Test?«

Antonia schnalzt mit der Zunge und legt genervt ihr Handy zur Seite. »Kommen Sie mit.« Sie steht auf, geht wortlos an mir vorbei in den Flur und stößt die Tür zum Arbeitszimmer auf, während ihre Mutter unsicher hinter uns herdackelt. »Da drin.«

In der linken Ecke sehe ich einen kleinen Waffenschrank.

Antonia Marburger sieht mich kritisch an. »Brauchen Sie keinen Durchsuchungsbefehl, um sich Papas Pistole anzugucken?«

Ich seufze. Wo ist meine Geduld, wenn ich sie mal brauche? »Ich fasse nichts an, versprochen. Aber ich muss mir den Schrank kurz ansehen.«

Widerwillig lässt Antonia mich vorbei.

Auf den ersten Blick fällt mir nichts auf: Das ist ein handelsüblicher Waffenschrank. Doch dann sehe ich den Schlüssel. Er steckt. Ich atme tief durch, während mein Puls sich wieder beschleunigt. »Wer weiß von dem Waffenschrank und der Pistole?«

Antonia überlegt einen Moment. »Keine Ahnung. Papa packt sie nicht auf Partys aus, wenn Sie das meinen. Er prahlt damit nicht rum. Aber es ist auch kein Geheimnis. Er ist im Schützenverein und hat einen Waffenschein.« Ein bisschen Stolz schwingt in ihrer Stimme mit.

»Steckt der Schlüssel immer?«, richte ich die Frage an Susanne Marburger.

»Das weiß ich nicht. Es ist Christophs Waffenschrank. Darauf hat nur er Zugriff.«

Auch Antonia schüttelt den Kopf. »Keine Ahnung, der Schrank ist tabu.«

»Toni, erinnerst du dich an Sonntag? Was hast du in der Nacht mitbekommen?«

»Ich hab einen Knall gehört. Mama ist ganz hysterisch in mein Zimmer gestürmt und hat geschrien: ›Toni, geht es dir gut?‹« Das Mädchen wirft einen vernichtenden Blick in Richtung ihrer Mutter. »So gut es einem eben geht, wenn man mitten in der Nacht geweckt wird.«

»Hast du nur einen Knall gehört? Wie klang der?«

»Weiß ich nicht, es war halt ein Knall. Er war so laut, dass er mich geweckt hat.« Sie zögert. »Jetzt weiß ich ja, dass es ein Schuss war«, sagt sie dann leise, und auf einmal wirkt sie nicht wie der coole, angenervte Teenager, sondern wie ein Kind, das festgestellt hat, wie grausam die Welt sein kann.

»Wo war dein Papa, als deine Mutter in dein Zimmer kam?«

»Er hat ins Telefon geschrien. ›Kommen Sie schnell, hier hat wer geschossen‹, irgendwie so was. Wie gesagt, ich war müde und musste erst mal klarkommen.« Ihre Stimme klingt wieder abweisend, aber täuscht nicht über den verletzlichen Ausdruck hinweg, der sich in ihre Augen geschlichen hat. »Wissen Sie schon, wo Nora ist?«

»Leider nicht. Und ich muss dir sagen, dass dein Vater heute nicht nach Hause kommen wird. Wir haben ein paar Fragen an ihn.«

Antonias Augen werden kreisrund. »Sie haben Papa verhaftet?«

»Ich darf dir leider nicht mehr sagen, Toni. Wir haben die Pistole Ihres Mannes gefunden«, richte ich mich an Susanne Marburger. »Dass der Schlüssel im Waffenschrank steckt, macht die Sache leider nicht einfacher. Ich werde meine Kollegin von der Spurensicherung anrufen müssen.«

Der kindliche Ausdruck ist aus Antonias Augen gewichen. Stattdessen sehe ich darin blanke Wut. »Raus hier! Jetzt!«

»Ich fürchte, das geht nicht.« In der Zwischenzeit habe ich nach meinem Handy gegriffen, um Ingrid herzubestellen.

Antonia Marburger dreht sich auf dem Absatz um und stürmt in ihr Zimmer, wo sie die Tür mit einem lauten Knall hinter sich schließt. Susanne Marburger sieht mich mit leerem Blick an, während ich am Handy kurz die Situation erkläre. Mit der Schulter lehnt sie sich an den Türrahmen, weil ihre Beine ansonsten vermutlich unter ihr wegknicken würden.

»Antonia Marburger ist vom Schuss aufgewacht und hat kurz darauf ihren Vater telefonieren gehört. Er hat also ein Alibi.

Auch wenn er seinen Waffenschein jetzt vermutlich los ist. Der Mann hat ein Kind, und der Schlüssel zu seiner Pistole steckt im Waffenschrank? Das ist doch unfassbar!«

Ich sitze am Küchentisch und habe meinen Kopf in die Hände gestützt, während Alex Nudeln in einen Topf mit kochendem Wasser füllt. Ich bin unfassbar müde. Trotzdem klopft mein Herz im Stakkato gegen meine Brust. Bis jetzt konnte ich mich nicht aufraffen, ihm von der Geschichte mit der Truhe zu erzählen. Aber ich weiß, dass er mich gleich fragen wird, was ich ursprünglich am Tatort wollte. Und dann muss ich raus mit der Sprache.

»Warten wir ab, ob wir Fingerabdrücke am Waffenschrank finden, die nicht zu Marburger passen«, antwortet Alex. »Vielleicht bringt uns das endlich weiter.«

»Ich werde morgen zu Paul fahren und nachhaken, wie lange Mareike Hoffmann theoretisch ohnmächtig gewesen sein kann. Um ein letztes Mal zu überprüfen, ob Marburger mit Nora verschwinden konnte, bevor er den Notruf wählte.«

Überrascht dreht Alex sich um. »Und danach willst du Paul fragen?«

»Ja. Einen anderen Arzt zu sprechen, gestaltet sich immer schwierig. Paul kennt den Fall und weiß, worauf ich hinauswill.« Ich zögere. »Außerdem ist er der Einzige im Team, der mich nicht behandelt wie einen Eindringling«, füge ich leise hinzu.

Alex legt den Kochlöffel beiseite, mit dem er in der Soße gerührt hat, und setzt sich neben mich an den Tisch. »Was willst du damit sagen?«

»Du siehst doch, wie die anderen mit mir umgehen!«

»Ich hab dir gesagt, dass es nicht leicht wird.«

»Aber dass sie mich hassen, hast du nicht gesagt!«

»Sie hassen dich doch nicht!«

»Ingrid hasst mich, weil sie denkt, dass ich sie in den Ruhestand schicken will. Murat hasst mich, weil ich meinen Platz beim BKA freiwillig aufgegeben habe und er seit Jahren versucht, dort unterzukommen. Und Anna hasst mich, weil ich ihr den großen Auftritt vor der Presse vor der Nase weggeschnappt habe.« Ich seufze. »Ich hab Angst.« Damit meine ich das Team und unseren aktuellen Fall, aber das versteht sich von selbst.

Alex zieht mich an sich und hält mich einen Moment fest. »Weißt du noch, wie wir dich in der Schule genannt haben?«

»Wie könnte ich das vergessen«, grummele ich. »Joker. Ich weiß nicht, warum meine Eltern mich so genannt haben wie eine Spielkarte.«

»Caro König ist ein wundervoller Name. Du willst ihn nie wieder ablegen. Nicht, wenn ich dir erzähle, wie unser Team mich nennt, seit ich mit dir zusammen bin.«

»Wie denn?«

Alex macht eine Kunstpause, bevor er mir tief in die Augen sieht. »Herzbube«, sagt er dann mit bedeutungsschwangerer Stimme.

»Was?«

»Du hast mich verstanden, Joker.«

»Das glaub ich nicht.« Ich spüre, wie meine Mundwinkel zu zucken anfangen.

»Wehe, du nennst mich so.« Alex hebt mahnend den Zeigefinger.

In diesem Moment muss er keine Angst davor haben, dass ich irgendetwas sage. Ich werde von einem Lachkrampf geschüttelt, der mich am Sprechen hindert.

19

Freitag

»Fassen wir einmal zusammen, was für Christoph Marburger als Täter spricht.«

Wir sitzen im Besprechungsraum. Übermüdet. Ratlos. Frustriert. Anna klammert sich nach der nächsten erfolglosen Nachtschicht an ihrem Kaffee fest und wird sich nach dieser Besprechung auf den Weg nach Hause machen. Murat hat Marburgers Werdegang auf den Kopf gestellt und konnte heute Morgen jede Sekunde seines Lebens rekapitulieren. Auch eventuelle Verbindungen zur Firma Hoffmann hat er geprüft, aber ausgeschlossen. Es ist beeindruckend, wie viel er innerhalb der kurzen Zeit über unseren Verdächtigen herausgefunden hat, aber nichts davon bringt uns weiter. Zumindest nicht offensichtlich.

Jetzt steht Alex vor dem Whiteboard an der Wand und schreibt unter das eingekreiste Plus das Wort »Waffe«. »Marburger besaß die Tatwaffe. Er hatte einen Schlüssel zur Wohnung der Hoffmanns, konnte sich also ungehindert Zutritt verschaffen.« Das Wort »Gelegenheit« wird angeschrieben. »Und er hatte gleich zwei Motive: Seine Frau hatte eine Affäre mit Leopold Hoffmann, und der hat ihm den Job als Schichtleiter vor der Nase weggeschnappt.« Er sieht abwartend in die Runde. »Hab ich was vergessen?«

Schweigen.

Daraufhin schreibt Alex ein Minus auf die rechte Tafelseite. »Marburgers Frau und seine Tochter sagen aus, dass er bei ihnen in der Wohnung war, als der Schuss fiel, und unmittelbar danach den Notruf absetzte.« Das Wort »Alibi« wird angeschrieben. »Die Motive sind fraglich. Wir müssen abklären, ob Marburger von der Affäre seiner Frau wusste. Außerdem hat er einen neuen Job gefunden, direkt um die Ecke und dazu besser bezahlt.«

»Trotzdem war er gezwungen, neu anzufangen, und das nach über zwanzig Jahren Unternehmenszugehörigkeit«, wirft Ingrid ein. »Gegen einen jüngeren Kollegen zu verlieren, der noch nicht so lange in der Firma arbeitet, war mit Sicherheit nicht leicht.« Ihr Blick wandert zu mir, doch ich beschließe, sie zu ignorieren.

»Warum hätte Marburger die Waffe entsorgen sollen?«, frage ich in die Runde. »Wir hatten ihn nicht auf dem Radar, bis wir die gefunden haben. Er hätte sie nach der Tat wieder wegräumen können. Warum sollte er sie so notdürftig verstecken?«

Alex zuckt mit den Schultern. »Eine Kurzschlussreaktion?«

»Nein. Die Tat war geplant, bis hin zum vorgetäuschten Einbruch. Und dann macht Marburger bei der Waffe einen derart gravierenden Fehler? Das passt nicht.«

»Vielleicht hat er ja genau das damit bezweckt«, entgegnet Murat. »Wir denken, er würde die Waffe niemals so offensichtlich entsorgen, weil er ein so grandioser Planer ist. Und dann tut er genau das.«

»Er hätte sie vorher als gestohlen melden können, dann wäre die Theorie schlüssig.«

»Das konnte er nicht. Auch wenn ich nur seine Abdrücke gefunden habe: Jeder Depp hatte Zugriff auf seine Waffe«, erklärt Ingrid.

Alex überlegt einen Moment. Dann setzt er das Wort »Waffe« in Klammern auf die Minusseite. »Einen wesentlichen Punkt haben wir noch nicht abgedeckt«, fährt er fort. Ohne ein weiteres Wort schreibt er »Nora« in die Mitte der Tafel. »Marburger hatte vielleicht einen Grund, Leopold Hoffmann zu töten. Aber warum sollte er Nora entführen? Und hatte er die Zeit dazu? Das klärt Caro gleich ab.« Er nickt mir zu. »Ich werde Marburger in der Zwischenzeit entlassen.«

»Was? Er war doch noch keine vierundzwanzig Stunden in U-Haft!« Murat schüttelt ungläubig den Kopf.

»Wenn du eine heiße Spur hast, halte ich ihn gern die zehn Stunden fest, die uns noch zustehen. Aber momentan haben wir nichts gegen ihn in der Hand. Die Tatwaffe allein reicht leider nicht aus. Andere Behörden kümmern sich darum, ob er seinen Waffenschein wegen nicht ordnungsgemäßer Aufbewahrung behalten darf. Auch wenn Caro gleich feststellen sollte, dass er rein theoretisch die Zeit hatte, Nora aus der Wohnung zu schaffen, bevor die Polizei und die Rettung eintrafen: Seine Frau und seine Tochter geben ihm ein lückenloses Alibi. Wir werden ihn im Auge behalten, aber wir müssen ihn gehen lassen. Wir haben immer noch keine Ahnung, wo Nora ist. Sollte Marburger wider Erwarten hinter der Entführung stecken, führt er uns am Ende sogar zu ihr.«

20

»Warum wundert es mich nicht, dass der heute hier auftaucht«, raune ich Alex zu, als wir auf dem Flur mal wieder Oscar Hoffmann in die Arme laufen.

»Guten Morgen, Herr Hoffmann«, sagt Alex, bemüht um einen freundlichen Ton.

»Ich habe gehört, dass Sie die Tatwaffe gefunden haben«, kommt Hoffmann ohne Umschweife zur Sache.

Ingrid steht am Ende des Flurs und sieht uns mitleidig an. Anna hat sich anscheinend rechtzeitig verzogen. Ich rolle mit den Augen und folge den beiden Männern in einen Besprechungsraum. Dass Hoffmann hier nicht immer ungehindert reinmarschieren darf, muss Alex bei nächster Gelegenheit klarstellen.

Natürlich hat Hoffmann sich bereits am Wasser bedient. Wie letztes Mal bin ich erstaunt über den Raum, den dieser Mann mit seiner bloßen Anwesenheit einnimmt. Den Rücken durchgestreckt, sitzt er da und taxiert Alex mit einem durchdringenden Blick, ohne auch nur einmal zu zwinkern. »Also, was ist mit der Waffe?«, fragt er erneut.

Alex schüttelt den Kopf. »Sie wissen doch, dass ich mich nicht dazu äußern darf«, sagt er und zuckt entschuldigend mit den Schultern.

»Herr Fischer, ich bitte Sie. Wenn selbst Ihr Vorgesetzter mir von dem Waffenfund erzählt, können Sie mir doch mit Sicherheit ein paar mehr Details zukommen lassen.«

Alex' Augen weiten sich. »Das muss dann leider auch mein Vorgesetzter tun«, antwortet er.

Jetzt schaut Hoffmann mich an. Wieder wirkt er überrascht, dass sich jemand im Raum befindet außer Alex und ihm. »Und Sie meinen, es ist in Ordnung, hinter meinem Rücken meine Mitarbeiter zu befragen, Frau …«

»König. Der Waffenfund an sich war kein Geheimnis, davon wurden Sie ja bereits unterrichtet. Eigentlich bin ich zu Ihnen gefahren, um Ihnen das mitzuteilen«, greife ich zu der Ausrede, die ich mir gestern schon zurechtgelegt habe. »Dass Sie nicht im Hause waren, war schlechtes Timing. Frau Sommer war so nett, mir in Ihrer Abwesenheit ein paar Fragen zu beantworten.«

Hoffmann lacht. »Hat Sie Ihnen einen Vortrag über die Wittgensteiner Wälder gehalten?«, fragt er und zwinkert mir zu.

»Oh ja, das hat sie. Wobei es wirklich eine Schande ist, was momentan damit passiert.«

»Das können Sie laut sagen. Das tut einem selbst weh, wenn man mit Landmaschinen sein Geld verdient. Drei Viertel der Fläche Siegen-Wittgensteins sind mit Wald bedeckt. Wie viel davon noch übrig bleibt, werden wir sehen. Trotzdem neigt Anita ein wenig zu Melodramatik. Wissen Sie, was Rothaargebirge bedeutet?«

»Nein.«

»Es leitet sich von Rod Hardt ab, was nichts anderes bedeutet als ›gerodeter Bergwald‹.«

Ich lehne mich nach vorn. Oscar Hoffmann ist in seinem Element. Obwohl das, was er mir erzählt, vielleicht nichts mit unserem Fall zu tun hat, interessiert mich das Thema.

»Wittgenstein ist in der Vergangenheit bereits zweimal nahezu komplett entwaldet worden für den Erzabbau im Siegerland«, fährt Hoffmann fort. »Um aus dem Erz Eisen zu gewinnen, wurden unglaubliche Mengen an Holzkohle benötigt. Anschließend wurden hier überwiegend Fichten angebaut: schnell wachsendes Holz, gutes Bauholz für die industrielle Verarbeitung. Dann kam Kyrill 2007: Der Sturm hat uns vier Millionen Bäume gekostet. Und was haben wir getan, Frau König? Wir haben die Wälder wieder aufgeforstet. Genau das werden wir auch mit denen tun, die vom Borkenkäfer befallen sind. Das kostet Zeit, und das kostet Geld. Aber es ist keine unmögliche Aufgabe. Wenn wir dieses Mal darauf achten, nicht nur Fichten anzubauen. Ein vielseitiger Wald ist widerstandsfähiger als einer aus Monokultur.«

Alex entspannt sich ein wenig. Mit Sicherheit interessiert auch ihn die Ursache der zahlreichen braunen Bäume und gerodeten Hektare, die uns gerade überall umgeben.

»Sie haben zurzeit viel zu tun, sagt Frau Sommer?«

»Ich kann mich in der Tat nicht über zu wenig Arbeit beschweren, das können wir alle nicht.«

»Und da ist es Ihnen nie in den Sinn gekommen, Ihre Tochter Daria zu fragen, ob sie zurück ins Unternehmen kommen würde?«

Hoffmanns Gesichtszüge verdunkeln sich. So schnell verspielt man gerade gewonnene Sympathien, denke ich.

»Daria hat sich damals gegen das Unternehmen entschieden, indem sie sich gegen ihre Familie entschieden hat.«

»Inwiefern?«

»Sie hat ihren Mann verlassen, ohne Grund. Meine Frau Cordula und ich, wir haben ganz klein angefangen. Ein winziges Unternehmen und zwei Kinder, das war nicht immer leicht. Was glauben Sie, wie es uns manchmal ging! Am Anfang sind wir durch mehr Tiefen als Höhen gegangen. Aber dass wir uns trennen, stand nicht zur Debatte, nicht für eine Sekunde. Für eine Familie muss man kämpfen, Frau König. Da geht man nicht einfach und wirft alles hin.«

»Und wenn doch, dann kann man nicht mehr für das Unternehmen Hoffmann arbeiten?«

»Genau so ist es, Frau König, so ist es. Auch unser Feriendomizil war damit hinfällig für Daria.« Hoffmann zuckt mit den Schultern. »Als sie den Namen Hoffmann aufgab und den ihres Mannes annahm, war das schon so eine Sache, doch das war noch in Ordnung. Das macht man ja normalerweise so. Aber dann ihren Mann zu verlassen? Nein, das ging zu weit, so was macht eine Hoffmann nicht.«

»Das heißt, Sie hätten es lieber gesehen, wenn Ihr Schwiegersohn den Namen Hoffmann annimmt?«

»Natürlich! Bei Mareike und Leopold war das nie ein Thema. Leopold hat sofort bedingungslos seinen Namen aufgegeben. Es ist eine Schande, dass er jetzt tot ist. Ich mochte ihn. Hätte ihn mir gut im Unternehmen vorstellen können, aber das wollte er nicht. Keine Ahnung, ob er Angst vor mir hatte. Da wäre er nicht der Einzige.« Hoffmann lacht. »Wissen Sie, Frau König, als Hoffmann müssen Sie eine Sache bedenken, immer und überall: Familie ist alles.«

21

»Hallo, schöne Frau!«

Ich sehe mich um. »Tut mir leid, aber mit einer schönen Frau kann ich nicht dienen. Du musst wohl mit mir vorliebnehmen.«

»Da macht sie es wieder: Immer betreibt sie Fishing for Compliments.« Paul lacht und winkt mich hinein.

Ich spüre, wie ich mich entspanne. Das Gespräch mit Oscar Hoffmann war merkwürdig, und doch scheine ich einen Zugang zu dem Mann gefunden zu haben.

Alex' Anekdote von gestern Abend hat mir einen Teil der Angst genommen, die ich gegenüber meinem Team verspüre. Und obwohl ich heute das Gefühl hatte, dass wenigstens Murat an dem interessiert ist, was ich zu sagen habe, so merke ich erst jetzt, wie angespannt ich während der Besprechung war. Die Last, die ich mit mir herumgetragen habe, fällt langsam von mir ab. Dankend nehme ich den Kaffee entgegen, den Paul mir anbietet.

»Ich hoffe, du hast ein paar Minuten Zeit für mich«, sage ich.

»Für dich doch immer. Ich muss nur die Laborprobe dort hinten im Auge behalten. Wenn der Wecker klingelt, muss ich einen Blick darauf werfen. Die Substanz, die ich aufgetragen habe, darf nicht länger einwirken, sonst wird das Ergebnis verfälscht.«

Eine Weile reden wir über Belanglosigkeiten. »Ich muss dir wieder eine Frage zu Mareike Hoffmann stellen«, komme ich schließlich auf den Fall zu sprechen.

»Sie ist mittlerweile aus dem Krankenhaus entlassen worden, oder?«, fragt Paul.

»Ja. Derzeit wohnt sie bei ihrer Schwester. Wir können die Wohnung zwar bald wieder freigeben, dort werden wir wahrscheinlich nichts mehr finden, was uns weiterbringt. Aber die

Balkonscheibe ist noch nicht ersetzt worden. Und da wir nicht weitergekommen sind, was Nora und das Motiv für die Entführung angeht, ist es sicherer, wenn Mareike Hoffmann ein paar Tage wartet. Manche Täter kommen gern an den Tatort zurück.«

»Es tut ihr bestimmt gut, wenn sie nicht allein und ihre Schwester bei ihr ist. Sie hat ihren Mann verloren, und ihr Kind wird vermisst.«

»Die Chancen, dass wir ihr Kind finden, steigen. Die Suche läuft mittlerweile landesweit.«

»Wie wahrscheinlich ist es denn, dass die Kleine lebend gefunden wird? Sie ist jetzt fast eine Woche verschwunden, oder?«

Ich schwenke den verbleibenden Schluck Kaffee in meinem Becher hin und her. Glaube ich noch daran, dass wir Nora lebend finden? War mein Erlebnis mit der Truhe gestern ein Zeichen meines Unterbewusstseins, dass ich damit abschließe?

»Wir geben die Hoffnung nicht auf. Und weil wir in sämtliche Richtungen ermitteln, brauche ich deine Einschätzung.« Kurz bringe ich Paul auf den neuesten Stand. »Ich stelle mir die Frage, ob der Täter Zeit hatte, Mareike Hoffmann niederzuschlagen, um dann mit dem Baby zu verschwinden. Wie lange war sie bewusstlos? Hatte Nora mit Marburger das Haus verlassen? Wie weit konnte er kommen, die Polizei alarmieren, und trotzdem bei deren Eintreffen wieder zu Hause sein?«

Paul überlegt. »Ich kann es natürlich nicht auf die Minute genau bestimmen, zumal ich Mareike Hoffmann nicht nach dem Schlag auf ihren Hinterkopf untersucht habe. Aber ich würde behaupten, dass sie für ungefähr eine halbe Stunde außer Gefecht gesetzt war.«

Ich nicke frustriert. Damit können wir Marburger wohl von der Verdächtigenliste streichen. Die Einsatzkräfte waren nach einer Viertelstunde vor Ort. Zu der Zeit war er schon wieder oben in seiner Wohnung. Er hätte fünfzehn Minuten gehabt, die Kleine irgendwohin zu bringen.

»Das kann auch erlogen sein«, wirft Paul ein.

»Natürlich. Aber Marburgers Frau hat Leopold Hoffmann geliebt. Sie wäre nicht daran interessiert, seinen Mörder zu decken.«

»Oder sie will nicht beide Männer verlieren.«

»Und Antonia Marburger?«

»Sie ist ein Kind und tut mit Sicherheit alles, um ihre Eltern zu schützen.«

Ich lasse mir Pauls Worte durch den Kopf gehen, doch bevor ich etwas erwidern kann, klingelt sein Handy. Er sieht auf das Display und drückt den Anruf weg. Hat die verheiratete Frau angerufen, mit der er eine Affäre hat? Vielleicht teilt sie ihm ja mit, dass ihr Mann spontan verreist sei und sie heute Abend Zeit für ihn habe. Oder sie will nur seine Stimme hören. Ich schüttele den Kopf. Wie kann ein Mann wie Paul sich auf eine Affäre einlassen, frage ich mich. Wie können Menschen überhaupt Affären haben? Ich denke an Alex. Könnte uns beiden so etwas auch passieren? Nein, niemals. Ich muss ihm endlich sagen, dass ich bei ihm einziehen möchte. Er macht mir keinen Druck. Aber wird er ewig warten?

»Antonia Marburger ist sechzehn«, fahre ich fort, als Paul sich wieder auf mich konzentriert. »Damit ist sie alt genug, eine eigene Meinung zu haben und nicht nachzuplappern, was ihre Eltern ihr vorgeben. Außerdem kann ich mir nicht vorstellen, dass sie die Polizei belügen würde. Als ich sie gestern befragt habe, war sie nicht darauf vorbereitet und hatte keine Zeit, sich eine Geschichte zurechtzulegen. Und sie wusste nicht, dass ihr Vater verhaftet wurde. Sie hatte keinen Grund zu lügen.«

»Es sei denn, ihr Vater hat schon früher mit ihr besprochen, was sie im Falle einer Befragung sagen soll. Dass ihr auch mit ihr sprechen werdet, war absehbar.«

In diesem Moment klingelt der Wecker, und Paul springt auf. »Tut mir leid, aber sonst muss ich das alles nachher noch mal …«

»Ist okay, ich muss jetzt sowieso gehen.«

Ohne sich vom Mikroskop abzuwenden, winkt Paul mir zu. Bevor ich die Tür hinter mir schließe, höre ich, wie sein Handy erneut klingelt. »Da ist aber jemand hartnäckig«, murmele ich.

»Wir brauchen einen Schlachtplan für morgen.« Alex wirft einen ernsten Blick in die Runde. Wir haben uns wieder alle im Besprechungsraum eingefunden. Selbst Anna, die vor Müdigkeit kaum die Augen aufhalten kann, ist nach ihrer Pause heute Vormittag wieder zurück auf dem Revier. Genau wie die anderen will sie hören, ob Marburger sich nach seiner Nacht im Gefängnis geäußert hat oder ob ich bei Paul etwas Wesentliches erfahren habe.

Marburger hat natürlich nicht gestanden, sondern einen Anwalt verlangt. Wortlos hat er sich von Alex zum Ausgang des Gefängnisses begleiten lassen. »Andere erwarten eine Entschuldigung, wenn sie eine Nacht unschuldig in Untersuchungshaft verbringen mussten. Er hat sich mit dem Satz ›Sie machen nur Ihren Job‹ ins Auto gesetzt und ist nach Hause gefahren.« Alex hatte keine Wahl, als Marburger freizulassen, seit ich das Zeitfenster von einer Viertelstunde erwähnt habe, das er für Noras Entführung theoretisch hatte. Resigniert haben wir ihn von der Verdächtigenliste gestrichen und beschlossen, uns stattdessen auf Leopold Hoffmanns Beerdigung morgen zu konzentrieren.

»Es ist nicht unwahrscheinlich, dass der Täter am Begräbnis teilnehmen wird«, erkläre ich. »Deswegen müssen auch wir morgen vor Ort sein und Augen und Ohren offen halten.«

»Worauf sollen wir achten?« Bin ich zu müde, um den Unterton wahrzunehmen, mit dem Ingrid mir in der Regel Fragen stellt? Oder ist sie ernsthaft an meiner Antwort interessiert?

»Das kann man pauschal leider nicht sagen. Vielleicht hat jemand dort nichts zu suchen, nimmt aber trotzdem teil. Wir müssen die Menschen beobachten und feststellen, ob sich jemand merkwürdig verhält. Oder gibt jemand einen Kommentar von sich, der Raum für Interpretation lässt? Alles kann wichtig sein.«

Ingrid schnalzt mit der Zunge. Da ist er wieder, dieser genervte Ausdruck in ihren Augen. Ich hatte ihn schon vermisst.

Alex gibt uns Anweisungen. Wer wird wo in der Kirche sitzen? Wer wird wen beim Begräbnis im Auge behalten? Weiterhin sollen die Menschen mit einem Schlüssel zur Wohnung der Hoffmanns im Fokus stehen. Dann entlässt er uns. Mich fasst er sanft am Arm, bevor wir den Besprechungsraum verlassen. »Spazieren?«, fragt er mich.

Ich stelle fest, dass ich mich seit zwei Tagen quasi ununterbrochen in geschlossenen Räumen aufgehalten habe und mir die frische Luft fehlt. »Worauf warten wir?« Ich beschleunige meinen Schritt, um möglichst schnell nach draußen zu kommen.

Wir laufen Hand in Hand durch die Laaspher Altstadt. In der Königstraße sind die Geschäfte noch geöffnet, vor manchen Schaufenstern bleiben wir stehen. Hin und wieder suchen wir Augenkontakt, um den anderen zum Weitergehen zu animieren. Irgendwann kommen wir zur Hauptstraße, wo um diese Tageszeit der Verkehr mächtig zugenommen hat. Wir gehen über die Ampel, schlendern über den Wilhelmsplatz und landen bei den Trimm-dich-Geräten hinter dem Rathaus. Alex grinst mich an und deutet auf eines, das man zu zweit nutzt.

»Na komm, Joker!«

»Bitte nicht!«, flehe ich, aber da hat er mich schon so nah an das Gerät herangezogen, dass ich keine Wahl mehr habe und mich auf die Wippe setzen muss. Ich warte, bis Alex auf seiner Seite angekommen ist. Dann stoße ich mich kraftvoll mit den Füßen ab und fliege durch die Luft, während ich mich um die eigene Achse drehe. Als Alex den Boden berührt und sich abstößt, drehen wir uns weiter. Meine Haare fliegen mir um die Ohren. Jedes Mal, wenn ich dem Boden näher komme, kribbelt es in meinem Bauch. Und immer, wenn ich in der Luft bin, fühle ich mich schwerelos. In Alex' grinsendes Gesicht zu sehen sorgt dafür, dass ich diese Zeit bedingungslos genieße. Ein paar wertvolle Minuten denke ich nicht an einen kaltblütigen Mörder, der noch frei herumläuft. Und an ein entführtes Baby, das wir wahrscheinlich nicht mehr lebend finden werden. Ein paar Minuten lang sind wir einfach nur Caro und Alex. Ein Paar, das diesen lauen Frühlingsabend miteinander genießt.

Bis Alex irgendwann die Füße wieder auf den Boden stellt und die Wippe zum Stillstand kommt. Ich steige ab und muss mich einen Moment sammeln. Mir ist ein wenig schwindelig. Mit dem Gleichgewichtssinn kommen auch die furchtbaren Gedanken der letzten Tage zurück. Ein Blick in Alex' Gesicht sagt mir, dass es ihm genauso geht. Aber in seinen Augen sehe ich noch etwas anderes: Trotz. »Wir gehen jetzt was essen«, sagt er, und sein Ton duldet keine Widerrede. »Ich lasse mir von diesem Idioten nicht alles kaputtmachen.«

»In die Haferkiste?«, frage ich.

»In die Haferkiste«, antwortet er und greift wieder nach meiner Hand.

Im Restaurant ist um diese Zeit viel los. Wir haben einen der letzten freien Tische ergattert und genießen ein Radler, während wir auf unser Essen warten. Wir wollen nicht über die Arbeit reden, doch wir finden kein anderes Thema. Deswegen schweigen wir und lassen stattdessen unsere Blicke durch den Gastraum wandern. Mein letzter Besuch in der Haferkiste ist ewig her, aber hier ist alles immer noch so gemütlich wie früher. Die Deckenlampen hängen an urigen Holzschnitzereien. Mitten im Raum steht ein alter Ofen. An den Wänden hängen Landschaftsbilder, Kupferkannen und anderes Equipment aus vergangenen Zeiten. Hinter Alex setzt sich das Fachwerkmuster von außen fort. Selbst die Theke, die wir von hier aus hervorragend sehen können, ist komplett in Holz gefasst und rundet das Ambiente ab. Ich hatte ganz vergessen, wie schön es hier ist.

»Heute hat es doch schon besser geklappt«, sagt Alex plötzlich.

»Was meinst du?«

»Ingrid.«

Also habe ich mir nicht eingebildet, dass sie heute ausnahmsweise wirklich an meiner Meinung interessiert war. »Ich frage mich, warum ich sie nie kennengelernt habe, als sie noch mit meinem Vater zusammengearbeitet hat. Ich kenne viele seiner ehemaligen Kollegen. Aber Ingrid habe ich nie getroffen, und er hat nie von ihr erzählt. Vielleicht spreche ich meine Mutter mal darauf an.«

»Mich würde das auch interessieren. Es sei denn …«

»Es sei denn was?«

»Dass dein Vater einen Grund hatte, Ingrid von euch fernzuhalten.«

Alles in mir erstarrt. »Du willst damit nicht andeuten, dass …«

Alex reißt die Augen auf. »Nein, um Gottes willen!«

Ich atme aus. »Gut so. Wenn du behaupten willst, dass mein Vater eine Affäre mit ihr hatte, gehe ich und rede nie wieder ein Wort mit dir.«

»Ich weiß.« Alex lacht leise. »Auf deinen Vater lässt du nichts kommen. Aber vielleicht wollte sie gern, und er hat sie abblitzen lassen.«

»Dann hätte er doch einen Grund mehr gehabt, sie seiner Familie vorzustellen. Um ihr deutlich zu machen, warum er kein Interesse hat.«

Alex zuckt mit den Schultern. »Vielleicht sprichst du Ulrike mal darauf an.«

Ein wohliges Gefühl durchströmt mich. Alex und meine Mutter duzen sich. Sie kommen hervorragend miteinander aus. Er ist der verlorene Schwiegersohn, den sie direkt in ihre Arme und ihr Herz schloss, als wir unserer Beziehung eine zweite Chance gaben. Manchmal ist ihr Verhalten ihm gegenüber ein wenig zu ehrfürchtig. »Mal schauen, ob wir morgen zu neuen

Erkenntnissen kommen. Wenn wir am Nachmittag Zeit haben, freut sie sich bestimmt über einen Kaffeebesuch.«

In diesem Moment kommt unser Essen, über das wir uns schweigend hermachen. Gott sei Dank verdirbt uns die Gesamtsituation nicht völlig den Appetit.

22

Samstag

Schwarze Bluse, schwarze Hose. Wenigstens das ist einfach an Beerdigungen: Der Dresscode ist vorgegeben, und damit entfällt ein großer Teil der Kleidung, die sonst zur Auswahl steht. Meine dunklen Haare habe ich zu einem Zopf zurückgebunden, nur die obligatorische Ponysträhne fällt mir in die Stirn. Ich trage ein wenig Lidschatten auf und tusche mir vorsichtig die Wimpern. Ein paar Sekunden lang liebäugle ich mit dem Lippenstift im Kosmetikschrank meiner Mutter, aber bei der Erinnerung an das Gefühl auf meinen Lippen vor ein paar Tagen verwerfe ich den Gedanken schnell wieder.

Meine Mutter sitzt am Küchentisch und blättert in einer ihrer Frauenzeitschriften, ihr übliches Ritual, wenn sie von der Frühschicht aus dem Krankenhaus kommt. »Wie verliere ich zehn Kilo an einem Wochenende?« Ich deute auf die Seite mit dem Titel »Fasten im Frühling«, die sie gerade aufgeschlagen hat.

»Für dich müsste ich mir eher den Artikel ›Kalorien für mein Kind‹ durchlesen.« Meine Mutter schlägt die Zeitung zu. »Deswegen hab ich dir was mitgebracht.« Sie zeigt auf das Croissant, das auf dem Tisch für mich bereitsteht. »Du isst zu wenig zurzeit.«

»Weißt du, wo Alex und ich gestern essen waren?« Ich muss an die Riesenportion denken, die ich nicht komplett geschafft habe. In diesem Moment gibt mein Magen ein lautes Grummeln von sich.

»Scheint so, als wäre das Essen schon wieder verdaut.« Sie schiebt lächelnd den Brotkorb ein Stück weiter in meine Richtung, während ich mir den obligatorischen Kaffee vorbereite. »Bist du sehr nervös?«

Sie weiß, dass sie mich nicht nach Fakten den Fall betreffend fragen darf. Das hat sie früh gelernt, als sie mit meinem Vater verheiratet war. Aber dass sie wissen will, wie es ihrer Tochter geht, ist kein Verbrechen.

Ich überlege, während ich ein Stück vom Croissant abbreche. »Schon. Meine anderen Gefühle sind für eine Beerdigung eigentlich nicht angebracht. Ich bin nicht traurig, und die, die heute von ihm Abschied nehmen wollen, interessieren mich mehr als der Tote selbst.«

Meine Mutter tätschelt meinen Arm. »Deine Gefühle sind normal. Du kanntest Herrn Hoffmann nicht. Warum solltest du dann traurig sein, ihn unter die Erde zu bringen? Und dass du an den Anwesenden interessiert bist, ist dein Job. Vielleicht hat einer von denen das Baby entführt.«

Ich lächle sie dankbar an. Meine Mutter ist eine einfache Frau, manchmal überblickt sie derart komplexe Zusammenhänge eher als ich und findet die richtigen Worte. »Kennst du eigentlich Ingrid?«

»Ja, warum?«

Ich weiß nicht, womit ich gerechnet habe. Ein Zusammenzucken? Ein Wutanfall bei der Erwähnung ihres Namens? Ich hatte mich auf irgendeine spektakuläre Reaktion vorbereitet. Aber nicht auf diesen leicht überraschten Gesichtsausdruck, der eher mit meinem abrupten Themawechsel zusammenhängt als mit der Frage selbst. »Warum hat Papa sie uns nie vorgestellt? Ich kenne alle anderen seiner Kollegen, nur Ingrid nicht. Wieso?«

»Höchstwahrscheinlich liegt das an ihrem Mann. Der war sehr konservativ. Eine Frau, die keine Kinder will und auch noch als Polizistin ihre Brötchen verdient, war nicht seine Idealvorstellung einer Partnerin. Ingrid wollte ihren Job nicht wechseln. Aber nach der Arbeit durfte sie keine Zeit mehr mit ihren Kollegen verbringen. Das war der Kompromiss, den sie gefunden hatten. Deswegen kam sie nicht mit auf ein Feierabendbier in der Stadt und nahm keine Einladungen an. Auch nicht, wenn die Partner explizit mit eingeladen waren.« Meine Mutter zuckt mit den Schultern. »Du hast alle Kollegen deines Vaters kennengelernt, als wir hier zu Hause seinen runden Geburtstag feierten. Alle außer Ingrid.«

Ungläubig schüttele ich den Kopf.

»Wenn es dich beruhigt: Ingrid und ihr Mann sind mittlerweile geschieden. Irgendwann wollte sie wohl selbst bestimmen, mit wem sie ihre Zeit verbringt.«

Jetzt, wo ihr Team so jung ist und alle Kollegen ihrer Generation pensioniert, denke ich. Aber mir wird klar, warum es ihr davor graut, verrentet zu werden. Durch das Verhalten von Ingrids Ex-Mann sind vielleicht Freundschaften in die Brüche gegangen. Am liebsten würde ich fragen, ob sie einen neuen Partner hat. Aber selbst wenn meine Mutter es weiß, geht es mich eigentlich nichts an. Also konzentriere ich mich auf mein Croissant, das ich wider Erwarten doch komplett aufesse.

Die Sonne ist einem grauen Himmel und schweren Regenwolken gewichen, die sich im Laufe des Tages mit Sicherheit entleeren werden. Die Luft hat sich merklich abgekühlt. Ich stecke meine Hände in die Taschen meines schwarzen Wollmantels. »Richtiges Beerdigungswetter«, murmele ich, während ich auf die Friedhofskapelle zusteuere. Vor der Tür treffe ich Anna. Wir nicken einander zu, dann gehen wir hinein und setzen uns in den hinteren Teil. So nehmen wir niemandem der Angehörigen einen Platz weg, und von dort aus haben wir einen Überblick über alle anderen Anwesenden. Schnell füllt die Kapelle sich. Marburgers laufen an mir vorbei. Mareike Hoffmann kommt herein, begleitet von ihrer Schwester. Leopold Hoffmanns Eltern setzen sich zu ihnen in die erste Reihe. Und da ist Oscar Hoffmann, für den man in der ersten Reihe sofort zusammenrückt, sodass er sich neben Mareike setzen kann. Viele Menschen, die hereinkommen, um dem Toten die letzte Ehre zu erweisen, kenne ich nicht. Sind es Freunde? Arbeitskollegen? Verwandte, die wir bislang nicht vernommen haben? Ich spüre eine Hand auf meiner Schulter. Alex bittet mich, ein paar Zentimeter zu rutschen, damit er sich neben mich setzen kann. Die Frau neben mir macht unwillig Platz. Ich gebe mir Mühe, meine Beine ein wenig nach links zu drehen, damit meine Oberschenkel die von Alex berühren und nicht ihre. Jetzt gibt es keine Sitzplätze mehr. Ein paar Pressevertreter, deren Gesichter mir von unserem Zusammentreffen vor ein paar Tagen bekannt sind, bleiben hinter uns an der Wand stehen.

Minutenlang hören wir nichts als Stimmengemurmel, unterbrochen von gelegentlichen Schluchzern, Schniefen und Naseputzen. Ich schaue mir die Menschen um mich herum an und frage mich, ob es so klug war, mich hinzusetzen. So klein, wie ich bin, hätte ich von der Wand aus eine bessere Übersicht. Ich habe gerade den Entschluss gefasst, aufzustehen und mich hinzustellen, da ertönt die Orgel, um den Priester anzukündigen. Zu spät. Ich atme mit aufgeblasenen Wangen aus, was mir einen fragenden Seitenblick von Alex beschert, und schüttele kaum merklich den Kopf. Meine Erklärung muss warten. Der Pfarrer schreitet an uns vorbei, gefolgt von zwei Messdienern. Langsam. Bedächtig. Am liebsten würde ich ihn anschieben, damit es endlich losgeht. Warum empfinde ich nur so wenig Anteilnahme? Es ist doch nicht normal, dass ich so ungeduldig bin. Ich ärgere mich über mich selbst. Wie kann man nur so bescheuert sein und sich mit einem Meter sechzig in die letzte Reihe setzen, um Menschen ganz vorn zu beobachten? Nach ein paar Kinobesuchen sollte ich es eigentlich besser wissen. Ich hoffe, dass Alex mit seiner Größe und der Position am Rand der Bank besser positioniert ist.

Mein Pulsschlag pocht in meinen Ohren. Bei den Liedern, die von der Gemeinde gesungen werden, bewege ich die Lippen und versuche, trotz des ungünstigen Platzes so viel wie möglich um mich herum wahrzunehmen, ohne zu sehr auf der Bank herumzurutschen. Erst als der Pfarrer Leopold Hoffmanns Lebenslauf rekapituliert, spitze ich die Ohren. Nur um festzustellen, dass sein Vortrag keinerlei neue Erkenntnisse für uns bereithält.

Endlich ist die Messe vorbei. Wieder hat der Pfarrer alle Zeit der Welt, als er die Kapelle verlässt. Jetzt bin ich froh, so weit hinten zu sitzen. So kann ich auf dem Friedhof einen Platz einnehmen, der mir eine bessere Übersicht bieten wird.

Draußen hat sich das Wetter wie zu erwarten verschlechtert. Der Nieselregen kriecht in jede Ritze unserer Kleidung. Durch einen leichten Ostwind kommen die Tröpfchen auch von der Seite, sodass ein Schirm nichts nützen würde. Wir nehmen einen anderen Weg zum Grab, damit die nahen Angehörigen des Toten hinter den Urnenträgern herlaufen können. Wir werden uns aufteilen: Eine Hälfte von uns wird eine Grabreihe hinter der von Leopold Hoffmann stehen bleiben, die andere Hälfte eine Reihe davor, um von dort aus die Menschen zu beobachten. Binnen weniger Sekunden nimmt der Regen zu und klatscht uns ins Gesicht. Ich starre auf die Menschen, die sich neben dem Grab aufreihen, um sich mit Blüten und Erde von dem Toten zu verabschieden.

Der Pfarrer hält eine kurze Ansprache, die ich von hier aus nicht verstehe. Zu stark prasselt mittlerweile der Regen auf unsere Köpfe hinunter. Die Urne wird ins Grab hinuntergelassen. Der Pfarrer ist der Erste, der eine Schippe mit Erde hineinrieseln lässt. In der Luft zeichnet er ein Kreuz. Dann gibt er Mareike Hoffmann, Oscar Hoffmann und Leopold Hoffmanns Eltern die Hand, bevor er sich am Rande des Grabs positioniert. Mareike Hoffmann vollführt anschließend das übliche Ritual. Sie wirkt gefasst. Ihre Augen sind trocken, wenngleich etwas geweitet. Lediglich ihre Kiefer hat sie so fest aufeinandergepresst, dass es von hier aus zu sehen ist. Nachdem sie sowohl Erde als auch Blumen hineingeworfen hat, stellt sie sich zurück an die Seite, wo sie gleich die Beileidsbekundungen sämtlicher anderer Beerdigungsgäste entgegennehmen wird.

Als Nächstes ist Oscar Hoffmann an der Reihe. Dass das nicht die übliche Abfolge ist, scheint niemanden zu stören.

Im Gegenteil: Kaum merklich weichen alle einen Zentimeter zurück, um Platz für ihn zu schaffen. Sein Gesicht ist regungslos. Dann folgen Leopold Hoffmanns Eltern. Gisela Seibel hat sich an den Arm ihres Mannes geklammert. Sie lässt sich von ihm vor das Grab schleifen. Leise wimmert sie vor sich hin wie ein verwundetes Tier. Sanft drückt ihr Mann ihr eine Handvoll Blüten in die Hand, die sie hineinwirft. Dabei zittert sie am ganzen Körper und hört nicht auf zu schluchzen. Carl Seibel zieht sie wieder an sich und führt sie neben ihre Schwiegertochter.

Ich nicke Alex zu. Ich kenne diesen Gefühlsausbruch während der Beerdigung eines geliebten Menschen. Ich habe ihn bei meiner Mutter erlebt. Allerdings hat die ihren Mann zu Grabe getragen und nicht ihr eigenes Kind.

Der Rest der Beerdigung verläuft ereignislos. Nachdem alle der Familie ihr Beileid bekundet haben, brechen die Anwesenden auf zum Beerdigungskaffee. Ingrid und Anna werden mitgehen, um weiter auf Unregelmäßigkeiten zu achten.

»Du bist immer noch die Neue«, hat Alex mir ruhig, aber bestimmt erklärt, als ich ihn fragte, warum nicht ich mit zum Kaffee gehen darf. »Anna ist ein Laaspher Urgestein. Die gehört einfach überall dazu. Obwohl Ingrid die Ältere ist, hat sie ein Talent dafür, sich im Hintergrund zu halten. Keiner wird sich hinterher an sie erinnern. Außer vielleicht die Menschen, mit denen sie gesprochen hat. Du fällst alleine deswegen auf, weil du noch nicht lange zurück bist.«

Dass mein Anblick die Leute irritieren könnte, höre ich nicht gern. Aber Alex ist mein Chef, und so schlucke ich meinen Ärger runter, ohne weiter mit ihm zu diskutieren. Wie besprochen bleibe ich auf dem Friedhof zurück, um eventuelle Nachzügler wahrzunehmen. Wenn es darum geht, wer im strömenden Regen stehen bleibt, ist es egal, dass ich die Neue bin, denke ich bitter.

Als fünf Minuten nach dem Abgang der Gesellschaft niemand an Leopold Hoffmanns Grab aufgetaucht ist, begebe ich mich zum Friedhofstor. Dort treffe ich wider Erwarten auf einen Mann, dessen Gesicht mir vertraut vorkommt. Es ist einer der Journalisten, die nahezu permanent unsere Wache belagern. Ich wappne mich gegen unangenehme Fragen, doch der Mann öffnet wortlos das Metalltor und lässt mich vortreten. Ich nicke ihm zum Dank zu. »Es tut mir leid«, sagt er, als wir beide auf der Straße stehen, »ich mache auch nur meinen Job.«

Bevor ich ihn fragen kann, was er damit meint, hat er sich schon mit großen Schritten von mir entfernt und fährt in seinem Auto davon.

23

Mein Wollmantel hält viel Wasser ab, aber mittlerweile ist der Regen durchgedrungen, und ich bin völlig durchnässt. Ich sehe kurz auf mein Handy. Keine Nachricht von Alex. Kurz überlege ich, ihn anzurufen, aber dann denke ich, dass ich mich nicht für jeden Schritt rechtfertigen muss. Mir ist kalt, und ich bin nass. Ich werde mir jetzt fünf Minuten nehmen, nach Hause gehen und mich umziehen. Bis dahin sind Anna und Ingrid bestimmt zurück auf der Polizeiwache.

In der Ostpreußenstraße ist niemand zu Hause. So hält meine Mutter mich wenigstens nicht auf. Schon auf der Treppe nach oben knöpfe ich meine Bluse auf. Am liebsten würde ich kurz unter die heiße Dusche springen und mir die Haare föhnen, aber der Fall geht vor. Also ziehe ich mir lediglich trockene Kleidung an und laufe wieder zum Auto.

Auf der Wache sitzen nur Alex und Murat im Besprechungszimmer. Wider Erwarten sind Ingrid und Anna noch nicht zurück. Trotzdem ist die Atmosphäre aufgeladen. »Was ist los?«, frage ich.

Schweigen.

»Was. Ist. Los?«

Wortlos schiebt Alex mir die aufgeschlagene Tageszeitung herüber. »Wo ist Nora?«, lautet die Titelzeile. Darunter steht: »Laaspher Polizei vergeudet Zeit, während Noras Mutter um ihr Baby bangt«. Auf dem Bild, das fast die komplette Seite ausfüllt, sind Alex und ich zu sehen. Gestern. Auf dem Trimmdich-Gerät hinterm Rathaus. Ich kann vor Wut kaum atmen. Meine rechte Hand zerknüllt das Papier. Ich will den Rest des Artikels lesen, aber die Buchstaben verschwimmen vor meinen Augen. »Der Journalist war auf der Beerdigung. Der Verfasser des Artikels heißt Burkhard Heinze. Er hat sich auf dem Friedhof bei mir entschuldigt. Jetzt weiß ich, wofür.«

In diesem Moment stoßen Ingrid und Anna zu uns. Alex zeigt auch ihnen den Zeitungsartikel. »Ich habe für heute Abend eine Pressekonferenz einberufen. Eigentlich sehe ich keinen Grund, mich dafür zu rechtfertigen, wie ich meinen Feierabend verbringe. Die Wogen glätten müssen wir trotzdem.«

»Das passiert, wenn man Berufliches und Privates nicht trennt«, sagt Ingrid und grinst süffisant.

»Ingrid, ich glaube nicht, dass es hier um Caros und meine Beziehung geht. Ebenso gut hätte der Reporter dich nach Feierabend im Kurpark ablichten können. Wir tappen im Dunkeln, und die Presse hat einen Weg gefunden, das auszuschlachten. Da kam ihnen Caros und mein Ausflug gestern gelegen. In diesem Team steht unsere Beziehung aber nicht zur Debatte, ist das klar?«

Ingrid sieht ihn wortlos an.

»Ob das klar ist?«

Nach ein paar Sekunden nickt sie mit zusammengebissenen Zähnen.

»Hat sonst noch jemand etwas über mein Verhältnis zu Caro zu vermelden, oder konzentrieren wir uns auf das, weswegen wir hier sind?«

Niemand sagt etwas, also nickt Alex Anna zu. »Wie lief es beim Beerdigungskaffee?«

Anna kramt in ihrer Handtasche und fördert eine Liste zutage, auf der alle Besucher aufgeführt sind. »Keine Besonderheiten. Neben den Angehörigen und den Nachbarn, die wir ja kennen, waren Freunde und Arbeitskollegen der Hoffmanns im Restaurant. Wir müssen uns die Liste im Detail anschauen, aber auf den ersten Blick war niemand anwesend, der dort nichts zu suchen hatte. Und es hat sich keiner merkwürdig verhalten. Oscar Hoffmann hat eine Rede oder besser gesagt einen Vortrag gehalten, in dem wieder einmal sein Lieblingssatz ›Familie ist alles‹ vorkam. Mareike Hoffmann war erstaunlich ruhig. Ich hätte sie nicht für eine trauernde Ehefrau gehalten, wenn ich nicht wüsste, dass sie Leopold Hoffmanns Witwe ist.«

Das deckt sich mit meinem Eindruck von ihr auf dem Friedhof.

»Dagegen war Hoffmanns Mutter furchtbar emotional. Sie konnte sich kaum auf den Beinen halten. Ich war froh, dass Sabine da war.«

Ich horche auf. »Sabine?«

»Ja, Sabine Riedel. Unsere Krisenmanagerin. Sie kümmert sich um die Hoffmanns.«

Bevor ich darauf eingehen kann, deutet Alex auf die zerknüllte Zeitung. »Anna, bitte bereite alles für die neue Pressekonferenz heute Abend vor. Ingrid gleicht in der Zwischenzeit die Liste der Beerdigungsgäste auf irgendwelche Unstimmigkeiten ab. Murat und Caro, geht nach Hause. Ruht euch aus. Es ist Samstag, und wir sind alle am Limit. Dafür übernehmt ihr morgen den Bereitschaftsdienst. Ich überlege mir in der Zwischenzeit, was ich unserer lieben Presse sagen will.«

Alle verlassen den Raum. Nur ich bleibe sitzen. Alex' Angebot, nach Hause zu gehen, ist verlockend. Trotzdem verkünde ich: »Ich bleibe hier.«

»Nein, Caro. Ich hab dich nach Hause geschickt.«

»Ich trete heute Abend mit dir vor die Presse.«

»Warum solltest du?« Alex sieht mich irritiert an.

»Wir haben uns da zusammen reingeritten, wir kommen da zusammen wieder raus.«

Alex schüttelt den Kopf. »Wir haben uns nirgendwo reingeritten. Ich finde es schrecklich, dass ich mich für das bisschen Privatleben rechtfertigen muss, das ich habe. Aber anscheinend wird das von mir erwartet.«

»Ich bin auf diesem dämlichen Bild genauso zu sehen wie du und möchte den Leuten ein paar Takte dazu sagen.«

»Siehst du? Genau deswegen werde ich mich heute Abend alleine dort hinsetzen. Ich will der Presse nicht ›die Leviten lesen‹.« Alex malt mit den Fingern Anführungszeichen in die

Luft. »Ich will lediglich Grenzen abstecken. Aber dafür muss ich den richtigen Ton treffen, denn ich will weiterhin mit der Presse zusammenarbeiten.«

»Das will ich doch auch! Warum soll ich mich zurückhalten?«

»Manchmal bist du recht impulsiv. Und in diesem Moment bist du zu emotional. Ich fühle mich genauso angegriffen wie du. Aber ich kann mein Temperament zügeln.«

»Ach, und ich nicht?« Ich spüre, wie ich anfange zu zittern.

Alex deutet auf die Zeitung, die mittlerweile in Stücke gerissen vor mir auf dem Tisch liegt. Die letzten Fetzen habe ich noch in der Hand.

»Zudem ist die Presse Annas Job«, fügt er noch hinzu. »Ich dachte, das hätten wir geklärt.«

»Dann mach deinen Scheiß eben alleine.«

Ich stehe so heftig auf, dass der Stuhl hinter mir ins Wanken gerät. In der Tür renne ich fast in Anna hinein. Bei dem Ausdruck in meinem Gesicht macht sie erschrocken einen Schritt zur Seite. Ich stürme an ihr vorbei. Soll sie sich doch mit Alex über mich das Maul zerreißen. Bei meinem Auto angekommen, zittere ich völlig unkontrolliert. Ich brauche mehrere Anläufe, um die Tür zu öffnen, und lasse mich auf den Sitz fallen. Meine Augen brennen, aber ich kann nicht weinen. Stattdessen wird das Zittern stärker. Ich umklammere das Lenkrad, aber ich weiß, dass ich so nicht losfahren kann. Was soll ich machen? Normalerweise würde ich jetzt Alex anrufen. Aber der sitzt da drin und ist für meine Verfassung mit verantwortlich. Meine Mutter ist auf der Arbeit. Ich wähle Pauls Nummer, aber erreiche nur die Mailbox. »Verdammt!« Auf einmal wird mir klar, dass ich hier niemanden habe. Meine Freundschaften von früher habe ich einschlafen lassen, als mein Vater gestorben ist und ich nach Wiesbaden gezogen bin. Ich weiß nicht, ob ich mich in meinem Leben schon einmal so allein gefühlt habe.

Eine Zeit lang starre ich auf das Lenkrad. Dann erinnere ich mich an die Karte, die ich vor ein paar Tagen achtlos in meine

Tasche gesteckt habe. Laut Anna war sie auf der Beerdigung. Was hat sie da gemacht? Ein Grund mehr, mich mit ihr zu unterhalten. Vielleicht ist sie noch hier in der Gegend. Ich gebe ihre Nummer ins Handy ein und rede mir ein, dass ich sie ja nur aus beruflichem Interesse anrufe. Als ich das freundliche »Riedel« höre, bin ich mir nicht mehr so sicher, ob das stimmt.

24

»Wie Sie sehen, hatte ich es eh nicht weit. Und Sie machen mir keine Umstände«, versichert Sabine Riedel mir.

Wenige Minuten nach meinem Anruf fand sie mich, immer noch zitternd, im Auto sitzend vor. Sie verlor kein einziges Wort darüber. »Steigen Sie aus«, ordnete sie mit ruhiger Stimme an und öffnete mir die Beifahrertür ihres Wagens. Dann fuhr sie uns zu sich nach Hause, einer kleinen Einliegerwohnung im Taubenweg in Niederlaasphe. Dort fragte sie mich: »Ist es okay, wenn ich das ausziehe?« Sie deutete auf ihre gelbe Jacke mit der Aufschrift »Kriseninterventionsteam DRK« und dem »S. Riedel«-Namensschild. Ich nickte schwach und entschuldigte mich für meinen Zustand, aber davon wollte sie nichts hören.

Jetzt sitze ich in Sabine Riedels Küche und klammere mich an der Tasse Tee fest, als hinge mein Leben davon ab. »Ich hatte so was noch nie. Warum kann ich nicht aufhören zu zittern?« Ein Wunder, dass bis jetzt nichts von der Flüssigkeit in meiner Tasse übergeschwappt ist.

»Und wenn Sie mir hier alles vollsauen, das macht nichts.« Sabine Riedel hat meinen panischen Blick bemerkt. »Sie sind mit den Nerven offensichtlich durch. Das ist nicht ungewöhnlich in Ihrer Situation.«

»Nicht?«

»Nein. Überlegen Sie mal, was Sie gerade durchmachen.«

Ich lache bitter auf. »Ich habe eine Leiche. Ich habe ein entführtes Kind eines lokalen Prominenten und dadurch jede Menge Aufmerksamkeit der Medien. Ich habe die Tatwaffe, die anscheinend gestohlen wurde, denn der Besitzer konnte als Verdächtiger ausgeschlossen werden. Was ich bis jetzt nicht hatte, ist Zeit, dieser Spur weiter nachzugehen. Womöglich läuft die wie alle anderen ins Leere. Also habe ich immer noch keinen Täter. Rückhalt aus meinem Team habe ich nur bedingt. Und wenn ich es clever angestellt habe, habe ich vorhin auch noch meine Beziehung verbockt.« Ich schniefe. Plötzlich brennen Tränen in meinen Augen. »Ich habe Angst. Angst, dieses Baby nicht lebend zu finden. Angst, dass der Täter weiter frei herumläuft. Und Angst, dass ich meinen Job beim BKA hingeworfen habe, ohne hier wieder Fuß zu fassen.« Ich fahre mir mit dem Handrücken übers Gesicht.

Sabine Riedel nickt zufrieden. »Aber weil Sie sich diese ganzen Baustellen vor Augen geführt haben, werden Sie schon ein wenig ruhiger.«

Ich stutze. Sie hat recht! Meine Hand zittert zwar immer noch, aber der Tee in der Tasse wirkt nicht mehr wie ein Tsunami. Auch dieser getriebene, vollkommen unter Strom stehende Teil von mir ist ruhiger geworden. Stattdessen macht sich eine bleierne Müdigkeit in mir breit.

»Es ist okay, müde zu sein«, reißt sie mich aus meinen Gedanken.

»Aber ich brauche doch Energie, um –«

»Um so lange weiterzumachen, bis Sie umfallen? Nein. Ohne Pausen halten Sie nicht durch. Und manchmal braucht man ein wenig Abstand, um das große Ganze zu überblicken. Wissen Sie, was ich mache, um abzuschalten?«

»Was?«

»Ich gebe meinem Kopf etwas vollkommen anderes zu tun. Ich backe. Und nicht irgendeinen einfachen Rührteig. Etwas, bei dem es hier drin arbeiten muss«, sie tippt sich an die Stirn, »und die hier idealerweise auch was zu tun haben.« Sie bewegt ihre Hände. »Für mein heutiges Projekt könnte ich Hilfe gebrauchen.« Sie fordert mich auf, ihr zu folgen. Auf der Arbeitsfläche ihrer kleinen Küche sind schon Eier, Butter und einige Backutensilien bereitgestellt. »Diese Zutaten müssen zimmerwarm sein, deswegen stehen sie draußen«, erklärt sie mir. Sie holt Mehl, Haferflocken und Zucker hinzu. »Zuerst backen wir einen Hafercookie. Der wird dann zum Bröselboden für unseren Kuchen.« Sie deutet auf ein handgeschriebenes Rezept an der Pinnwand.

»Drei Schritte für einen fertigen Kuchen?«

»Das dauert seine Zeit. Eigentlich habe ich heute keine Bereitschaft, und dieses Rezept stand schon lange auf meiner To-do-Liste.«

Wieder wird mir klar, dass ich mich streng genommen aufgedrängt habe. Darüber hinaus sollten Notfallseelsorger niemanden, den sie betreuen, mit nach Hause nehmen.

»Wie gesagt, das Ding ist aufwendig, und ich bin über ein Paar zusätzlicher Hände nicht undankbar«, sagt Sabine Riedel hinter mir, als hätte sie meine Gedanken gelesen. »Nur eine Kleinigkeit müssen wir klären, bevor wir loslegen.«

»Was?«

»Ich kann mit niemandem Kuchen backen, den ich sieze. Ich bin Sabine.«

»Caro.« Lächelnd ergreife ich ihre Hand. »Dann zeig mir mal, wie ich einen Hafercookie backe.«

Sabine hat recht: Indem ich mich auf das Rezept konzentriere, schweifen meine Gedanken nicht permanent zu unserem Fall. Dafür muss ich zu viele Zutaten abwiegen. Zudem stecke ich bis zum Ellbogen in der Schüssel und versuche, einen homogenen Teig zu kneten.

»Vielleicht war die Butter nicht weich genug«, gibt meine Backpartnerin zerknirscht zu.

»Jetzt ist mir klar, warum du Hilfe brauchtest.«

»Komm, ich löse dich ab.«

Mit einem Schaber kratze ich mir das Gemisch, das mit Teig noch nichts zu tun hat, von der Hand und schiebe die Schüssel rüber zu Sabine. Die hat sich in der Zwischenzeit die Ärmel der schwarzen Bluse hochgekrempelt, die sie noch von heute Nachmittag trägt.

Zu gern würde ich sie über die Beerdigung ausfragen, aber sie kommt mir zuvor. »Die vielen Tattoos hattest du bei einer Mitarbeiterin des KIT nicht erwartet, oder? Ich hab im Krankenhaus, wo wir uns zum ersten Mal begegnet sind, bemerkt, wie du mich ansiehst.«

Ich fühle mich ertappt. »Tut mir leid. Führt das nicht hin und wieder zu Problemen?«

»Nein. Die Tattoos sieht in der Regel niemand. Bei Einsätzen trage ich meine KIT-Jacke. Und das Augenbrauenpiercing nehmen die Leute oft nicht mal wahr. Die sind einfach froh, dass jemand da ist und sich um sie kümmert.«

»Was ist der Unterschied zwischen Notfallseelsorgern und dem Kriseninterventionsteam?«, will ich wissen.

»Die Aufgaben sind überwiegend identisch. Wir durchlaufen eine siebenwöchige Ausbildung und übernehmen dann zum Beispiel die Betreuung von Angehörigen nach plötzlichen Todesfällen. Notfallseelsorger arbeiten bei der Kirche und sind normalerweise ehrenamtlich unterwegs. Ich bin beim Deutschen Roten Kreuz angestellt. Trotzdem bezeichnet man mich gelegentlich als Notfallseelsorgerin, obwohl ich den Leuten den Unterschied dazu immer wieder erkläre. Bei Fällen wie diesem hier wird das KIT von der Polizei hinzugezogen. Nicht nur um der Opfer willen. Manchmal haben die Polizisten selbst Gesprächsbedarf.« Sie wirft mir einen Seitenblick zu.

»Warum hast du dir gerade diesen Job ausgesucht?«

»Warum nicht? Du kommst nicht über die Tattoos weg, oder?«

»So oberflächlich bin ich nicht!« Wider Willen muss ich lachen. »Ich dachte nur, während wir hier Teig kneten, mache ich ein bisschen Small Talk.«

»Apropos Teig: Guck mal!« Stolz zeigt Sabine mir, was sie in der Schüssel zustande gebracht hat.

»Ich hatte die Butter ja vorgewärmt«, grummle ich.

»Schon klar.« Sie bestäubt die Arbeitsfläche mit Mehl und rollt den Teig aus. »Zurück zu deiner Frage: Zu meiner Kinderzeit hat meine Mutter mehrfach versucht, sich das Leben zu nehmen. Als ich siebzehn war, hat sie es geschafft. Meinen Vater kannte ich nicht mal. Es gab zwar Freunde und Bekannte, aber ich habe mich trotzdem alleingelassen gefühlt. Um damit klarzukommen, hab ich mich emotional abgekapselt. Ich habe viel getan, auf das ich im Nachhinein nicht stolz bin, und mir zu spät therapeutische Hilfe gesucht. Heute weiß ich, wie wichtig es ist, sich in gewissen Phasen Unterstützung zu holen. Und da ich selbst schon einmal in einer scheinbar ausweglosen Situation war, kann ich mich in die Menschen hineinversetzen, für die ich meine Bereitschaftsdienste mache.« Sie klingt so, als würde sie über das Wetter reden. Aber ihren Blick hält sie auf den Kuchenteig geheftet, den sie mit einer Kraft bearbeitet, der ihren nonchalanten Ton Lügen straft.

»Wie hältst du das aus?«

Sabine zuckt mit den Schultern. »Wahrscheinlich genauso wie du. Einmal im Monat führe ich selbst ein Gespräch mit einem Therapeuten. Und ansonsten backe ich eben.« Sie gibt den mittlerweile recht flachen Teig auf ein Backblech und schiebt es in den Ofen. »Weiter geht's mit Schritt zwei«, sagt sie zufrieden.

Ich liege auf meinem Bett und starre an die Decke. Der Nachmittag mit Sabine hat mir gutgetan. Irgendwann hat Paul mich zurückgerufen, aber ich war gerade dabei, Ei um Ei in die Füllung für den Kuchen zu rühren, sodass ich keine Zeit hatte, das Gespräch anzunehmen. Wer sich nicht gemeldet hat, ist Alex. Ich kann mir vorstellen, dass die Pressekonferenz ihn geschlaucht hat. Trotzdem hätte ich heute Abend gern seine Stimme gehört. Zum eigentlichen Pressetermin war ich damit beschäftigt, Sabines Kuchen zu verköstigen. Aber gleich wird die Wiederholung gezeigt. Ich greife nach der Fernbedienung. Ohne zu wissen, wie es gelaufen ist, werde ich eh kein Auge zumachen. Ein paar Minuten noch, dann geht es los. Mit klopfendem Herzen wappne ich mich innerlich gegen alles, was Anna und Alex gleich vor laufenden Kameras von sich geben könnten. Die Einstellung der beiden vor der Presse wird bereits eingeblendet. Nicht nur Alex ist fotogen. Die Kameras scheinen besonders Anna zu lieben. Ihre Locken umrahmen ihr Gesicht, sie trägt wieder eine Bluse, die sündhaft teuer aussieht und genau zu ihren blauen Augen passt. Wenn wir uns irgendwann einmal besser verstehen sollten, muss ich sie nach ihrem Make-up fragen. Die dunklen Ränder unter ihren Augen sind komplett verschwunden, sie wirkt kein bisschen müde.

Anna räuspert sich. Das Mikrofon ist eingeschaltet, jetzt müsste es losgehen. Doch bevor es dazu kommt, klingelt mein Handy. Alex. »Wenn man vom Teufel spricht«, begrüße ich ihn. »Gleich wird die Wiederholung der Pressekonferenz gezeigt, aber jetzt kannst du mir ja sagen, wie es gelaufen –«

»Wir haben eine Lösegeldforderung. Komm aufs Revier.« Alex legt wieder auf, ohne meine Antwort abzuwarten.

25

»Du hast endlich nach dem Lösegeld gefragt!«

Er hört, wie sie am Telefon erleichtert aufatmet.

»Jetzt sind wir wieder auf Kurs«, bestätigt er, während sein Blick liebevoll Nora streift. Ganz ruhig liegt sie in ihrem Bettchen. Nach letzter Nacht hat die Kleine etwas nachzuholen. Sie scheint nicht gut zu schlafen, wenn sie bei ihr ist. Das ist schön. Nicht dass das Baby schlecht schläft, aber dass sie ihn anscheinend braucht. Jetzt schon, nach so kurzer Zeit. Bald wird sie noch mehr Zeit bei ihm verbringen. Auch er schläft besser, wenn Nora bei ihm ist.

»Endlich hast du das Geld gefordert!« Als hätte sie nicht wahrgenommen, was er gerade gesagt hat.

Hätte er ihr das Baby anvertraut, wenn er vorher gewusst hätte, wie ungeduldig sie sein würde? Oder hätte er sich Urlaub genommen, um vierundzwanzig Stunden am Tag für Nora da zu sein? Ist sie bei ihr in guten Händen? Kümmert sie sich um sie, oder sieht sie nur die Kohle?

Er schüttelt den Gedanken ab. Im Nachhinein hätte er vieles, so vieles anders umgesetzt. Aber durch die Lösegeldforderung sind sie wieder auf Kurs. Und sobald das Geld da ist, können sie weitermachen.

Dann läuft endlich wieder alles nach Plan. So wie vorgesehen.

26

»Der Anruf ging nach der Pressekonferenz bei Burkhard Heinze ein«, erklärt Alex. Wir sitzen um den Tisch herum und hängen an seinen Lippen. Von Müdigkeit keine Spur, obwohl es mitten in der Nacht ist. Alle von uns schütten zu viel Adrenalin aus und sehen dadurch gleich aus: zitternde Hände, weit aufgerissene Augen. Die Luft ist spannungsgeladen, und trotz der geöffneten Fenster riecht der Raum nach Kaffee und Schweiß. »Heinze kommt gleich her, dann befragen wir ihn persönlich. Am Telefon hat er nicht viel gesagt.«

»Wie ist es auf der Konferenz gelaufen?« Offensichtlich bin ich die Einzige hier, die das Geschehen nicht am Fernseher verfolgt hat.

»Wir haben klargestellt, dass auch Polizisten ihr Privatleben haben, dass wir aber vierundzwanzig Stunden am Tag an diesem Fall arbeiten und Nora allerhöchste Priorität hat«, antwortet Alex.

»Und damit hat die Presse sich zufriedengegeben?«

»Wir haben wieder nach Hinweisen aus der Bevölkerung gefragt und die Medien um Mithilfe gebeten. Das scheint funktioniert zu haben.« Alex lächelt mir kurz zu. Friedensangebot oder Waffenstillstand?

In diesem Moment kommt Anna in den Raum, gefolgt von Heinze. Der nickt einmal in die Runde. »Frau König, Sie sind ja auch da! Wir haben Sie heute Abend an der Seite Ihres Lebensgefährten vermisst.« Er lächelt mich an und wirft Anna einen Seitenblick zu, doch der Versuch, seine Nervosität zu überspielen, misslingt.

»Herr Heinze, können wir das Gespräch in großer Runde führen, oder ist es Ihnen im Nebenzimmer lieber?« Ich ignoriere die missbilligenden Blicke meiner Kollegen.

»Nein, nein, lassen Sie uns hier reden. Die anderen sitzen ja sonst hinter der Scheibe und hören sowieso zu.« Heinze wischt sich den Schweiß von der Stirn und greift nach der Flasche Wasser auf dem Tisch. »Warm hier drin«, nuschelt er.

Ich bin sicher, dass eine ruhigere Atmosphäre hilfreich für ihn wäre. Aber mehr als anbieten kann ich es nicht.

»Herr Heinze, dann erzählen Sie mal, was Sie vorhin am Telefon angedeutet haben«, fordert Alex den Journalisten auf.

»Nach der Pressekonferenz bin ich zurück zu meinem Auto. Da hat mein Handy geklingelt, unbekannte Nummer. Ich hab mir schon gedacht, dass mein Handyanbieter mir wieder mal 'nen neuen Vertrag aufschwatzen will. Na ja, bin dann trotzdem ran und hörte eine verzerrte Stimme. ›Zweihunderttausend Euro, wenn Sie Nora wiederhaben wollen. Mehr Anweisungen folgen. Keine Polizei.‹ Dann hat er aufgelegt, und ich hab Sie angerufen.«

»Haben Sie das Handy dabei?«

Heinze kramt in seiner Aktentasche und zieht endlich sein Handy hervor. Alex schiebt ihm einen Block unter die Nase. »Schreiben Sie Ihre PIN auf. Wir werden Ihr Handy präparieren.«

Heinze reißt die Augen auf. »Das geht nicht!«

»Der Entführer wird sich wieder melden, hat er gesagt, richtig?«

»Ja, aber …«

»Dann ist es wichtig, dass Sie rangehen und wir mithören können, um die Übergabe zu organisieren.«

»Aber der Entführer redet nur mit mir! Keine Polizei, hat er gesagt. Es ist schon ein Unding, dass ich überhaupt mit Ihnen rede!«

»Sie kennen doch das Prozedere«, werfe ich ein, bevor Alex etwas erwidern kann. »Einem erfahrenen Journalisten wie Ihnen macht man doch nichts vor.«

Heinze lehnt sich zurück. Der Schweiß steht ihm immer noch auf der Stirn, aber seine Gesichtszüge werden weicher.

»Sie wollen doch auch, dass wir Nora finden.«

Heinze nickt.

»Dann lassen Sie uns doch unseren Job machen, so wie Sie gestern Ihren gemacht haben.«

Es dauert ein paar Sekunden, aber die Nachricht scheint anzukommen. Heinze greift nach dem Block und kritzelt vier Zahlen darauf. »Ich will über alles informiert werden, was die Lösegeldübergabe angeht«, fordert er.

»Aber klar. Ein paar Stunden vor den anderen. Wenn alles gut gelaufen ist und Frau Hoffmann ihre Nora wieder in den Armen hat. Vielleicht gibt sie Ihnen ja sogar das erste Interview. Das wiederum müssen wir mit ihr abklären, wenn es so weit ist. Bis dahin bewahren Sie Stillschweigen über diese Geschichte, um Nora nicht zu gefährden, das ist ja wohl klar.«

Heinze nickt. »Momentan könnte ich ja eh nur schreiben, dass die Polizei mein Handy verkabelt. Das ist keine Story.« Dann steht er schwerfällig auf. »Gibt es hier einen Kaffee und frische Luft, während ich warte?«

Murat bedeutet Heinze, ihm zu folgen.

Alex wirft mir einen anerkennenden Blick zu, als die beiden den Raum verlassen haben. »Also gut, Ladys. Versuchen wir noch mal, ein bisschen Schlaf zu bekommen. Ich übernehme die Bereitschaft, sollten weitere Hinweise eingehen. Murat hält uns auf dem Laufenden, wenn sich bei Heinze was tun sollte. Wir reden morgen. Gute Nacht.« Alex wartet, bis alle den Raum verlassen haben. »Kommst du mit nach Hause, auch wenn ich mein Handy eingeschaltet lassen muss?«, fragt er mich.

»Wenn du das noch willst?« Meine Stimme klingt selbst in meinen Ohren wie die eines Teenagermädchens. Leise. Piepsig. Hoffnungsvoll.

Alex' Mundwinkel zucken. »Warum sollte ich nicht?«

»Wir haben uns heute Nachmittag gestritten.« Jetzt, wo ich es sage, komme ich mir unfassbar blöd vor.

»Wir erzielen gerade einen Durchbruch. Und du hast dich enorm gut geschlagen. Was ist da ein bisschen Gezanke von vorhin?«

»Nichts Wichtiges.« Wider Erwarten muss ich lachen.

Alex legt den Arm um mich, und wir verlassen die Wache. Vielleicht bekommen wir ja wenigstens ein paar Stunden Schlaf, obwohl ich das bezweifle: Wir sind total überdreht. Und dieser Zustand wird sich nicht ändern, bis der nächste Anruf des Entführers eintrifft.

27

Sonntag

»Keine Chance, den Anruf von gestern zurückzuverfolgen«, begrüßt Murat Alex und mich am nächsten Morgen. Dankbar nimmt er den Kaffeebecher entgegen, den wir ihm mitgebracht haben. Er trägt noch dieselbe Kleidung wie gestern und sieht völlig übernächtigt aus. »Ich hab eine Fangschaltung angebracht«, fährt er fort. »Sollte der Entführer sich melden, können wir ihn hoffentlich aufspüren.« Er deutet auf das Gerät, das er mit sich herumschleppt und das aussieht wie ein Audioguide im Museum. »Und mithören können wir jetzt auch.«

»Ich kann es gar nicht glauben«, seufzt Alex. »Endlich tut sich was.«

»Ich kann es auch nicht glauben«, murmele ich kopfschüttelnd.

»Was denkst du?«, fragt Murat.

»Warum sollte der Entführer uns eine Woche lang auf die Folter spannen, bis er Lösegeld fordert? Warum nicht direkt nach der Tat, um sich so schnell wie möglich abzusetzen? Wir hatten das doch schon: Bei der Familie ist es sowieso überraschend, dass nicht viel mehr Trittbrettfahrer versucht haben, Gewinn aus der Sache zu schlagen.«

»Das erhöht die Erwartungshaltung und die Bereitschaft zu zahlen«, meint Alex.

»Aber auch unsere Möglichkeiten, uns auf so eine Situation vorzubereiten. Außerdem könnte er unter dem Aspekt mehr Geld fordern als zweihunderttausend.«

»Zweihunderttausend sind eine Summe, die sich relativ leicht aufbringen lässt.«

»Aber warum ruft der Entführer Heinze an? Direkt nach der Pressekonferenz, in der die Nummer für Hinweise aus der Öffentlichkeit wieder explizit genannt wurde? Soweit ich verstanden habe, ist das hier Heinzes privates Handy. Warum er? Der könnte einen Artikel schreiben, sobald der Ort für die Übergabe bekannt ist, und damit die Bedingungen für den Täter, mit dem Geld zu verschwinden, erschweren.«

Bevor einer der Männer etwas erwidert, klingelt der Audioguide. Murat eilt hinter den PC und drückt ein paar Tasten. Da hören wir schon ein Klicken und Heinzes Stimme aus dem Lautsprecher.

»Burkhard, ich habe gesagt, keine Polizei«, höre ich eine verzerrte Stimme aus dem Handylautsprecher.

»Ich bin zu Hause, die Polizei ist nicht hier«, erwidert Heinze. Er versucht, seine Stimme unter Kontrolle zu halten. Ein leichtes Zittern kann er jedoch nicht überspielen. »Geht es Nora gut?«

»Ich will das Geld in kleinen, nicht durchgehend nummerierten Scheinen. In einer Tasche. Nur du. Sonst keiner. Du stellst die Tasche ab. Heute Abend um neunzehn Uhr. Info zum Treffpunkt folgt eine halbe Stunde vorher.«

»Wo finde ich dann Nora?« Heinze hält sich ans Protokoll und erwähnt Nora so oft wie möglich.

»Info um halb sieben.« Die Leitung ist tot.

Alex und ich werfen einander einen Blick zu, dann sehen wir rüber zu Murat, der frustriert auf den PC-Bildschirm starrt.

Als ich das Revier verlassen habe, telefonierte Alex gerade mit Heinze, um das weitere Vorgehen zu besprechen, und Murat hackte immer noch auf den Tasten des Computers herum. Anscheinend hat es nicht funktioniert, den Anrufer ausfindig zu machen.

Ob die Kollegen beim BKA es geschafft hätten? Allein so etwas zu denken ist unkollegial. Aber langsam beschleicht mich das Gefühl, dass diese Sache eine Nummer zu groß für uns ist, meine BKA-Erfahrung hin oder her. Alex scheint es ähnlich zu sehen. Zumindest für den nächsten Schritt hat er sich mit der Kripo in Bad Berleburg in Verbindung gesetzt: Ein Sender wird in der Geldtasche verstaut, um den Täter zu verfolgen und hoffentlich Nora aufzuspüren. Das wäre nicht die erste Lösegeldübergabe der Geschichte, bei der lediglich eine Seite der Parteien ihren Teil erfüllt.

Wieder einmal bin ich in Niederlaasphe unterwegs. Diesmal fahre ich allerdings nicht zu Sabine, sondern zu Daria Clemens, in der Hoffnung, dort auch ihre Schwester anzutreffen. Wir wollen nicht, dass Mareike Hoffmann aus der Presse von den aktuellen Entwicklungen erfährt, da waren wir uns schnell einig. Deswegen bin ich hier. Sie öffnet mir sogar selbst die Tür. »Hallo, Frau König!«

»Wie geht es Ihnen, Frau Hoffmann?«

Sie zuckt mit den Schultern. »Wie es einem so geht, wenn man auf der Couch der Schwester schlafen muss. Mein ganzes Leben fühlt sich zurzeit an wie ein einziges Provisorium.«

Sie bittet mich herein, und ich folge ihr in die Küche. »Ist Ihre Schwester auch da?«

»Nein, die ist unterwegs, müsste aber jede Minute wiederkommen. Wollten Sie zu ihr?«

Ich überlege, ob ich mit meiner Nachricht warten kann, bis Daria Clemens zurück ist. Aber die Zeit drängt. Auch wenn es dauert, bis der Täter sich wieder meldet, gibt es genug, was im Team besprochen werden muss. Ich kann nicht länger warten. »Es gibt Neuigkeiten von Noras Entführer.«

Mareike Hoffmann reißt die Augen auf.

»Gestern hat er einen Siegener Journalisten mit der Forderung nach Lösegeld angerufen. Wir wissen nicht, warum der Täter sich ausgerechnet bei ihm und nicht bei Ihnen gemeldet hat. Die Übergabe soll heute Abend stattfinden.«

Ich halte inne und warte auf eine Reaktion. Erleichterung, dass sich endlich etwas bewegt. Angst vielleicht. Aber in Mareike Hoffmanns Augen sehe ich nur Skepsis. »Wie viel Geld will er?«

»Zweihunderttausend Euro.«

»Die habe ich nicht!«

»Sie nicht. Aber Sie kennen jemanden, der hier aushelfen kann.«

Mareike Hoffmanns Gesichtszüge entgleisen einen kurzen Moment. »Mein Vater«, sagt sie tonlos. »Ich habe ja schon im Krankenhaus gesagt, dass es eigentlich um ihn geht. Ich hab es die ganze Zeit gewusst.«

»Wollen Sie ihn anrufen, oder soll ich das übernehmen?«

»Nein, ich mache das.« Sie greift nach ihrem Handy. »Wo findet die Übergabe statt?«, fragt sie, während man das Freizeichen hört.

»Das teilt der Täter uns noch mit.«

Sie nickt abwesend und zuckt kaum merklich zusammen, als ihr Vater sich mit einem lauten »Hoffmann« meldet. »Papa«, sagt sie mit brechender Stimme, während eine Träne ihr die Wange herunterläuft. »Papa, es gibt eine Lösegeldforderung.«

»Er soll aufs Revier kommen«, flüstere ich ihr zu.

Mit tränenerstickter Stimme gibt Mareike Hoffmann die Information weiter. Ihr Vater verspricht, sofort bei uns einzutreffen, und legt auf.

»Soll ich Sie mitnehmen?«

»Nein. Mein Vater regelt das.« Mareike Hoffmann legt das Handy auf die Anrichte und fährt sich übers Gesicht. Dann lässt sie kraftlos ihre Arme sinken. »Meine Schwester kommt gleich«, murmelt sie und schnieft. Ich weiß nicht, ob sie damit mich oder sich selbst beruhigen will.

»Ist Ihnen mittlerweile wieder etwas aus der Tatnacht eingefallen?«

»Was?«

»Erinnern Sie sich wieder? An irgendetwas?«

»Nein.« Mareike Hoffmann stößt sich von der Arbeitsfläche ab und drängt sich an mir vorbei in Richtung Hausflur. Das Gespräch ist beendet. »Bis heute Abend. Ich höre von Ihnen.«

Wir nicken einander zu, dann schließt sie die Tür hinter mir.

Die Zeit will nicht vergehen. Alex und Murat sind weiterhin auf dem Revier und haben mittlerweile zum x-ten Mal versichert, dass sie meine Hilfe nicht brauchen. Sinnlos herumsitzen bis heute Abend kann ich nicht. Also beschließe ich, endlich das zu tun, was ich seit Tagen nicht geschafft habe. Auch auf die Gefahr hin, dass sich das jetzt als zu spät herausstellt.

»Hallo, Frau König.« Christoph Marburger nickt mir zu und weicht von der Tür zurück, um mich hereinzulassen. »Wollen Sie mich wieder festnehmen?«, fragt er mich auf dem Weg zur Küche. Da ich sein Gesicht nicht sehe, weiß ich nicht, ob das ironisch gemeint ist.

»Bestimmt nicht«, versichere ich ihm. »Aber uns ist nach wie vor nicht klar, warum Ihr Waffenschrank frei zugänglich war. Sie haben eine sechzehnjährige Tochter, da müssen Sie den Schrank doch erst recht wie vorgegeben sichern!«

In der Küche lassen wir uns auf die Stühle sinken. Marburger zuckt mit den Schultern. »Toni ist ein Kind, das weiß, wo seine Grenzen liegen. Der Waffenschrank war tabu für sie. Und sie hat sich immer daran gehalten.«

»Trotzdem ist es nicht Sinn der Sache, einen Waffenschrank zu haben, den man nicht abschließt. Und wie Sie schon sagen: Toni ist noch ein Kind.«

»Selbst meine Frau hat immer gesagt, dass der offene Schrank bei einer Kontrolle der Behörden zu einem richtigen Problem werden könnte. Vielleicht hätte ich auf sie hören sollen.« Wieder hilfloses Schulterzucken.

Ich muss an das letzte Gespräch mit Marburgers Frau denken. An ihre Panik nach meiner bloßen Frage nach dem Schrank. »Wer weiß außer Ihrer Familie von Ihrer Waffe?«

»Jeder, der mich besser kennt. Das ist mein Hobby und kein Geheimnis. Ich bin seit Ewigkeiten im Schützenverein.«

»Und Sie haben die Pistole nicht vermisst, bis wir sie Donnerstag gefunden haben?«

»Nein. Ich halte sie in Ehren. Aber ich bin nicht so geil darauf, dass ich sie ständig aus der Kiste hole und anglotze.

Vermutlich hätte ich dieses Wochenende gemerkt, dass die Waffe nicht da ist. Heute wäre ich auf den Schießstand gefahren. Aber dann kam die Verhaftung und hat einiges durcheinandergewirbelt, wie Sie sich vorstellen können. Wie es mit meiner Zulassung weitergeht, wird gerade geklärt.«

»Darf ich mir den Waffenkoffer noch mal anschauen?«

Marburger sieht mir wortlos in die Augen. Ich warte schon darauf, dass er genau wie seine Tochter nach einem Durchsuchungsbefehl fragt. Aber dann wird ihm wohl klar, dass er schon genug Probleme an der Backe hat. Er erhebt sich und fordert mich auf, ihm zu folgen. Im Arbeitszimmer zückt Marburger den Schlüsselbund, um den Waffenschrank aufzuschließen. Er zieht den Waffenkoffer heraus. Bis er ihn wieder mit der Pistole füllen darf, wird es wohl noch dauern.

»Wer weiß, wo Sie Ihre Waffe aufbewahren?«

»Keine Ahnung, wem ich das erzählt habe. Wir wohnen hier schon seit Jahren.«

»Und wer hatte Zugang zu Ihrer Wohnung?«

»Unsere Familie. Tonis Freunde. Ich bin kein Vater, der seiner Tochter jede Sekunde hinterherspioniert. Die wenigen Freunde, die sie hat, sollen sich hier wohlfühlen. Dass das Arbeitszimmer und der Waffenschrank tabu sind, verstand sich von selbst.«

Er wirft einen vernichtenden Blick auf das Schloss. Dass die Entscheidung, den Schlüssel dort stecken zu lassen, obwohl er eine so junge Tochter hat, dumm war und auf diesem Wege jemand an die Tatwaffe für einen Mord gekommen ist, spreche ich nicht aus. Marburger macht sich selbst schon genug Vorwürfe.

»Ich werde den Koffer mitnehmen«, bestimme ich und ziehe ihn sanft unter seinen Armen weg. »Die Kollegin war zwar schon hier, aber vielleicht finden wir doch noch Fingerabdrücke.«

28

Jahrelang hatte sie sich immer wieder die Frage gestellt, woher sie kam, doch ihre Mutter schwieg beharrlich. Es gab Phasen in ihrem Leben, in denen sie versuchte, sich damit abzufinden. Dann wieder brachte es sie fast um den Verstand. Sie war natürlich nicht die Einzige, die ohne Vater aufwuchs. Aber nicht jede Mutter schien ein derartiges Geheimnis um die Herkunft ihrer Tochter zu machen wie ihre.

Als ihre Mutter krank wurde, versuchte sie es wieder. »Mama, wenn du nicht mehr da bist, muss ich doch über meine Vergangenheit Bescheid wissen«, flehte sie.

»Du bist jetzt so lange ohne deinen Vater ausgekommen, da schaffst du es auch weiterhin«, entgegnete die jedoch. Allerdings änderte der Ausdruck in ihren Augen sich: Jetzt sah ihre Tochter darin nicht nur Scham, sondern auch Angst.

Die Härchen an ihren Armen sind aufgestellt, ihr ganzer Körper ist mit einer Gänsehaut überzogen, wenn sie an diese Gespräche mit ihrer Mutter denkt. Und an das Gefühl, das sie überfiel, als ihre Mutter über ihren Vater sprach. Endlich. Kurz bevor es zu Ende ging. Nichts hatte sie auf das vorbereiten können, was daraufhin folgte. Bei der Erinnerung daran packt sie immer noch die kalte Wut.

Und so greift sie zum Telefon, um die letzten Schritte zu besprechen. Trotz aller Hindernisse, trotz aller Widrigkeiten der letzten Tage ist sie überzeugt, das Richtige zu tun.

Sie tut es für ihre Mutter.

Und sie tut es für sich.

29

Zurück auf dem Revier finde ich nur meine Kollegen vor. »Wo ist Oscar Hoffmann?«

»Weg«, erwidert Alex und klingt so, als könne er es selbst kaum glauben.

»Wie hast du es geschafft, ihn wieder loszuwerden?« Ich bin fest davon ausgegangen, dass er sich nicht mehr abwimmeln lässt, jetzt, da sich endlich etwas tut.

Alex zuckt mit den Schultern. »Er hat uns das Geld vorbeigebracht und ist wieder gegangen, und das, ohne uns große Ratschläge zu erteilen. Ich war schockiert.«

»Über den Ausgang der Übergabe will er aber informiert werden, das hat er deutlich gemacht«, wirft Anna ein. »Ob er eher am Geld oder seiner Enkelin interessiert ist, hat er nicht gesagt.«

»Heinze müsste jeden Moment hier sein«, fährt Alex fort, ohne auf Annas Kommentar einzugehen. »Ich will ihn hier bei uns haben, wenn der Täter wieder anruft. Der hat Heinze beim letzten Anruf sogar beim Vornamen genannt. Womöglich kennt Heinze ihn sogar und erkennt ihn trotz verzerrter Stimme. Außerdem will ich vor der Lösegeldübergabe noch mal mit ihm sprechen. Wir dürfen nichts dem Zufall überlassen, auch zu seinem Schutz.«

Ich weiß nicht, wie lange wir auf Heinze warten. Fünf, vielleicht zehn Minuten, die sich aber wie eine Ewigkeit anfühlen. Jetzt starren wir gebannt auf sein Handy auf dem Tisch. Es ist kurz vor halb sieben. Heinze wischt sich den Schweiß von der Stirn. Mein T-Shirt klebt mir am Rücken.

Endlich klingelt es! Kollektives Zusammenzucken. Heinzes Hände zittern, als er den grünen Knopf drückt. Ich hoffe, dass er das Handy nicht fallen lässt. »Heinze«, sagt er heiser und betätigt den Lautsprecher. Ingrid schiebt das Aufnahmegerät ein paar Zentimeter näher an ihn heran.

»Burkhard! Da bist du ja wieder«, krächzt es aus dem Handy. »Dass wir beide das unter uns ausmachen wollten, ohne Polizei, hast du gestern überhört. Ich weiß, wo du gerade bist.«

Heinze schüttelt hilflos den Kopf. »Ich habe keine Ahnung, wer Sie sind und wovon Sie reden!« Mit weit aufgerissenen Augen starrt er in die Runde.

»Das kannst du hinterher schön mit der Polizei verhackstücken, mein Lieber. Vorher kommst du um neunzehn Uhr zum Kirchplatz. Allein. Auf einer der weißen Bänke vor der Kirche stellst du das Geld ab und gehst. Diesmal wirklich ohne Polizei.«

»Bringen Sie Nora auch zum Kirchplatz?«, fragt Heinze etwas gefasster.

»Du bist um sieben dort, oder Nora stirbt.« Klick.

Heinze knallt das Handy auf den Tisch. »Ich habe keine Ahnung, wovon der Kerl labert! Ich habe mit der ganzen Sache nichts zu tun!«

»Erkennen Sie die Stimme des Anrufers?«, fragt Alex.

»Haben Sie nicht mitbekommen, dass der einen Stimmverzerrer benutzt?«

»Ich meine nicht unbedingt die Stimme selbst. Aber kommt Ihnen der Tonfall bekannt vor oder die Art, wie der Anrufer sich ausdrückt?«

»Nein, verdammt!«

»Beruhigen Sie sich, Herr Heinze.« Ich nicke ihm beschwichtigend zu. »Es war richtig, dass Sie nach Nora gefragt haben.«

Heinzes Atem verlangsamt sich allmählich. Er schluckt hart. »Was machen wir jetzt?«

»Wir werden Ihnen die Tasche mit dem Geld geben, und Sie gehen damit zum Kirchplatz«, erklärt Alex ihm. »Sie tun genau das, was der Täter Ihnen aufgetragen hat. Nachdem Sie die Tasche abgestellt haben, gehen Sie zurück auf die Königstraße. Dort bleiben Sie stehen und behalten das Geld im Auge. Vielleicht kommt der, der es einsammelt, Ihnen bekannt vor. So, wie er mit Ihnen sprach, gar nicht unwahrscheinlich. Außerdem sind Sie sofort in der Nähe, wenn er Nora dort ablegen sollte.« Ich sehe Heinze seine Skepsis an, aber er sagt nichts.

»Was machen Sie in der Zeit?«, will er stattdessen wissen.

»Wir müssen versuchen, den Kerl aufzuhalten. Das wissen Sie, sonst hätten Sie seine Forderung, die Polizei nicht einzuschalten, gestern nicht ignoriert. Ich verrate Ihnen nicht, wo wir uns aufstellen, damit Sie nicht in unsere Richtung sehen, wenn Sie gleich auf dem Platz sind. Aber wir sind da, okay?«

Heinze nickt.

»Dann lassen Sie uns jetzt kurz allein, damit wir uns abstimmen.«

»Ich warte im Flur«, murmelt Heinze und verlässt den Besprechungsraum.

Innerlich mache ich mich auf einen Kampf der Kompetenzen gefasst, wie ich ihn die letzten Tage oft genug erlebt habe. Aber alle scheinen zu begreifen, dass wir nur wenige Minuten haben, um uns auf die Lösegeldübergabe vorzubereiten, und so arbeiten wir zum ersten Mal seit Beginn dieser Ermittlungen Hand in Hand. Heinze wird gebeten, ein paar Minuten bei Anna auf dem Präsidium zu warten, bis wir uns entsprechend positioniert haben. Wenn er nicht weiß, wo wir sind, wird er uns nicht verraten, indem er zu uns rübersieht.

Der Kirchplatz ist von der Königstraße aus zu erreichen: Der Eingang der evangelischen Kirche liegt in diesem Hof, von Blumen gesäumt und von der Straße abgeschirmt. Hier stellt sich niemand von uns auf. Zu auffällig. Ingrid geht in die Kirche hinein und hat von der Tür aus volle Sicht auf den Platz. Leider gibt es nicht nur diesen einen Weg hierher: Kleine Seitensträßchen führen zurück auf die Königstraße, sind aber so unscheinbar, dass wir sie nicht eins zu eins bewachen und ob der Kürze der Zeit nicht absperren können. Abgesehen vom Ort wird uns schnell klar, warum der Täter diese Tageszeit ausgesucht hat: Die Abenddämmerung ist bereits hereingebrochen und erschwert uns die Sicht. Allerdings können auch wir schwerer ausgemacht werden. Alex und Murat positionieren sich auf zwei Höhen der Königstraße: Einer hat von einer Bank aus alles im Blick, der Zweite steht etwas abseits zwischen zwei Läden. Ein Auto haben wir entlang der Straße geparkt, um gegebenenfalls die Verfolgung aufnehmen zu können. Ich stehe in der Wallstraße. Einer der kleinen Wege vom Kirchplatz führt hierher. Ich glaube zwar nicht, dass der Täter sich auf diesem Weg aus dem Staub macht. Trotzdem wollen wir vorbereitet sein, und von hier aus kann ich relativ unbemerkt den Kirchplatz im Auge behalten.

»Heinze ist unterwegs«, höre ich Annas Stimme aus meinem Funkgerät. Sie hat ihn bis zum Beginn der Königstraße begleitet, wo sie jetzt, an die Ampel gelehnt, alle im Blick hat, die von der Hauptstraße hier einbiegen und umgekehrt.

Heinze legt die letzten paar Meter bis zum Kirchplatz allein zurück. »Motorrad auf dem Weg«, gibt Alex durch, gefolgt von: »Motorrad bei Heinze, Scheiße!«

»Heinze am Boden, rufe Krankenwagen«, kommentiert Murat, der Rest seiner Nachricht wird vom zunehmenden Motorengeräusch verschluckt. Die Gasse vom Kirchplatz zur Wallstraße ist so schmal, dass kaum zwei Menschen nebeneinander hergehen können, diverse Stufen hierher führen abwärts. Ich kann nicht glauben, dass das Motorrad jetzt aus genau dieser Gasse geschossen kommt! »Alle Einheiten bereithalten, Motorrad auf dem Weg zur Gartenstraße über die Wallstraße!«, schreie ich ins Funkgerät. Ich renne dem Motorrad hinterher und versuche verzweifelt, das Kennzeichen zu erkennen. Aber ich sehe nichts.

Im Besprechungszimmer versuchen wir zu rekapitulieren, was vor ein paar Minuten passiert ist. »Schwarzes Motorrad, schwarze Kleidung, schwarzer Helm«, sage ich frustriert. »Um das Kennzeichen zu entziffern, war ich zu weit weg. Wo das Nummernschild normalerweise ist oder direkt daneben klebte irgendetwas Rotes. Ich habe aber keine Ahnung, was das war. Hoffentlich hat Heinze mehr gesehen.«

»Vielleicht fällt ja jemandem im Umkreis das Motorrad auf. Anna und die Kollegen haben schon mit der Befragung der Leute begonnen, die auf der Königstraße unterwegs waren.« Alex versucht, mich zu beruhigen, aber seine Worte klingen hohl. Heute, am Sonntag, sind sämtliche Läden geschlossen. Dementsprechend sind viel weniger Menschen unterwegs, und die Anzahl der Augenzeugen wird sich in Grenzen halten.

»Wir hatten zu wenig Zeit und hätten uns nie darauf einlassen dürfen.« Ingrid starrt auf die Tischplatte. Auch sie hat nichts gesehen, bis zum Kirchplatz und in ihr Sichtfeld hat Heinze es nicht geschafft.

Der Motorradfahrer hat Heinze umgestoßen, als er ihm die Tasche mit dem Lösegeld aus der Hand riss. Beim Sturz hat der sich das Sprunggelenk gebrochen und wurde deswegen ins Krankenhaus in Bad Berleburg gebracht. Derzeit wird er dort operiert.

»Die Kollegen melden sich bestimmt gleich.« Alex starrt auf das Funkgerät, durch das er mit dem Streifenwagen verbunden ist, den wir in der Königstraße positioniert haben. Die Kollegen haben unverzüglich die Verfolgung aufgenommen. Die letzte Möglichkeit, den Täter ausfindig zu machen, ist der Peilsender in der Tasche. Murat starrt auf den PC, aus dessen Lautsprecher ein leises, aber kontinuierliches Piepsen ertönt. Das Signal des Senders, das sich bewegt.

»Wir kommen nicht weiter!«, kommt es plötzlich aus dem Funkgerät.

»Wo seid ihr?« Alex lehnt sich nach vorn.

»Im Wald. Hier sind überall Bäume auf der Fahrbahn. Das Motorrad ist drum rumgefahren, wir stecken jetzt hier fest. Versuchen unser Glück zu Fuß, aber der Täter ist schon außer Sicht.«

Alex schlägt mit der Faust auf den Tisch, Ingrid vergräbt ihr Gesicht in den Händen. Nur Murat starrt weiterhin gebannt auf den Computerbildschirm.

»Signal wird langsamer«, murmelt er, und kurz darauf: »Motorrad steht.«

Ich horche auf. »Wo?«

»Sieht aus wie das Waldstück zwischen Fischelbach und Hesselbach.« Murat zeigt auf die Karte, springt auf und macht ein Bild davon. »Komm!«, ruft er mir zu. Alex nimmt sofort seinen Platz vorm PC ein. »Ich halte euch auf dem Laufenden!«, ruft er uns noch hinterher, aber da sind Murat und ich schon auf dem Weg zu seinem Auto.

30

Murats Fahrstil macht mich wahnsinnig. Obwohl ich angeschnallt bin, werde ich auf meinem Sitz herumgeschleudert. Blaulicht und Sirene haben wir eingeschaltet, und trotzdem werden wir dauernd ausgebremst.

»Fahr zur Seite, du Idiot! Siehst du nicht, dass wir es eilig haben?«

Wieder fährt ein Fahrzeug erst viel zu spät rechts ran, um uns vorbeizulassen. Wir haben Zeit verloren. Zu viel Zeit. Ich will das Leben der kleinen Nora nicht auch noch gefährden, indem ich Murat bitte, sein Auto nicht zu Schrott zu fahren. Also beschwere ich mich nicht über sein rasantes Überholmanöver, sondern halte mich einfach fest. Just in diesem Moment läuft im Radio AC/DC. »Highway to Hell«.

»Willst du mich verarschen?«

Ich würde es am liebsten ausschalten, doch Murat nimmt die Hand vom Lenkrad und dreht die Musik lauter.

»Murat, da!«, schreie ich auf. Fast hätten wir dadurch die Abbiegung in den Wald verpasst. »Scheiße!«

In der letzten Sekunde rammt er den Fuß aufs Bremspedal und reißt das Lenkrad herum. Auf dem unebenen Untergrund werden wir ganz schön durchgeschüttelt. Inzwischen ist es fast völlig dunkel, wir können kaum noch etwas sehen. Der Waldweg ist so eng, dass ich gar nicht daran denken will, was passiert, wenn uns ein anderes Auto oder gar ein Traktor entgegenkäme.

Murat drosselt das Tempo. Ich nutze die Chance, das Radio auszuschalten, und werfe ihm einen Blick zu, den er ignoriert.

»Wir müssten fast da sein«, sagt er.

»Signal bewegt sich immer noch nicht«, meldet Alex über Funk. Die Strecke wird minimal breiter, also nutzen wir die Gelegenheit und fahren rechts ran. Linker Hand schlängelt sich ein kleiner Weg tiefer in den Wald. Viel zu schmal für ein

Auto, aber genug Platz für ein Motorrad, wie das Manöver in der Wallstraße vorhin gezeigt hat. Der Streifenwagen ist nirgends zu sehen, auch von den beiden Kollegen fehlt jede Spur. Woher ist das Motorrad gekommen?

»Wenn der Erpresser eine andere Route genommen und den Streifenwagen gezielt vor einen Holzstapel geführt hat, kennt der sich hier verdammt gut aus«, fasst Murat meine Gedanken zusammen. Fünf, vielleicht zehn Minuten lang klettern wir über Steine und Wurzeln und ducken uns unter Ästen hindurch, die in den Weg hineinragen. Obwohl mein Herz gegen meine Brust wummert und Murats Atem rasselt, verlangsamen wir unseren Schritt nicht. Vielleicht hat der Motorradfahrer seine Fähigkeiten überschätzt und ist auf diesem Pfad gestürzt, wir haben ja zu Fuß schon zu kämpfen. Oder er konnte einem Reh oder Wildschwein nicht rechtzeitig ausweichen. Murat ruft den Screenshot auf seinem Handy auf. Ja, irgendwo hier muss es sein. Mittlerweile erkennen wir fast gar nichts mehr. Ich aktiviere die Taschenlampe an meinem Handy.

»Bist du bescheuert? Mach das Ding aus!« Murat reißt meinen Arm herunter. »Was machen wir, wenn der Typ hier irgendwo im Gebüsch kniet und nur auf uns wartet? Durch das Licht geben wir eine perfekte Zielscheibe ab!«

Ich antworte nicht. Der Lichtkegel der Taschenlampe ist auf etwas am Wegesrand gefallen. Murat hat es auch gesehen und sprintet los. Kein Wort mehr darüber, dass wir die Aufmerksamkeit des Täters auf uns lenken könnten. Es ist die Tasche! Doch nach einem kurzen Blick hinein ist klar: Bis auf den Peilsender ist sie leer.

Auf einmal überfällt mich eine unsagbare Müdigkeit. Ich spüre, wie meine Füße unter mir nachgeben, lehne mich mit dem Rücken gegen einen Baum und schließe kurz die Augen. Langsam gleite ich am Stamm hinunter, bis ich auf dem Waldboden angekommen bin.

»Ist alles in Ordnung?«, will Murat wissen. »Komm, ich helfe dir auf.«

Wortlos gehen wir den Weg zurück zum Auto.

Murat setzt sich wieder auf den Fahrersitz. »Wir fahren zurück aufs Revier, vielleicht finde ich bei mehr Licht ja noch was in der Tasche, das uns weiterbringt.«

Ich nicke. »Danke. Könnte der Vorfall von gerade unter uns bleiben? Du weißt schon, dass ...«

»Dass du über eine Wurzel gestolpert bist und dich auf den Hintern gesetzt hast? Das wäre mir auch fast passiert. Ist eine doofe Stelle dahinten. Zumal es ja schon dunkel ist.«

Wir lächeln einander zu und machen uns auf den Rückweg.

Auf dem Revier verzieht Murat sich mit der Tasche umgehend ins Labor. Anna und Ingrid sind schon im Feierabend. Alex habe ich mit düsterem Blick im Besprechungsraum angetroffen.

Er nickt mir zu und deutet auf den Stuhl neben sich. »Was habt ihr herausgefunden?«

»Nicht viel. Ich weiß nicht, wo der Weg hinführt, auf dem wir die Tasche gefunden haben. Bei der Dunkelheit konnten wir nichts mehr erkennen. Mittlerweile können der Täter und das Geld überall sein. Nur dass er diese Stelle im Wald vorher ausgespäht hat, ist klar. Das Geld ist weg, also muss er dort eine weitere Tasche deponiert haben.«

»Oder er hat sein Motorrad und das Geld abtransportieren lassen.«

»Und die Tasche zu Fuß dahin gebracht, damit wir sie finden? So viel Zeit hatte er nicht. Zudem hat er noch einen alternativen Weg gewählt, um den Streifenwagen loszuwerden. Wieder hat er alles akribisch durchgeplant.«

In diesem Moment klingelt Alex' Handy. »Und da kommt auch schon der nächste Anruf.« Er richtet sich auf und nimmt das Gespräch entgegen. Seine Stimme klingt fest, doch seine Augen sind weit aufgerissen und suchen Halt bei mir, während er wieder einmal seinem Vorgesetzten oder Oscar Hoffmann Rede und Antwort steht.

31

Montag

»Guten Morgen, Herr Heinze. Wie geht es Ihnen?«

Heinze lächelt mich müde an, hebt dann aber seinen Daumen in die Höhe. »Schlechten Menschen geht's immer gut, Frau König.«

»Sie haben die OP gut überstanden?«

»Man hat mir das Sprunggelenk mit zwei Nägeln zusammengeflickt. Jetzt muss ich sechs Wochen auf Krücken herumlaufen, dann gibt's Krankengymnastik. Ich bin ja froh, dass der Typ nicht auf mich geschossen hat. Ich war nur zu doof umzufallen, ohne mir was zu brechen.« Heinze lacht heiser. »Haben Sie das Motorrad gefunden?«

Ich schüttele den Kopf und hoffe, dass er mir meine Frustration nicht anmerkt. »Trotz Peilsender ist der Täter uns entkommen und hat bis jetzt nicht wieder versucht, Kontakt mit uns aufzunehmen.« Dass wir die Tasche gefunden haben, muss Heinze nicht wissen. Sollte er der Komplize des Täters sein, wird er das noch früh genug erfahren.

»Haben Sie den Motorradfahrer erkannt?«

»Nein. Ich hab Ihnen doch schon gesagt, dass ich keine Ahnung habe, wer der Typ ist.«

»Er hat Sie kontaktiert und nicht Mareike Hoffmann oder die Polizei. Er nennt Sie beim Vornamen. Und wie Sie schon sagten: Auf Sie geschossen hat er auch nicht.«

»Und dass er mich nicht umgebracht hat, ist jetzt ein Indiz dafür, dass ich den Typen kenne?«

»Er wollte nicht, dass Sie ernsthaft zu Schaden kommen. Dass Sie sich das Bein gebrochen haben, war Pech.«

Heinze hebt hilflos die Hände »Ich kann Ihnen nicht helfen, Frau König, so gern ich es würde.«

»Haben Sie am Motorrad etwas Rotes gesehen? Einen Aufkleber auf der Höhe des Nummernschildes?«

Heinze überlegt. »Ich glaube nicht.«

Am liebsten würde ich schreien oder ihn schütteln. Aber ich weiß, dass das nichts bringt. Vielleicht hat er wirklich nichts gesehen. Ich bedanke mich und mache mich auf den Rückweg. Doch ein leises Stechen in meiner Bauchgegend lässt mich nicht abschalten. »Irgendwas Rotes«, murmele ich. Irgendetwas, das ich schon mal gesehen habe.

Meine Angst, etwas übersehen zu haben, bringt mich zurück nach Richstein.

»Sind Sie schon weitergekommen?« Ohne meine Antwort abzuwarten, dreht Susanne Marburger sich um und lässt mich an der Wohnungstür zurück. Ich zögere nicht lange und folge ihr in die Küche. Dort hat sie bereits die Kapselmaschine angeworfen und bereitet uns beiden einen Kaffee zu. »Mit Milch?«

»Ja, danke«, antworte ich überrascht. Abgesehen von der Tatnacht habe ich bei den Marburgers keinen Kaffee getrunken, zumindest erinnere ich mich nicht daran. Entweder hat Frau Marburger ein hervorragendes Gedächtnis, oder sie hat gut geraten. Ich setze mich auf einen der Küchenstühle und zwinge mich, nicht an meiner Ponysträhne herumzuspielen, bis ich die Kaffeetasse in der Hand halte.

»Toni, mach die Musik leiser!« Susanne Marburger nimmt auf dem Stuhl mir gegenüber Platz.

Erst jetzt nehme ich das Wummern von Bässen wahr, das wohl aus dem Kinderzimmer kommt. Mit einem Knall wird die Tür ins Schloss geworfen.

Frau Marburger zuckt mit den Schultern, als wollte sie sagen, dass sie es wenigstens versucht hat, und rührt mit ausdruckslosem Gesicht in ihrem Kaffee herum.

Ich beschließe, mich aufs Wesentliche zu konzentrieren, und da die Kinderzimmertür geschlossen ist, wage ich es, eines der heikleren Themen anzusprechen. »Wusste Ihr Mann von Ihrer Affäre mit Leopold Hoffmann?«

Sie schweigt. Nur das Geräusch ihres Löffels, der über den Tassenboden schabt, ist zu hören, abgesehen von den gedämpften Bässen aus dem Kinderzimmer.

»Sie haben uns gebeten, Ihrem Mann nichts davon zu sagen. Aber ich frage mich, ob sich eine Affäre auf derart kleinem Raum geheim halten lässt.«

»Warum interessiert Sie das?«

»Weil wir hier von einem möglichen Mordmotiv sprechen. Wenn Ihr Mann wusste, dass Sie eine Affäre mit Ihrem Nachbarn haben, hätte er einen Grund mehr gehabt, ihn zu erschießen. Deswegen ist es wichtig, dass Sie mir die Wahrheit sagen, Frau Marburger.«

»Ich dachte, Sie hätten Christoph als Täter mittlerweile ausgeschlossen. Er hat Leo nicht erschossen. Er war Sonntagnacht hier oben bei mir.«

»Würden Sie mir trotzdem bitte meine Frage beantworten?«

»Ich habe ihm nichts gesagt.« Sie starrt eine Weile vor sich hin. »Er war nicht da, wissen Sie. Christoph war einfach nie da.« Sie wirft mir über die Kaffeetasse hinweg einen Blick zu, der meine Zustimmung einfordert. »Leo hatte auch einen anstrengenden Job. Und er hatte ein Baby. Also war er mindestens genauso beschäftigt wie mein Mann. Aber Leo nahm sich Zeit für mich. Wenn Toni mal wieder durch eine ihrer pubertären Trotzphasen ging, konnte ich mit Leo darüber reden. Wenn ich einen schlechten Tag hatte, war Leo für mich da. Christoph ging in seinem neuen Job vollkommen auf. Aber er vergaß darüber, dass er eine Familie hatte. Er vergaß Toni.« Ihre Augen füllen sich mit Tränen. »Und er vergaß mich.«

Ich würde ihr am liebsten sagen, dass ihr Mann sich darüber echauffiert hat, wie überfordert die Hoffmanns mit Nora wirkten. Dazu hatte ihre Affäre mit Leopold Hoffmann mit Sicherheit beigetragen. Das, was sie ihrem Mann vorwarf, hatte

Leopold Hoffmann durch Susanne Marburgers Verhalten vermutlich seinerseits Mareike Hoffmann angetan.

Aber ich sage nichts. Die Affäre zwischen Frau Marburger und Leopold Hoffmann ist noch ein Mordmotiv für jemand anderen, wird mir klar.

32

»Das kann ich nicht glauben, Caro.« Alex sieht mich kopfschüttelnd an.

»Du warst doch auch auf der Beerdigung. Leopold Hoffmanns Geliebte hat mehr um ihn getrauert als seine eigene Frau. Und tut es noch.«

»Die beiden waren noch nicht so lange zusammen. Da ist das doch normal.«

»Heißt das, du würdest nicht um mich trauern, wenn wir schon eine Weile verheiratet wären?«

»Können wir beim Thema bleiben?« Er hat ja recht. Unsere Beziehung steht hier nicht zur Debatte. Ich konzentriere mich auf den Fall. »Fakt ist: Wir haben zwei Betrogene, die unter der Affäre von Leopold Hoffmann und Susanne Marburger gelitten haben. Wenn wir uns Christoph Marburger unter diesem Aspekt vornehmen, müssen wir auch Mareike Hoffmann als potenzielle Täterin betrachten.«

»Warum sollte sie ihren Mann umbringen?« Alex schüttelt wieder den Kopf.

»Eifersucht. Genau dasselbe Motiv, das wir Christoph Marburger unterstellen.« Ich deute auf das Whiteboard, auf dem noch die Punkte aufgeführt sind, die für Marburger als Täter sprechen. Obwohl wir uns einig waren, ihn von der Liste der Verdächtigen zu streichen, hat niemand das Whiteboard abgewischt. »Mareike Hoffmann brauchte nicht mal einen Schlüssel, sie befand sich in der Tatnacht in der Wohnung«, spinne ich den Bogen weiter. »Christoph Marburger hat aus seiner Waffe nie ein Geheimnis gemacht, und der Waffenschrank musste noch nicht mal aufgebrochen werden. Vielleicht hat sie sich die in einem unbeobachteten Moment besorgt. Zudem kam eine Scheidung für sie nicht in Frage. Sieh dir Daria Clemens an. Keine Karriere im familieneigenen

Unternehmen, kein Urlaub im Haus in der Toskana, nur noch bedingt Kontakt zum eigenen Vater. All das hätte auch Mareike Hoffmann ertragen müssen, wenn sie sich einfach von ihrem Mann hätte scheiden lassen. Da ist ein Mord doch eine Alternative!«

»Also hat sie ihren Mann erschossen und sich selbst einen Schlag auf den Hinterkopf verpasst?«

»Sie hatte natürlich einen Komplizen. Jemanden, der sie niedergeschlagen und mit Nora die Wohnung verlassen hat. Ist dir nicht aufgefallen, dass sie erschreckend wenig nach Nora fragt?«

»Schon, aber …«

»Als ich sie über die Lösegeldforderung informiert habe, war ihre erste Reaktion keine Erleichterung, dass sich endlich jemand meldet, oder Hoffnung, ihr Kind zurückzubekommen. Sie wollte wissen, wie viel Geld der Täter verlangt, und war entrüstet, weil sie diese Summe nicht hatte. Vielleicht trauert sie nicht öffentlich um ihren Mann, oder in ihrer Beziehung stimmte etwas nicht, sodass sich die Trauer in Grenzen hält. Aber als Mutter eines entführten Babys verhält sie sich sehr emotionslos. Einfach merkwürdig.«

Alex sieht mich schweigend an, seine Augen sind immer noch voller Skepsis.

»In jedem Mordfall konzentrieren wir uns normalerweise auf den Partner«, beharre ich. »Der einzige Grund, warum wir das bis jetzt nicht getan haben, ist das verschwundene Baby. Aber was, wenn unsere Entscheidung falsch war? Was, wenn in diesem Fall der Partner genauso involviert ist wie in achtzig Prozent aller Mordermittlungen?«

Alex seufzt. »Du lässt nicht locker, oder?«

»Nicht, wenn ich das Gefühl habe, dass ich etwas Entscheidendem auf der Spur bin.«

»Wir werden Mareike Hoffmann einladen und vernehmen«, gibt er schließlich nach. »In einem Punkt hast du recht: Sie ist betrogen worden, und ich wüsste gerne, wie es um ihre Ehe stand. Zu allem anderen wird sie uns auch etwas sagen, auch wenn mir das sehr weit hergeholt erscheint.«

Erleichtert atme ich aus. Immerhin hält Alex meine Theorie nicht mehr für vollkommen schwachsinnig. Ein Teil von mir ist froh, ihm nichts von meinem Blick in die Truhe der Marburgers erzählt zu haben.

Aber jetzt, da Mareike Hoffmann mir verdächtig vorkommt, frage ich mich, ob ich in die falsche Truhe geschaut habe.

Mareike Hoffmann sieht sich mit großen, aufmerksamen Augen im Raum um. Sie hat ein wenig Make-up aufgetragen, sodass man den Rest der Platzwunde, wo sie mit der Stirn auf den Boden aufgeschlagen ist, nur erahnen kann. Ich betrachte sie ein paar Minuten lang durch die einseitige Scheibe und sehe zu, wie sie den Kaffee annimmt, den Ingrid ihr anbietet. Wie sie kurz auf ihr Handy schaut. Ein leichtes Lächeln. Vielleicht hat ihr jemand eine witzige Nachricht gesendet. Ein scheinbar beiläufiger Blick in den Spiegel und eine routinierte Bewegung, um ihre Haare aufzuschütteln. In meinen Augen ist sie weder eine trauernde Witwe noch eine verzweifelte Mutter. Im Krankenhaus hat sie wenigstens hin und wieder nach Nora gefragt. Dass sie dort nicht so emotional war, habe ich auf ihren eigenen Gesundheitszustand geschoben. Aber was, wenn sie auch da die Sorge um ihre Tochter nur gespielt hat? In meinem Bauch formt sich ein Klumpen, der mir auf den Magen drückt. Ich schließe einen Moment lang die Augen, dann öffne ich die Tür und betrete den Vernehmungsraum. »Hallo, Frau Hoffmann.«

»Frau König! Das ist aber schön, Sie wiederzusehen!« Ihre Hand ist kühl und erwidert kaum meinen Druck. Sie lächelt mich an und macht eine einladende Handbewegung. Als wären wir bei ihr zu Hause, wo sie mir einen Platz anbietet, und nicht auf dem Polizeirevier.

Ich zwinge mich, ruhig zu atmen, und versuche, nicht an Alex zu denken, der jetzt meinen Platz hinter der Glasscheibe eingenommen hat. »Wie geht es Ihnen?«

Ein leichtes Auflachen. »Ich bin wieder zurück in meiner Wohnung, und es zieht nicht mehr so fürchterlich. Der Fensterbauer war da und hat die Balkontür repariert.« Sie zwinkert mir zu. »Gott sei Dank habe ich jemanden im Bekanntenkreis, der meinen Auftrag dazwischenschieben konnte. Ansonsten ist es momentan ja schwierig, einen Handwerker zu finden.« Wieder ein leises Lachen.

»Haben Sie keine Angst, dass erneut bei Ihnen eingebrochen werden könnte?«

In ihren Augen flackert kurz etwas auf, aber schon ist der Gesichtsausdruck wieder neutral. »Dass jemand ein zweites Mal bei mir einbricht, wäre doch unnormal, oder? Wie wahrscheinlich ist das denn?« Sie schnalzt mit der Zunge, als würde sie eine Schülerin maßregeln. »Außerdem wurde ja nichts mitgenommen.«

Außer deinem Baby. »Genau deswegen suchen wir weiter nach möglichen Motiven, denn an Ihren Wertsachen war dem Einbrecher offensichtlich nicht gelegen. Waren die Dokumente vollständig?«

»Ja, das habe ich Ihrer Kollegin doch schon gesagt.«

Ich erwidere das falsche Lächeln. »Haben Ihr Mann und Sie eine harmonische Ehe geführt?«

»Ja«, antwortet Frau Hoffmann nach kurzem Zögern, aber sie weicht meinem Blick aus.

»Wussten Sie, dass er eine Affäre hatte?«

Ihre Hände krampfen sich um die Kaffeetasse. Ihr Gesichtsausdruck wird hart. »Wie kommen Sie darauf?«, fragt sie mich, um Fassung bemüht, aber ich höre die zunehmende Schärfe in ihrer Stimme.

»Wussten Sie es?«, wiederhole ich meine Frage.

»Das geht Sie einen Dreck an!« Mit einem Knall landet die Kaffeetasse auf dem Tisch, sodass ein Schluck überschwappt. Der Stuhl schrappt laut über den Boden, als Frau Hoffmann zurückrutscht und sich mit einem Ruck erhebt. »Ich möchte jetzt gehen.«

»Ich fürchte, wir sind hier noch nicht fertig«, entgegne ich und wiederhole die einladende Handbewegung, die sie vor ein paar Minuten mir gegenüber gemacht hat. »Setzen Sie sich bitte«, füge ich mit zuckersüßer Stimme hinzu.

Einen Moment lang hält Mareike Hoffmann den Augenkontakt zu mir aufrecht, und ich bin mir nicht sicher, ob sie meiner Aufforderung Folge leisten wird, aber dann lässt sie sich zurück auf den Stuhl fallen.

»Erzählen Sie mir von Ihrer Ehe.«

»Verraten Sie mir erst, warum Sie meine Ehe interessiert.«

»Ihr Mann hatte eine Affäre. Wenn Sie davon wussten, wäre das ein Mordmotiv.«

Mareike Hoffmann atmet geräuschvoll aus. »Sie tappen immer noch im Dunkeln«, sagt sie, mehr zu sich selbst. »Leopold hatte eine Affäre, und ja, das wusste ich. Aber wenn ich einen Grund gehabt hätte, jemanden umzubringen, dann nicht ihn, sondern das Miststück, das sich zwischen uns gedrängt hat.«

»Warum bist du der Meinung, dass Mareike Hoffmann hinter der Entführung ihrer Tochter steckt?« Paul sieht mich ungläubig an. Wir haben uns auf einen Feierabendspaziergang getroffen und laufen jetzt durch die Niederlaaspher Wiesen, den Planetenlehrpfad entlang. Alex ist auf dem Revier geblieben. Papierkram, hat er gesagt. Aber ich denke, dass er mit Ingrid reden wollte. Sie ist länger im Team als ich. Und eine zweite Meinung schadet nicht. Auch wenn ich mir denken kann, was Ingrid zu meiner Theorie sagen wird, allein weil sie von mir kommt.

Ich bin froh, dass Paul spontan für mich Zeit hatte. Ein bisschen Bewegung und frische Luft tun mir gut. Ich bin dankbar, mit jemandem über diesen Fall reden zu können. Allerdings scheint Paul ebenfalls an meiner Theorie zu zweifeln.

»Es ist einfach so«, antworte ich trotzig.

Paul zuckt mit den Schultern. »Na dann.«

Ich versuche, meine Gedanken zu ordnen. »Für eine Frau,

die gerade ihren Mann verloren hat, geht es Mareike Hoffmann zu gut. Ich kann mich daran erinnern, wie es für mich war, als ich meinen Vater verloren habe. Ich habe nicht mehr funktioniert. Und sie geht zurück in ihre Wohnung, wo sie brutal niedergeschlagen wurde und wo sie permanent an den Abend erinnert wird, der der schlimmste ihres Lebens sein sollte. Ihr Mann wurde vor ihren Augen umgebracht, und von ihrem Kind fehlt weiterhin jede Spur, aber sie macht so weiter, als wäre nichts gewesen? Abgesehen von den Erinnerungen an jenen Abend hat sie nicht mal Angst, dass der Täter zurückkommen könnte. Das spricht doch dafür, dass sie ihn kennt und alles inszeniert war.«

»Vielleicht spielt Verdrängung eine wesentliche Rolle«, gibt Paul zu bedenken.

»Das kann ich nicht glauben. Der Schlag auf den Kopf ist lange her. Und selbst wenn sie sich immer noch nicht an jede Einzelheit der Tatnacht erinnert: Ihr Mann und ihr Kind sind nicht mehr da. Da muss sie sich doch schlecht fühlen.«

»Jeder Mensch hat eine andere Art, mit Verlust umzugehen. Vielleicht macht sie alles mit sich aus. Hast du nach dem Tod deines Vaters über deine Gefühle geredet?«

»Nein«, gebe ich zu. Im Gegenteil: Ich habe mich von allen abgewendet. Mich von meiner Mutter distanziert. Meine Beziehung zu Alex beendet. Warum genau hinterfrage ich das Verhalten von Mareike Hoffmann, wo es sich von meinem eigenen gar nicht so sehr unterscheidet? »Irgendetwas stimmt nicht mit dieser Frau«, murmele ich.

»Hast du nicht gesagt, sie hat eine Schwester?«, fragt Paul.

»Ja. Und?«

»Vielleicht hat die ihren Beschützerinstinkt ausgelebt. Ihre Schwester wurde betrogen, ihre Nichte vernachlässigt. Sie wäre sicher nicht die Erste, die für Gerechtigkeit innerhalb der Familie sorgen würde.«

Ich erinnere mich daran, wie liebevoll Daria Clemens die Tasche für ihre Schwester gepackt hat, damit die nach ihrem

Krankenhausaufenthalt bei ihr wohnen konnte, bis die Wohnung der Hoffmanns wieder freigegeben war. Wie abweisend sie über Leopold gesprochen hat. Seine Affäre hat sie aber mit keinem Wort erwähnt. Hat Mareike Hoffmann sich bei ihrer Schwester ausgeheult? Und hat Daria Clemens sie gerächt? Ihr Vater hat ihr schließlich ein Leben lang eingebläut, wie viel ihre Familie ihr zu bedeuten hat. »Dann hätte ich ja Nora in ihrer Wohnung gefunden.«

»Hast du denn nach ihr gesucht?«

Ich denke an das Stofftier, das auf dem Sofa lag. »Nein, aber das tue ich jetzt.« Ich lächle Paul zu, dann beschleunige ich meinen Schritt und mache mich auf den Rückweg.

33

»Sie haben Glück, dass ich noch nicht im Bett bin.«

Daria Clemens würde mich mit Sicherheit wütender anfunkeln, wenn sie nicht so müde aussähe. Trotzdem schreit jeder Teil ihres Körpers, dass ich mich verziehen soll: Die Arme verschränkt, die Kiefer aufeinandermahlend, steht sie im Türrahmen und macht keinerlei Anstalten, mich hineinzubitten. Ob sie Nora in ihrer Wohnung versteckt?

»Guten Abend, Frau Clemens.« Ich zwinge mich, höflich zu bleiben. Ich wäre auch alles andere als begeistert, wenn nach Feierabend die Polizei bei mir auf der Matte stünde. »Gehen wir doch rein. Ich möchte ungern die ganze Nachbarschaft an unserem Gespräch teilhaben lassen.«

»Was kann ich für Sie tun?«, fragt Clemens, ohne von der Tür zurückzuweichen. »Da drinnen ist es alles andere als vorzeigbar. Wie Sie sich vorstellen können, war es die letzten Tage nicht einfach, meine traumatisierte Schwester zu beherbergen.«

Traumatisiert? Ich räuspere mich, um nicht aufzulachen. »Wir sind hier nicht bei Schöner Wohnen, und ich werde die Unordnung ignorieren«, beruhige ich sie und gehe einen Schritt auf sie zu. »Können wir dann …?«

Daria Clemens hadert mit sich. Doch schließlich seufzt sie und weicht zurück, um mich hineinzulassen. »Die Nachbarn haben in der Tat schon gefragt, warum Sie hier aufgetaucht sind«, erklärt sie, während sie vor mir her ins Wohnzimmer geht. Dass sie sich nicht weniger verdächtig macht, indem sie versucht, mich im Hausflur abzuwimmeln, reibe ich ihr besser nicht unter die Nase.

»Es tut mir leid, dass ich zu so später Stunde bei Ihnen vorbeischaue«, entschuldige ich mich. »Wie geht es Ihnen, jetzt wieder allein?«

Daria Clemens bittet mich mit einer Handbewegung, ihr

in die Wohnküche zu folgen. »Wissen Sie, es war schön, mal wieder ein wenig Leben in der Bude zu haben. Für mich allein ist die Wohnung viel zu groß, ich habe Ihnen ja erzählt, dass mein Sohn sich momentan eher selten hier blicken lässt. Da war ich froh über ein wenig Gesellschaft. Aber die Umstände hätten besser sein können.« Sie bietet mir einen Platz auf einem der Barhocker an. Wieder bin ich erstaunt darüber, wie ordentlich, ja steril es hier ist. Und das, obwohl sie mich erst gar nicht reinlassen wollte.

»Benutzen Sie die Küche eigentlich nicht?«, frage ich sie und ärgere mich zugleich über meine Neugier.

Daria Clemens lächelt irritiert. »Doch, natürlich. Aber ich räume sie anschließend wieder auf. Normalerweise. Wie gesagt, Sie haben mich etwas überfallen.« Sie deutet auf die Theke. Lediglich eine Tasse Tee steht dort. Auf einem kleinen Teller daneben liegen ein Teebeutel und ein Löffel. Nichts, weswegen sie mich nicht hätte hereinlassen können.

Aufgeräumt ist heute auch die Ecke im Wohnzimmer, in der ich das Spielzeug gesehen habe. »Was haben Sie mit dem Stofftier gemacht, das letztes Mal auf dem Sofa da drüben lag?«

»Vermutlich hat meine Schwester das wieder mitgenommen.« Die Falte auf Frau Clemens' Stirn vertieft sich.

»Aber mit Sicherheit sagen können Sie es nicht?« Ich verstecke meine Hände, die mittlerweile zu Fäusten geballt sind, damit die Frau meine Anspannung nicht sieht.

Daria Clemens denkt angestrengt nach. »Ich glaube, Mareike hat das Tier wieder eingesteckt. Auch wenn ich nicht weiß, warum sie einen zweiten Hasi brauchen sollte.«

»Einen zweiten Hasi?«

»Jeder, der auf Nora aufpassen musste, hatte einen Hasi zu Hause, ein Hasenstofftier«, erklärt Frau Clemens. »Ich weiß nicht, warum, denn eine Tasche mit dem Nötigsten musste ja trotzdem gepackt werden, damit alles für Nora vor Ort war. Sie wissen mit Sicherheit nicht, was so ein einjähriges Kind für nur eine Nacht braucht. Hasi war das Einzige, was Nora halbwegs beruhigen konnte in der letzten Zeit. Deswegen bestand Mareike darauf, dass jeder, bei dem Nora öfter übernachtete, einen eigenen Hasi bekam. Vermutlich hatte sie Angst, dass sie ihren einmal vergessen könnte und dann durch eine noch schlimmere Nacht mit ihrer Tochter müsste.«

»Hat Nora oft bei Ihnen übernachtet?«

Daria Clemens schüttelt den Kopf. »Eigentlich gar nicht. In der Regel haben sie sie zu Leos Eltern gebracht oder den Nachbarn das Babyfon gegeben.«

»Wann war sie zuletzt hier?«

»Das muss vor zwei Wochen gewesen sein. Leos Eltern waren auf einem Geburtstag eingeladen. Leo musste morgens früh ins Büro, und Mareike musste mal wieder in die Firma.«

»Wo hat Nora dann geschlafen?«

Ich bin auf Widerstand vorbereitet, aber Daria Clemens erhebt sich und bedeutet mir, ihr zu folgen. Rechts neben der Wohnungstür betritt sie ein kleines Zimmer. Mitten im Raum steht ein voll behängter Wäscheständer, hinten in der Ecke ein Bügelbrett, daneben ein Wäschekorb. An der Wand hängt ein Fernseher, gleich über einem Schreibtisch, auf dem nicht ein Blatt Papier zu finden ist.

»Der Wäscheständer wurde zur Seite geräumt, wenn Nora bei mir geschlafen hat«, erklärt Frau Clemens mir. »Das Reisebett für Nora hatte Mareike dabei. Ebenso wie alles andere, was für die Nacht benötigt wurde. Wie gesagt, ich habe nicht oft auf das Baby aufgepasst. Umso erstaunter war ich, dass ich dieses blöde Stofftier aufbewahren musste.«

Erstaunt? Oder eher verärgert?, würde ich am liebsten nachhaken. »Welche Räume gibt es noch?«

»Wollen Sie jetzt meine Wohnung durchsuchen?«

Ich ringe mit mir. Offiziell dürfte ich das nicht verlangen. Alex weiß nicht einmal, dass ich hier bin.

»Lassen Sie mich dann endlich in Ruhe?«, hakt Daria Clemens nach.

Ich nicke. »Versprochen.«

Neben dem Wäschezimmer liegt das Bad: nicht die leiseste Spur von Unordnung. Nach einer Sekunde nicke ich und mache einen Schritt zurück in den Flur, um von Daria Clemens weitergeleitet zu werden. Der nächste Raum ist das Kinder- oder vielmehr Jugendzimmer. »Man sieht, dass Ihr Sohn nicht oft zu Hause ist.« Ich deute auf das gemachte Bett.

»Jetzt bleibt nur noch mein Schlafzimmer.« Daria Clemens geht nicht auf meinen Kommentar ein und bittet mich weiter.

Auch dort habe ich mich nach ein paar Sekunden überzeugt, dass sich hier kein Baby befindet.

Alex' Reaktion auf meine Beichte, dass ich erneut bei Daria Clemens war, ist eher müde als wütend. Dadurch fühle ich mich noch schlechter. Zumal er ein ganzes Blech Flammkuchen gebacken hat. Eigentlich für uns beide, für ein gemütliches Abendessen zu zweit. Aber als ich nicht nach Hause kam, hat er seine Hälfte schon gegessen, in der Annahme, dass ich mit Paul essen gegangen wäre. Meine Hälfte wärmt er jetzt für mich auf. »Hast du wenigstens etwas herausgefunden?«, will er wissen, während wir in der Küche sitzen und warten.

»Außer der Tatsache, dass die Frau ein wenig zwanghaft ist, was ihre Wohnung angeht, nicht. Du könntest dort jederzeit Fotos für Wohnungsmagazine machen, nicht ein Krümel liegt auf dem Boden. Selbst das Wäschezimmer war verhältnismäßig ordentlich. Und das Kinderzimmer! Okay, ihr Sohn verbringt momentan angeblich mehr Zeit bei seinem Vater. Aber hast du mit achtzehn dein Bett gemacht?«

Alex überlegt erst gar nicht, sondern schüttelt sofort entschieden den Kopf. »Definitiv nicht.« Er steht auf und holt meinen Flammkuchen aus dem Ofen. Er riecht himmlisch.

Oft esse ich gerade den ganzen Tag gar nichts. Was die Anzahl der Kalorien nicht mindert, denn natürlich öffnet Alex uns jetzt zwei Bierflaschen. Trotzdem: Genussvoll essen kann ich nicht, wenn ich den ganzen Tag von Kaffee gelebt habe. Ich schlinge den Flammkuchen hinunter. Alex sieht mich besorgt an, aber ich konzentriere mich nur auf mein Abendessen. Lediglich ein genussvolles »Hmmmmm« kommt mir über die Lippen, bevor ich den nächsten Bissen nehme.

»Eine Sache habe ich herausgefunden«, erkläre ich mit vollem Mund. »Überall dort, wo Nora übernachtet hat, hat Mareike Hoffmann ein Stofftier namens Hasi deponiert. Offensichtlich das einzige Mittel, um Nora abends zu beruhigen. Selbst bei Daria Clemens, wo das Baby nur selten übernachtet hat, gab es ein Exemplar. Die war davon wenig begeistert, hatte ich das Gefühl.«

»Interessant«, antwortet Alex. »Aber worauf willst du hinaus?«

»Hasi ist weg. Mareike Hoffmann hat das Stofftier anscheinend mitgenommen, als sie zurück in ihre Wohnung gezogen ist.« Ich zucke mit den Schultern. »Bevor du fragst: Ich habe keine Ahnung, wie uns das weiterbringt.«

Ich schiebe den Teller mit dem letzten Rest Flammkuchen von mir weg. Plötzlich hat es mir den Appetit verschlagen.

34

Dienstag

An diesem Morgen überwiegt im Besprechungsraum der Duft von frischem Kaffee. Alex ist auf dem Weg zum Polizeirevier zum Bäcker gefahren und hat dort Kaffee und belegte Brötchen für alle besorgt. Ich knabbere an einem herum, während wir auf Ingrid warten. Anna und Murat lassen sich in der Zwischenzeit ein Käsebrötchen schmecken. Obwohl das Frühstück die Stimmung ein wenig lockert, merkt man uns allen die Anspannung an. Murat isst ein bisschen zu hastig, Alex umklammert seine Kaffeetasse so fest, dass die Fingerknöchel weiß hervortreten. Anna starrt mit leerem Blick aus dem Fenster. Und ich fühle mich unfassbar müde, auch wenn ich recht gut geschlafen habe. Wir alle sind schweigsam, denn wir wissen nicht, über was wir reden sollen. Und bis wir über den Fall sprechen, wollen wir vollzählig sein.

Genervt blickt Alex auf die Uhr. »Fünf Minuten geben wir Ingrid noch, dann legen wir los«, beschließt er.

In dem Moment wird die Tür aufgerissen, und sie stürmt herein. »Es tut mir leid«, nuschelt sie und lässt sich auf den nächstbesten Platz fallen. »Guten Morgen«, schiebt sie hinterher und schnappt sich einen Kaffee.

Ich spüre, wie Alex sich neben mir anspannt. Doch anstatt ihr eine Standpauke zu erteilen, sagt er: »Legen wir los. Murat?«

»Die Resultate der Fingerabdrücke am Waffenkoffer stehen noch aus, aber da wir Christoph Marburger ja von der Verdächtigenliste gestrichen haben, haben wir die Analyse der Lösegeldtasche vorgezogen. Ohne Erfolg.«

»Auch keine Resultate am Peilsender?«, hakt Alex nach.

»Leider nicht.«

»Hat der Erpresser sich noch mal gemeldet?«

Anna schüttelt den Kopf.

»Die Lösegeldübergabe war vorgestern. Seitdem ist der Täter untergetaucht. Immer noch kein Hinweis auf Nora.«

Wir wissen alle, was das heißt: Entweder der Täter hat das Baby entsorgt, weil es seinen Zweck erfüllt hat, oder wir sind einem Betrüger aufgesessen.

»Und wenn Heinze doch in der Sache mit drinsteckt?«, gebe ich zu bedenken.

»Einer unserer Kollegen ist an ihm dran. Sämtliche Besucher im Krankenhaus werden uns gemeldet. Bis jetzt waren aber nur du und seine Frau dort. Morgen wird er aller Wahrscheinlichkeit nach entlassen. Vielleicht tut sich dann was.«

Ich berichte von der Vernehmung Mareike Hoffmanns und dem Besuch bei Daria Clemens. »Mareike Hoffmann scheint eher Groll gegen Susanne Marburger zu hegen als gegen ihren Mann. Aber dass sie das Stofftier aus Daria Clemens' Wohnung hat mitgehen lassen, finde ich eigenartig. Vielleicht weiß sie ja doch, wo Nora ist, und braucht einen Hasi?«

Alex schnalzt mit der Zunge. »Das sind alles nur wilde Spekulationen, Caro.«

»Ich könnte zumindest –«

»Nein, könntest du nicht. Wir haben Mareike Hoffmann schon sehr viel zugemutet. Ohne Beweise rücken wir ihr nicht weiter auf die Pelle. Nicht, weil sie es gewagt hat, ein Stofftier aus der Wohnung ihrer Schwester mitzunehmen. Das reicht einfach nicht.«

Ich beiße mir auf die Zunge. Alex hat recht: Was würde ich machen, wenn ich zwei Hasenstofftiere bei Mareike Hoffmann fände? Trotzdem werde ich das Gefühl nicht mehr los, dass Mareike Hoffmann in die Entführung ihrer Tochter und den Tod ihres Mannes verwickelt ist.

Aber wie?

35

Anna hält am Telefon die Stellung, wie die letzten Tage auch. Vielleicht kommt ja doch der lang ersehnte Hinweis aus der Bevölkerung. Murat hat sich wieder an die Spurenanalyse des Waffenkoffers begeben. Ob man in den inneren Schaumstoffbereichen an Fingerabdrücke gelangen kann, ist fraglich, aber er gibt die Hoffnung nicht auf, dass der Täter genau dort Probleme hatte, seine zu entfernen. Alex will Rücksprache mit den Kollegen halten, die sich um Burkhard Heinzes Überwachung kümmern. Wofür genau er Ingrid eingeteilt hat, habe ich nicht mehr mitbekommen.

Mich hat er nach Hause geschickt. »Du hast gestern Abend Daria Clemens verhört, du nimmst dir den Vormittag frei. Dein Stundenkonto explodiert jetzt schon. Geh laufen, verbring ein bisschen Zeit mit deiner Mutter, aber versuch, einen Moment abzuschalten.«

Lächerlich. Als könnte ich abschalten, wenn alle ein Baby suchen.

Laufen bin ich trotzdem, aber Alex wäre alles andere als glücklich darüber, wohin es mich verschlagen hat. Dabei hatte ich wirklich gute Absichten. Ich bin zu meiner Mutter gefahren, um mit ihr einen Kaffee zu trinken. Aber zu Hause war sie nicht, und ich habe sie nicht erreicht. Womöglich arbeitet sie heute im Krankenhaus. Ich habe ihr eine Whatsapp geschrieben. Vielleicht meldet sie sich ja nach Feierabend bei mir. Anschließend habe ich mir meine Laufkleidung angezogen und bin los, um den Kopf freizubekommen. Jetzt stehe ich hier, nachdem ich die Strecke an der Hauptstraße entlanggejoggt bin, und bin aus der Puste. Auf andere Gedanken gekommen bin ich allerdings nicht, sonst wäre ich jetzt nicht hier, an den Schulen am Schloss.

Der Schulhof ist voll, gerade hat es zur großen Pause geläutet. Ich weiß, dass meine Chancen, sie in diesem Tumult zu finden, nicht besonders groß sind. Aber wo ich schon mal hier bin, kann ich es wenigstens versuchen, also stürze ich mich ins Getümmel. Vorbei geht es an der Realschule, vorbei an den Tischtennisplatten, wo sich die jüngeren Kinder tummeln. Hier ist sie mit Sicherheit nicht. Vorbei an den Sitzgruppen bis hin zu den Bänken vorm Gymnasium. Langsam werden die Gruppen kleiner und die Schüler älter. Doch auch hier ist sie nicht zu sehen. Würde ich sie denn erkennen, wenn sie mit dem Rücken zu mir stünde? Wo ich mir noch nicht einmal die Namen der Beamten merken kann, denen ich in den letzten Tagen immer wieder über den Weg gelaufen bin? Ich weiß es nicht. Vielleicht ist sie gar nicht hier draußen, sondern in der Pausenhalle. Mittlerweile habe ich das Ende des Schulhofs erreicht und bin schon kurz davor, wieder umzudrehen. Doch dann gehe ich die letzten paar Meter weiter und umrunde das Gebäude. Genau hier, in der hintersten Ecke, steht sie mit zwei Freunden. Alle starren gebannt auf die Displays ihrer Handys. Aus einem von ihnen dröhnt Musik. Ich wage zu bezweifeln, dass Schüler sich hier, auf der zum Wald gewandten Rückseite, aufhalten dürfen. Sie stehen dicht an dicht. Als ich näher komme und den Geruch wahrnehme, der von den dreien ausgeht, wird mir klar, dass sie nicht versuchen, die Displays ihrer Handys abzuschirmen, sondern etwas anderes.

»Hallo, Toni.« Ich lächle und hebe zum Gruß die Hand.

Die beiden Jungs betrachten mich grimmig. Einer von ihnen macht einen Schritt zurück.

Antonia Marburger hebt kurz den Blick und nickt. »Das ist Caro von der Polizei, die ist chillig«, gibt sie dem zu verstehen, der versucht, die vermeintliche Zigarette hinter seinem Rücken zu verstecken.

»Ist sie das …«, murmelt er. »Dann kannst du ihr das ja erklären.« Er drückt Antonia den Joint in die Hand. »Wir lassen euch dann mal reden.«

Er und sein Kumpel treten langsam den Rückzug an. Toni

rührt sich nicht vom Fleck, ihre Augen sind jedoch weiterhin auf ihr Handydisplay geheftet. Wenigstens wird das Gedröhne leiser, das offensichtlich nicht aus ihrem Lautsprecher kam.

»Sie sind doch chillig, oder?« Das Mädchen nimmt einen Zug von dem Joint.

»Klar. Wenn du mir ein paar Fragen beantwortest.«

Sie zuckt mit den Schultern. »Was wollen Sie wissen?«

Trotz der abweisenden Körperhaltung bin ich überrascht, dass Antonia Marburger bereit ist, mit mir zu reden. Immerhin war unsere letzte Begegnung alles andere als herzlich. Entweder weiß sie, dass sie durch den Joint keine Wahl hat, oder sie sieht durch dessen Wirkung alles ein wenig entspannter. »Sieh mich mal an«, bitte ich sie.

Widerwillig packt sie ihr Smartphone weg. Ihre Pupillen sind leicht geweitet. Ich hoffe, dass das Mädchen noch aufnahmefähig für meine Fragen ist. Als hätte sie meine Gedanken gelesen, drückt sie den Joint auf dem Boden aus, behält den Rest aber in der Hand.

»Es tut mir leid, dass unsere erste Begegnung nicht so toll gelaufen ist«, beginne ich. »Dein Papa steht nicht mehr auf unserer Verdächtigenliste.« Ich warte auf eine Reaktion, aber sehe weiter in ausdruckslose Augen. »Ich wollte dich fragen, ob dir zu der Nacht, in der Nora entführt wurde, noch irgendetwas eingefallen ist.«

Antonia schüttelt den Kopf. »Sie wissen alles, was ich weiß.«

»Weißt du auch, dass deine Eltern Probleme hatten?«, wage ich einen vorsichtigen Vorstoß.

»Ob ich weiß, dass meine Mutter Leo Hoffmann gevögelt hat? Japp.«

Ich versuche, mich nicht aus der Fassung bringen zu lassen.

Antonia betrachtet mich amüsiert. »Hilft Ihnen das jetzt bei Ihren Ermittlungen?«

»Weiß dein Vater auch Bescheid?«

»Wahrscheinlich. Ist nicht easy, so was geheim zu halten. Sind ja nur ein paar Quadratmeter. Und meine Mutter ist nicht so clever, wie sie immer tut. Wenn ich es weiß, weiß er es auch. Schätze, er lebt damit. Das tun wir beide.«

»Hat er auch jemand anderen?«

»Nicht dass ich wüsste.«

»Redet er mit dir über seine Gefühle?«

Antonia lacht auf. »Ob ich Eheberater für meinen Vater spiele? Nope.«

»Ist in letzter Zeit jemand bei euch in der Wohnung gewesen, der dort nicht hingehört?«

»Leo war öfter bei uns. Aus besagtem Grund.« Antonia zwinkert mir zu. »Es ist cringe, die eigene Mutter beim Sex zu hören, wissen Sie das?«

»Das glaube ich.«

»Und die Vorstellung von Leo? Nackt?« Sie verzieht das Gesicht.

Besser nicht darauf eingehen. »War außer ihm jemand in eurer Wohnung?«

»Mareike.« Antonia beugt sich vor, als wollte sie mir etwas Vertrauliches mitteilen. »Ohne Leo.« Sie lacht. Der Joint scheint jetzt seine Wirkung zu entfalten.

»Sonst noch jemand? Hast du hin und wieder Besuch?«

An ihren Gesichtszügen lese ich ab, dass ich einen Fehler gemacht habe. »Sind meine Freunde jetzt verdächtig, Frau Kommissarin?«

»Nein, nein«, wehre ich schnell ab, »ich versuche nur herauszubekommen, wer alles Zugriff auf die Waffe deines Vaters hatte. Wir untersuchen gerade die Fingerabdrücke aus dem Koffer und müssen eventuell bei euch in der Wohnung weitermachen, über den Waffenschrank hinaus. Das gehört in so einem Fall dazu. Zu wissen, von wem die Fingerabdrücke sind, macht uns die Arbeit einfacher.«

»Meine Freunde kommen nicht zu mir nach Hause, streichen Sie die von Ihrer Liste.« Antonia wirft ihre Haare über ihre Schulter, dreht sich auf dem Absatz um und marschiert zurück in Richtung Schulgebäude. Ob sie heute in der Lage ist, dem Unterricht zu folgen? Aber trotz ihrer Vorstellung hier auf dem Schulhof tut sie mir eher leid.

»Ich kann mir nicht vorstellen, wie schwierig das sein muss, die eigene Mutter nebenan beim Sex mit dem Nachbarn zu hören.« Ich verziehe das Gesicht. Nach dem Gespräch mit Antonia Marburger habe ich eine Millisekunde lang versucht, mir meine Mutter dabei vorzustellen. Aber egal, ob mit meinem Vater oder mit einem Nachbarn, es fühlte sich merkwürdig an. Ich kann verstehen, wie sich die Tochter der Marburgers, die gerade in der Pubertät steckt, dabei vorkommt, ihre Mutter beim Sex zu hören, und das auch noch mit ihrem Nachbarn. Schnell habe ich nach Ablenkung gesucht. Jetzt sitze ich bei Sabine Riedel bei einer Tasse Kaffee und lasse mein Gespräch von vorhin Revue passieren.

»Ich finde es bedenklich, dass das Mädchen auf dem Schulhof einen Joint geraucht hat.« Sabine greift nach einem Muffin. Das Gebäck ist noch warm. Als ich sie angerufen und gefragt habe, ob ich vorbeikommen kann, hat sie es sich nicht nehmen lassen, schnell ein Blech davon in den Ofen zu schieben. »Ich wollte eh was backen«, erklärte sie mir. »Nur für was Aufwendiges war keine Zeit, ich hatte vorhin einen Termin.«

»Dass sie zu dritt auf dem Schulhof einen geraucht haben, hat mich genauso überrascht.« Auch ich gönne mir einen zweiten Muffin. »Dass sie einen Joint geraucht hat, finde ich weniger merkwürdig. Antonia kommt mir unglaublich einsam vor. Ihr Vater ist ein Workaholic, ihre Mutter fühlt sich vernachlässigt und fängt eine Affäre mit dem Nachbarn an. Bei den ganzen Problemen ihrer Eltern bleibt das Mädchen auf der Strecke.«

»Du meinst, sie kompensiert ihr kaputtes Elternhaus mit Drogen?«

»Ich denke nur, dass sie für ihr Alter schon verdammt viel durchgemacht hat. Und sie scheint niemand mit einem riesigen Freundeskreis zu sein. Vielleicht hat sie nur mitgeraucht, um von den beiden Jungs akzeptiert zu werden.« Ich seufze.

»Und jetzt muss sie sich ständig mit einer nervigen Polizistin auseinandersetzen, die weiterhin im Dunkeln tappt, was den Mord in der Nachbarschaft angeht.«

»Darunter haben andere Menschen aber mehr zu leiden«, gibt Sabine zu bedenken. »Vorhin hatte ich einen Termin bei den Eltern von Leopold Hoffmann.«

»Wie geht es ihnen?«

»Na ja, du hast sie ja erlebt. Sein Vater scheint langsam, aber sicher mit dem Verlust seines Sohnes abzuschließen. Es wird natürlich dauern, aber er macht Fortschritte. Leopold Hoffmanns Mutter ist nach der Beerdigung in ein riesiges Loch gefallen. Ich versuche, ein offenes Ohr für sie zu haben. Aber ich bin vom KIT und keine Psychologin, die ihre Patienten längerfristig betreut. Deswegen muss ich langsam professionelle Hilfe für sie anfordern, so leid es mir tut.« Sabine nimmt einen Schluck von ihrem Kaffee. »Was Frau Hoffmann zu beschäftigen scheint, ist, abgesehen vom Tod ihres Sohnes und dem Verlust ihrer Enkelin, die Frage, wer Noras leiblicher Vater war. Sie scheint das Bedürfnis zu verspüren, ihn über sein Kind in Kenntnis zu setzen, aber weiß nicht, um wen es sich handelt. Leopold Hoffmann konnte durch seine Prostatitis ja keine Kinder zeugen.«

Ich lasse meinen Muffin auf den Teller fallen. Eine Sekunde starre ich Sabine nur an, während ich versuche, diese Information zu verarbeiten. »Ich muss weg!« Ich springe auf.

»Hab ich was Falsches gesagt?«, höre ich Sabine rufen, aber da bin ich schon in den Flur gestürmt. Für Erklärungen ist später Zeit. Ich krame nach meinem Handy, während ich zum Auto laufe. »Jetzt habe ich mehr als zwei Stoffhasen«, sage ich, als Alex sich meldet.

36

»Frau König, was ist denn jetzt schon wieder?«, begrüßt Mareike Hoffmann mich, als ich das Vernehmungszimmer betrete.

Sie versucht erst gar nicht, ihre Wut vor mir zu verbergen. Alex hat sie direkt nach unserem Telefonat von zwei Beamten abholen und hierherbringen lassen.

»Ich stimme dir zu, dass wir schnellstmöglich mit ihr reden müssen, aber es gibt bestimmt eine Erklärung«, war das Letzte, was er zu mir sagte, bevor er auflegte, um sich um alles zu kümmern. Ganz so überzeugt klang er zu diesem Zeitpunkt aber nicht mehr.

»Guten Abend, Frau Hoffmann.« Ich setze mich langsam auf den Stuhl ihr gegenüber. »Ich frage mich, wann Sie uns sagen wollten, dass Ihr Mann Leopold nicht Noras leiblicher Vater ist.«

Ein paar Sekunden lang weiten Mareike Hoffmanns Augen sich, aber sie hat sich schnell wieder unter Kontrolle. »Deswegen bin ich hier? Was genau spielt das für eine Rolle?«

»Damit tun sich für unsere Ermittlungen neue Szenarien auf. Zum Beispiel könnte Noras leiblicher Vater hinter ihrer Entführung stecken, um Sie zu erpressen.«

»Sie haben doch eine Lösegeldforderung erhalten! Machen Sie Ihren Job und finden Sie endlich heraus, wer dahintersteckt!«

»Frau Hoffmann, wenn es Noras leiblicher Vater ist, dann helfen Sie uns.«

»Nein.«

Ich lehne mich nach vorn. »Ist das der Fall? Erpresst er Sie, und Sie sagen uns deswegen nicht, um wen es sich handelt? Ich verspreche Ihnen, dass sein Name unter Verschluss bleibt, bis wir Nora bei ihm gefunden haben.«

»Nein!«

»Wer ist Noras leiblicher Vater?«

»Das geht Sie verdammt noch mal nichts an!«

Mareike Hoffmann schlägt mit der Faust auf den Tisch. Einen Moment sieht sie mich mit vor Wut funkelnden Augen an. Doch dann verbirgt sie das Gesicht in den Händen und schluchzt leise vor sich hin. Ich werfe einen Blick in Richtung der Scheibe, hinter der Alex sitzt und uns beobachtet. Hoffentlich lässt er die Vernehmung weiterlaufen. Das hier ist das erste Mal, dass Hoffmann Emotionen zeigt, abgesehen von den paar Tränchen, während sie mit ihrem Vater telefonierte. Mein Verdacht, auf der richtigen Spur zu sein, erhärtet sich. Ich greife nach ihrer Hand. »Ich will Ihnen nicht zu nahe treten. Aber wir wollen alles in unserer Macht Stehende tun, um Nora zu finden.«

Mareike Hoffmann wischt sich die Tränen vom Gesicht. Sie putzt sich die Nase, dann sieht sie wieder etwas gefasster aus. »Haben Sie Kinder, Frau König?«

Es liegt anscheinend in der Familie, diese Frage zu stellen. »Nein«, antworte ich ruhig und zwinge mich, nicht die Augen zu verdrehen.

»Ich wollte immer Kinder. Für mich gehörte ein Kind einfach dazu. Mindestens eins. Ein Leben ohne konnte ich mir nicht vorstellen. Dass Leo mit der Familienplanung warten wollte, verstand ich. Ich war auch nicht undankbar, mich im Unternehmen meines Vaters austoben zu können. Uns beiden war unser Beruf wichtig. Aber irgendwann kam die biologische Uhr ins Spiel. Ich setzte ihm die Pistole auf die Brust und die Pille ab. Er war alles andere als begeistert, aber er war einverstanden. Ich weiß nicht, was ich erwartet habe. Dass wir ein, zwei Monate lang nicht verhüten, und dann bin ich schwanger? Wahrscheinlich habe ich in der Tat genau das gedacht«, fährt sie nach einer Pause fort. »Überall im Bekanntenkreis wurden die Frauen schwanger, wenn sie nur an einem Kinderwagen vorbeiliefen. Aber bei mir funktionierte es nicht. Wenn meine Periode einen Tag ausblieb, hockte ich auf dem Klo und starrte gebannt auf den nächsten Schwangerschaftstest, nur um wieder ein negatives Ergebnis zu bekommen. Ich fühlte mich furchtbar. Wie eine Versagerin. Ich schaffte es einfach nicht, mich schwängern zu lassen.« Sie lacht bitter auf. »Als sich die Erklärung für Leos Schmerzen fand, fühlte ich mich umso schuldiger.«

»Welche Schmerzen?«

»Mit dem Wasserlassen fing es an. Er musste ständig pinkeln, irgendwann stand er sogar nachts auf. Dann hatte er auch Schmerzen im Unterbauch, wenn er nicht aufs Klo musste. Dann beim Ejakulieren. Stellen Sie sich das vor, Frau König: Sie sind ein Mann, Sie stehen auf der letzten Stufe der Karriereleiter. Wenn Sie nach einem Zwölf-Stunden-Tag nach Hause kommen, erwartet Sie dort Ihre Frau. Die hat ihre Temperatur gemessen und festgestellt, dass heute ein guter Tag ist, um schwanger zu werden. Der Sex, zu dem Sie sich aufraffen, hat mit Lust und Begehren nichts zu tun. Sie haben keinen Sex, weil Sie mit Ihrer Frau schlafen möchten. Es ist Pflichterfüllung, der letzte Punkt auf der Tagesagenda. Und dann haben Sie noch Schmerzen dabei. Ihre Frau zwingt Sie dazu, Schmerzen zu haben, nur weil sie endlich ein Kind will!«

»Aber Sie haben das doch nicht getan, um ihn zu quälen.«

»Nein, das nicht, aber es war mir egal!« Sie schluchzt wieder auf. »Heute schäme ich mich dafür. Doch zu jener Zeit hatte ich eine Art Tunnelblick, nichts war wichtig außer einem Kind. Wir rannten von Arzt zu Arzt, um herauszufinden, was mit uns nicht stimmte. Als herauskam, dass Leo nicht nur meinetwegen diese Schmerzen ertrug, sondern gar keine Kinder zeugen konnte, fiel ich in ein Loch.« Mareike Hoffmann schüttelt ungläubig den Kopf. »Ein Teil von mir war erleichtert, dass es nicht an mir lag. Aber statt zu überlegen, wie es jetzt weitergeht, wendete ich mich völlig von Leo ab. Er war schuld daran, dass wir keine Kinder bekommen konnten. Was sollte ich noch mit ihm? Als er eine Affäre mit der Frau von oben anfing, hätte ich am liebsten meine Koffer gepackt und wäre gegangen.«

»Warum haben Sie das nicht gemacht?«

»Wo sollte ich hin?«

»Sie hätten nicht direkt Ihre Traumwohnung gefunden, aber irgendwo wären Sie mit Sicherheit untergekommen. Ihre Schwester wäre froh über Gesellschaft gewesen.« Ich höre selbst, wie lahm das klingt. Zumal ich selbst bei meiner Mutter wohne und weiß, dass das kein Dauerzustand ist. Mareike Hoffmann ist eine Karrierefrau. Sie wäre niemals bei ihrer Schwester eingezogen. Und nach dem Gespräch mit Oscar Hoffmann weiß ich, was sie alles aufgegeben hätte. »Erzählen Sie mir von Noras Entführung. Dass Sie sich an nichts erinnern, glaube ich Ihnen nicht.«

Mareike Hoffmann zieht die Augenbrauen hoch. »Woher wollen Sie das wissen?«

»Sie erzählen mir, dass ein Kind für Sie zum Lebensplan dazugehörte und Ihre Ehe daran gescheitert ist, dass Sie sich Nachwuchs wünschten. Selbst die Krankheit Ihres Mannes war Ihnen anscheinend nicht so wichtig wie Ihr Kind. Dass Sie nach allem, was passiert ist, nicht um Ihren Mann trauern, ist eine Sache. Aber dass Sie seit über einer Woche seelenruhig hier herumsitzen, nachdem ebendieses Kind entführt wurde? Das kaufe ich Ihnen nicht ab. Nicht mehr.«

Sie ringt mit sich. Ihre Augen wandern suchend durch den Raum und fixieren schließlich einen Punkt irgendwo an der Wand, den nur sie sehen kann. Sie spricht leise, aber deutlich. Als wäre endlich ein Knoten geplatzt.

»Nora ist ein Schreikind. Ich weiß, dass die Nachbarn Ihnen schon erzählt haben, wie schwierig es mit ihr war. Und sie hatten recht. Sie schrie immer, rund um die Uhr. Ich war mit ihr überfordert, obwohl ich dieses Kind mit jeder Faser meines Körpers wollte. Leo hatte mit seiner Krankheit genug eigene Sorgen. Dazu wusste er, dass das Baby nicht seins war.« Sie schluckt. »Was in dieser Nacht passiert ist, war so nicht geplant.«

Ich lehne mich nach vorn, doch Mareike Hoffmann hält

inne. »Ich denke, jetzt brauche ich einen Anwalt«, murmelt sie, bevor sie das Gesicht wieder in ihren Händen verbirgt.

Wir behalten Mareike Hoffmann in Untersuchungshaft, nachdem sie bereit ist auszupacken. Auf die zahlreichen offenen Fragen werden wir hoffentlich morgen Antworten bekommen, nachdem sie das Gespräch mit ihrem Anwalt geführt hat. Hoffentlich finden wir dann endlich Nora. Denn selbst dazu hat Mareike Hoffmann sich nicht mehr geäußert.

Als ich den Besprechungsraum verlasse, werde ich auf einen Schlag hundemüde und kann mich kaum auf den Beinen halten. Selbst über die Tatsache, dass ich mit meinem Verdacht recht behalten habe und Mareike Hoffmann nicht an Amnesie leidet, freue ich mich nicht wirklich. »Lass uns heute nicht mehr darüber reden, okay?«, bitte ich Alex.

»Aber vielleicht tut es dir gut?« Er zieht mich kurz an sich.

Ich schüttele den Kopf. »Ich übernachte heute besser bei meiner Mutter. Sonst wecke ich dich, wenn ich nicht schlafen kann.«

Alex sieht mich prüfend an, aber schließlich nickt er. »Ich fahre dich hin.«

Vor der Haustür hält er mich zurück. »Melde dich, wenn irgendetwas ist, okay?«

Ich küsse ihn zum Abschied. »Du dich auch. Vielleicht können wir ja doch morgen mit Mareike Hoffmann und ihrem Anwalt reden. Bis dahin wird es schon gehen, danke.«

Meine Mutter hat es sich vor dem Fernseher gemütlich gemacht. »Ich habe deine Whatsapp vorhin erst gesehen, sonst hätte ich zurückgeschrieben«, entschuldigt sie sich.

»Ich hätte keine Zeit mehr gehabt«, erwidere ich und lasse mich auf das Sofa sinken.

»Geht es dir gut?«

»Alles in Ordnung.« Ich seufze. »Meinen ersten Fall bei der Laaspher Polizei habe ich mir … unspektakulärer vorgestellt.«

»So langweilst du dich wenigstens nicht. Vom BKA bist du einiges gewohnt.«

»Ich frage mich nur, wo die ganze Routine, die ich vom BKA haben sollte, hin ist«, sage ich leise.

»Du bist achtundzwanzig Jahre alt, Caro. Da bleibt ordentlich Luft nach oben. Du lernst noch. Und Erfahrung hin oder her: Du hast in den letzten Monaten so viel erlebt, da ist es normal, dass du mal an deine Grenzen kommst.«

Ich erwidere ihr Lächeln und greife dankend nach der Tüte Chips, die sie mir hinhält.

»Will ich wissen, was du heute sonst so gegessen hast?«, fragt sie, als ich die erste Handvoll verschlinge.

»Nein, willst du nicht. Ich mache mir ein Brot.« Mein Magen gibt ein zustimmendes Grummeln von sich.

»Bis du wieder hier bist, habe ich was Anspruchsloses bei Netflix gefunden, um dich auf andere Gedanken zu bringen.«

»Das klingt gut.« Ich streiche meiner Mutter über die Schulter, während ich an ihr vorbei in die Küche gehe. »Aber wehe, die Chips sind leer, wenn ich wiederkomme!«

»Keine Sorge«, lacht sie. »Ich hänge an meinem Leben.«

37

Mittwoch

Meine Mutter hat gestern alle Register gezogen, um mich abzulenken: eine Liebesschnulze im Fernsehen, Chips, Eis in Massen. Sie hätte mir sogar eine Schlaftablette gegeben, wenn ich sie gelassen hätte. Aber ich wollte um jeden Preis einen klaren Kopf behalten. Selbst ohne chemische Hilfe habe ich ein paar Stunden lang zur Ruhe gefunden. Heute Morgen bin ich aber mit der üblichen Rastlosigkeit aufgewacht. Immer noch keine Meldung von Mareike Hoffmann und ihrem Anwalt. Meine Laufrunde hat mich zum Friedwald geführt. Am Aussichtspunkt lasse ich mich auf eine der Holzbänke sinken – und erinnere mich, warum ich diese Liegebänke, die überall in und um Laasphe verteilt sind, sonst meide: Sie sehen viel gemütlicher aus, als sie sind. Frustriert schiebe ich mich wieder so weit nach vorn, dass meine Beine zwar in der Luft baumeln, aber zumindest mein Rücken gerade ist. Eine Weile genieße ich die Aussicht und die Ruhe, in der Hoffnung, dass meine Gedanken um diesen Fall wenigstens ein paar Sekunden lang verstummen. Lange halte ich es aber nicht aus, hier herumzusitzen. Kurze Zeit später bin ich schon wieder auf den Beinen, um meine Runde zu vollenden.

Zurück am Auto klingelt endlich mein Handy. »Um zehn Uhr Termin auf dem Revier«, teilt Alex mir mit. »Wir treffen uns zehn Minuten vorher im Besprechungsraum.«

Also bleibt mir eine gute Stunde. Ich krame im Handschuhfach nach meinem Notizblock und einem Stift. Dann wähle ich auf dem Handy Pauls Nummer. »Hast du gleich ein paar Minuten Zeit für mich?«

»Für dich immer. Ich bin im Krankenhaus. Komm vorbei, ich setze Kaffee auf.«

»Erzähl mir etwas über Prostatitis«, bitte ich Paul, als wir beide, zwei Tassen Kaffee vor uns, in seinem Büro sitzen.

Er zieht die Augenbrauen hoch. »Fällst du immer so mit der Tür ins Haus?«

»Ich bin ein wenig unter Zeitdruck.«

»Hat dein Freund Probleme?«

Ich lache auf. »Nein, Gott sei Dank nicht! Wir machen bei unserem Fall endlich Fortschritte.«

Paul lehnt sich interessiert nach vorn, während ich kurz zusammenfasse: »Mareike Hoffmann scheint in der Tat mit Noras Entführer unter einer Decke zu stecken. Details erfahre ich erst heute Morgen. Was wir seit gestern wissen: Nora ist nicht Leopold Hoffmanns leibliche Tochter, weil er durch Prostatitis zeugungsunfähig war. Hast du das nicht bei der Obduktion festgestellt?«

Pauls Augen haben sich in den letzten Sekunden geweitet, doch jetzt schüttelt er den Kopf. »Bedaure, aber ich habe nur die Leiche untersucht und nicht das Ejakulat, in dem wir die Entzündungswerte vermutlich hätten sehen können.« Er überlegt kurz. »In Hoffmanns Magen habe ich ein Durchfallmittel sowie Reste von Saftschorle gefunden. Durchfall kann durchaus auf eine Prostatitis zurückzuführen sein. Und Getränke wie Schorlen werden empfohlen, um Bakterien aus der Niere zu spülen, wenn die Entzündung bereits dorthin gewandert ist.«

»Hätte man eine solche Entzündung nicht in Hoffmanns Blutwerten finden können?«

»Je nachdem, um welche Art von Prostatitis es sich handelt, sieht man sie im Blut leider nicht. Und Entzündungswerte allein reichen nicht aus, um das entsprechende Organ zu finden.«

Ich nicke. »Ist klar.«

»Zumal die Prostatitis abgeklungen sein konnte. Nur Durchfall ist ein vager Anhaltspunkt.« Paul zuckt mit den Schultern.

»Da hast du recht.« Ich überlege. Unweigerlich muss ich daran denken, dass Leopold Hoffmann offenkundig Sex mit

Susanne Marburger hatte. »Kann Prostatitis so weit abklingen, dass Geschlechtsverkehr ohne Schmerzen wieder möglich ist?«

Paul nickt. »Wie gesagt: Es gibt verschiedene Arten. Bakterielle Prostatitis wird mit Antibiotika bekämpft und verschwindet oftmals wieder. Selbst chronische Entzündungen müssen nicht permanent problematisch sein.«

»Also wäre ein Liebesleben selbst mit Prostatitis nicht völlig ausgeschlossen?«, hake ich zur Sicherheit nach.

»Definitiv nicht.«

»Aber zu Unfruchtbarkeit kann sie führen?«

»Ja. Womit wir wieder beim Thema wären, dass Nora nicht Leopold Hoffmanns Tochter ist.«

»Genau.« Ich nehme den letzten Schluck Kaffee, dann erhebe ich mich. »Und aus diesem Grund muss ich mich jetzt wieder auf den Weg nach Laasphe machen.«

»Habt ihr denn schon eine Idee, wer der Vater sein könnte?«, fragt Paul, während wir uns zum Ausgang begeben.

»Noch nicht. Hoffentlich redet Mareike Hoffmanns Anwalt ihr ins Gewissen. Mit ein wenig Glück ist der Fall nachher schon gelöst.«

Auf dem Revier finde ich Alex allein im Besprechungsraum. Ein Blick auf die Uhr zeigt mir, dass ich nicht wesentlich zu früh bin.

»Wo sind die anderen?« Jetzt, wo niemand hier ist, kann ich die Zeit nutzen und ihn wenigstens kurz mit einem Kuss begrüßen. Er erwidert meine Umarmung, wirkt aber abwesend. »Alles okay?«, will ich wissen.

Alex nickt. »Setz dich.«

»Was ist los?«

Er sieht rüber zur Tür, dann schüttelt er den Kopf. »Erzähle ich dir später«, murmelt er.

Nervös ziehe ich meine Ponysträhne in die Stirn, sodass sie mein Muttermal verdeckt, und greife nach einem Glas Wasser. Kaffee sollte ich mir jetzt besser sparen.

Bevor ich nachhaken kann, was los ist, kommt Murat herein. Kurz darauf hören wir Ingrid »Guten Morgen« durch den Flur rufen. Eine Sekunde später betritt auch Anna das Besprechungszimmer.

»Lasst uns loslegen, wir haben nicht viel Zeit«, fordert Alex uns zur Arbeit auf. »Anna, irgendwas Neues am Telefon?«

»Wieder nur Wichtigtuer.« In den letzten Tagen hat die Leitung kaum stillgestanden, sodass sie zwischenzeitlich nach Unterstützung fragen musste. Aber ernst zu nehmende Anrufe gab es leider nicht. »Da kann man fast froh sein, dass die Medien nicht mehr täglich unseren Aufruf nach Hilfe aus der Bevölkerung senden.«

Alex nickt verständnisvoll. »Murat, gibt es etwas Neues zur Tatwaffe?«

»Leider nicht. Selbst in den schwer zugänglichen Bereichen habe ich keine anderen Fingerabdrücke gefunden als die von Christoph Marburger. Dass diese Abdrücke noch vorhanden waren, zeigt uns, dass der oder die Täter Handschuhe benutzt haben, als sie die Waffe aus dem Koffer entfernten. Der hat ja den Schrank nicht verlassen, sodass Marburger keinen Verdacht geschöpft hat.«

Alex nickt und greift nach einem Stift, um einen Punkt auf seiner Liste abzuhaken. Ich frage mich, warum er das Whiteboard nicht benutzt, damit wir alle einen Blick auf die offenen Punkte werfen können.

»Ingrid, was ist mit Burkhard Heinze?«, fragt Alex weiter.

»Nichts«, antwortet sie frustriert. »Er steht weiter unter Beobachtung, aber bislang gab es kein auffälliges Verhalten. Er hat Siegen nicht verlassen und sich mit niemand Verdächtigem getroffen. Es gibt nichts Neues über den Verbleib des Lösegeldes.«

Wieder ein Haken auf der Liste.

»Momentan befindet sich Mareike Hoffmann in U-Haft«, erklärt Alex unseren Kollegen. Kurz fasst er mein Gespräch mit ihr von gestern Abend zusammen.

»Heute Morgen habe ich weitere Details zum Thema Prostatitis bekommen.« Ich rekapituliere mein Gespräch mit Paul.

Alex nickt mir zu. »Du sprichst gleich mit Mareike Hoffmann und ihrem Anwalt. Ich höre im Hintergrund zu.«

»Alles klar.« Ich erhebe mich und mache mich mit ihm zusammen auf den Weg zum Gefängnis.

»Was war vorhin los?«, frage ich, als wir losgefahren sind.

Alex starrt auf die Straße vor uns, seine Finger umklammern das Lenkrad. »Leopold Hoffmann hatte eine Lebensversicherung«, erklärt er mir.

Ich horche auf. »Was?«

»Sie wurde Mitte des Jahres von ihm gekündigt.«

»Wer kündigt denn in Hoffmanns Alter eine Lebensversicherung? Dann wird doch höchstens die Summe zurückbezahlt, die eingezahlt wurde.«

»Richtig. Hoffmann hat sich entschieden, das Geld in Aktien anzulegen. Das erschien ihm rentabler. Wahrscheinlich gab es nur deswegen die Lösegeldforderung, damit die Täter trotzdem finanziell profitieren.«

»Warum hast du vorhin nichts gesagt? Das sind ja völlig neue Erkenntnisse!«

»Hoffmanns waren nur bei einem einzigen Anbieter versichert. Anscheinend hat Mareike Hoffmann nach dem Tod ihres Mannes dort angerufen und erst am Telefon von der Kündigung erfahren. Deswegen hat es mit der Lösegeldforderung womöglich eine Weile gedauert.«

»Also haben sie oder ihr Komplize in der Mordnacht das Kündigungsschreiben gefunden …«

»… oder Leopold Hoffmann hat alle Unterlagen Mitte des Jahres vernichtet, als er die Versicherung gekündigt hat.«

Ich muss an die ganzen durcheinandergeworfenen Papiere in der Wohnung der Hoffmanns denken. »Und sie haben in der Mordnacht eben *nichts* gefunden«, beende ich Alex' Gedanken. »Aber wenn Hoffmanns nur bei einem Anbieter versichert waren …«

»… hätte eine unserer Kolleginnen sich dort erkundigen können, ob die Unterlagen in der Wohnung vollständig sind. Bei dem Papierchaos hätte ich erwartet, dass man genauer hinsieht. Zumal ich heute Morgen binnen Minuten die Info von der Versicherung erhalten habe.«

»Was hat dich dazu gebracht, selbst dort nachzuhaken?«

Alex zuckt mit den Schultern. »Meine Freundin Caro nennt so etwas Bauchgefühl. Das scheint auf mich abzufärben.«

»Verstehe.« Ich starre aus dem Fenster und sehe die Bäume an uns vorbeirauschen.

Deswegen war Alex eben so kurz angebunden. Einer von uns hätte schneller herausfinden können, dass eine Lebensversicherung vorhanden war: ein Motiv, um Leopold Hoffmann umzubringen. Und dass die Lösegeldforderung eine Notlösung war, da diese Versicherung eben nicht mehr existierte.

Einer von uns hat schlampig gearbeitet.

Oder einer von uns ist in diese Sache verwickelt.

Ich lehne meine Stirn an die Scheibe und schließe die Augen.

Auf einmal ist mir übel.

38

Zum ersten Mal, seit wir die Ermittlungen aufgenommen haben, sieht Mareike Hoffmann mitgenommen aus. Selbst als sie sich im Krankenhaus von ihrem Sturz erholte, hatte sie mehr Glanz in den Augen als jetzt. Mit leerem Blick starrt sie auf den Kunststoffbecher mit Wasser vor sich und bewegt sich kaum. Ihr Anwalt erhebt sich kurz von seinem Stuhl, als ich den Raum betrete. »Wagener«, stellt er sich vor. Seine Haare sind zerzaust, seine Kleidung zerknittert. Anscheinend haben er und Frau Hoffmann einige Stunden hinter sich.

»Caroline König. Guten Morgen, Frau Hoffmann.«

Sie schenkt mir ein leichtes Nicken, wirkt aber völlig abwesend.

Ich setze mich auf meinen Stuhl und warte ab. »Wie sind Sie mit Ihrer Mandantin verblieben?«, richte ich mich an Herrn Wagener.

»Frau Hoffmann möchte –«

»… ein volles Geständnis ablegen und Ihnen den Hintergrund der Tat schildern«, fällt Mareike Hoffmann ihm ins Wort. »Ich bin allein verantwortlich. Für Leos Tod und für Noras Entführung.«

»Aber Frau Hoffmann …« Wagener verzieht das Gesicht. Er klingt, als litte er körperliche Schmerzen. Offenbar war zwischen ihm und seiner Mandantin etwas anderes abgesprochen.

»Ich übernehme die volle Verantwortung für alles, was Sonntagnacht vor einer Woche passiert ist.« Mareike Hoffmann richtet sich auf und nickt, um ihre Worte zu bekräftigen.

»Das geht nicht, Frau Hoffmann«, erwidere ich. »Wir können gerne mit einem Geständnis beginnen, denn wir wissen, dass Sie in dieser Nacht kein bloßes Opfer waren. Aber uns allen ist klar, dass Sie die Tat nicht allein begangen haben.«

Mareike Hoffmann presst die Lippen zusammen. »Ich erzähle Ihnen meine Version oder gar nichts«, sagt sie.

»Fangen wir mit Ihrer Version an. Dann sehen wir weiter.« Ich werfe Wagener einen Blick zu, aber der hat sich aus dem Gespräch ausgeklinkt. Er müsste seine Mandantin jetzt unterstützen. Darauf bestehen, dass wir diesen Deal schriftlich festhalten. Ihre Version und Straffreiheit für Komplizen als Gegenleistung, denn darauf zielt ihr Vorhaben ab. Letztendlich kommt es mir zugute, dass der Mann nur körperlich anwesend ist.

»Sie haben mir gestern schon erzählt, dass Sie Probleme in Ihrer Ehe mit Leopold hatten«, versuche ich, an mein gestriges Verhör anzuknüpfen.

Hoffmann nickt. »Seine Krankheit und mein zwanghafter Kinderwunsch waren eine üble Kombination. Dass wir beide uns ... anders orientieren, war absehbar. Nur habe ich das eher getan als er. Und wurde dieses Mal schnell schwanger.« Sie lacht leise. »Es lag also wirklich an ihm. Sie glauben nicht, wie erleichtert ich war.«

»Warum haben Sie ihn dann nicht verlassen und sind mit Ihrem neuen Partner zusammengezogen?«

»Das macht man normalerweise so, nicht?«

Ich zucke mit den Schultern. »Für Ihren Mann war es mit Sicherheit nicht einfach, dass Sie das Kind eines anderen bekamen. Spätestens als er eine Affäre mit Ihrer Nachbarin begann, hätte ich an Ihrer Stelle ernsthaft über einen Neuanfang nachgedacht.«

»Das habe ich, das können Sie mir glauben. Aber das hätte das Aus für meine Karriere bedeutet. Meine Schwester war radikaler als ich, als es mit ihrer Ehe nicht funktionierte. Dass eine Hoffmann sich nicht aus der Verantwortung stiehlt, nur weil es in ihrer Ehe mal nicht läuft, wissen Sie mit Sicherheit.« Mareike Hoffmann richtet sich auf. »Familie ist alles«, sagt sie mit verstellter Stimme, um ihren Vater zu imitieren. »Meine Schwester pfiff auf die Familie, als es mit ihrem Mann nicht mehr lief. Sie scherte sich einen Dreck um das Unternehmen, ums Geld, um das Verhältnis zu unserem Vater. Wissen Sie, es hat einen Grund, dass ich Leo damals zwang, meinen Nachnamen anzunehmen, und dass ich einfach alles ertrug, was kam, anstatt zu gehen. Ich bin einfach nicht meine Schwester.«

»Deswegen der Versuch, an die Lebensversicherung zu kommen? Um dann doch den Weg Ihrer Schwester einschlagen zu können, ohne große finanzielle Einbußen?«

»Ich wusste nicht, dass Leo die Versicherung gekündigt hatte!«

»Aber war die Versicherung das Motiv hinter dem Mord?«

»Nein. Eigentlich hatten wir ... hatte ich die Lösegeldforderung geplant. Leo sollte gar nicht sterben. Aber als es dann so kam, wäre die Versicherung die bessere Wahl gewesen.«

Mein Herz setzt einen Schlag aus. »Das müssen Sie mir genauer erklären.«

»Geplant war nur Noras Entführung. Leo sollte mit der Waffe in Schach gehalten werden, während Nora verschwand. Er sollte das Geld aufbringen, um Nora freizukaufen. Die Entführung wäre ein traumatisches Erlebnis gewesen, um nach ein wenig Zeit eine Trennung zu rechtfertigen. Ein besserer Grund als: ›Mein Mann hatte Prostatitis, und damit bin ich nicht klargekommen.‹ Das sollte niemand wissen. Eine Trennung aufgrund einer Kindesentführung hätte wahrscheinlich selbst mein Vater akzeptiert. Ein Trauma wie dieses schweißt ein Paar entweder vollkommen zusammen, oder es macht eine Beziehung unwiderruflich kaputt. Das kann jeder Mensch nachvollziehen und wäre nicht negativ auf das Unternehmen Hoffmann zurückgefallen.«

»Und wenn Ihr Vater diesen Trennungsgrund nicht akzeptiert hätte?«

»Dann hätte ich durch das Lösegeld, das Leo gezahlt hätte, wenigstens genug Geld gehabt, um mir und Nora ein neues Leben aufzubauen. Einen neuen Job hätte ich schon gefunden. Auch wenn das Verhältnis zu meinem Vater dann genauso zerstört gewesen wäre wie das zwischen ihm und meiner Schwester.« Mareike Hoffmann wischt sich über die Augen.

»Aber als Sie Ihren Mann erschossen hatten …«

»… war die Lösegeldforderung vom Tisch. Das Geld aus der Lebensversicherung hätte für Nora und mich gereicht.«

»Bis Sie feststellten, dass es keine Versicherung mehr gibt.«

»Wer macht denn so was? In Leos Alter eine Versicherung zu kündigen und dann in Aktien zu investieren! Ich wollte das Geld, und ich wollte es nicht erst in zwanzig Jahren!«

Ich antworte nicht. Mareike Hoffmann ist mit Sicherheit nicht so wohlhabend wie ihr Vater. Aber soweit wir festgestellt haben, hat sie keine Geldsorgen. Wer derart dringend Geld braucht, muss ihr Komplize sein.

»Wann haben Sie Christoph Marburger die Waffe gestohlen?«

»Vor ein paar Wochen. Christoph war arbeiten, wie immer. Susanne war unten im Wäschekeller. Sie ließ seit Jahren die Wohnungstür offen stehen, wenn sie mit dem Wäschekorb runterging. Warum hätte sie die für ein paar Minuten zumachen sollen? Ich mache es ja nicht anders. An diesem Tag wartete ich, bis sie mit dem Wäschekorb an unserer Wohnungstür vorbeiging. Als ich hörte, wie sie unten im Keller angekommen war, schlich ich nach oben in ihre Wohnung. Handschuhe hatte ich dabei. Leo hatte mal erwähnt, dass Christoph die Waffe lediglich in seinen Schrank legte, ohne ihn abzuschließen. Die hat er ihm voller Stolz bei einem Abendessen gezeigt. Leo fand es unverantwortlich, immerhin hatte Christoph eine minderjährige Tochter! Der sah das etwas lockerer. Und so musste ich nur zugreifen, als sich die Gelegenheit ergab.«

Also hat Christoph Marburger gelogen. Er hat mit seiner Waffe geprahlt, und nicht nur seine Familie wusste davon, dass der Waffenschrank nicht abgeschlossen war.

»Sie haben die Waffe nur gestohlen, um Leopold zu bedrohen?«, hake ich nach.

»Dass sich ein Schuss löst, war nicht geplant! Als er dann

tot vor uns … ähm … vor mir lag, kam mir die Idee mit der Versicherung. Die ich nicht in die Tat umsetzen konnte.«

»Warum haben Sie die Entführung zu diesem Zeitpunkt durchgezogen?«

»Leo hat mir einen Grund geliefert.« Sie schluckt. »Dass Nora ein Schreikind war, wissen Sie ja. Das hat an meinen Nerven gezerrt. Für Leo war die Belastung größer. Sie war nicht seine Tochter, auch wenn er sie offiziell anerkannte. Er machte Karriere, sein Job war anstrengend.« Mareike Hoffmann schluchzt auf. »Aber all das gab ihm nicht das Recht, sie so zu schütteln, wenn sie schrie! Immer und immer wieder! Als er auf einmal tot vor mir lag, musste ich zuerst daran denken. Daran, dass er ihr nichts mehr tun kann und sie jetzt in Sicherheit ist.«

Ich spüre leises Mitleid in mir aufkeimen. Aber das, was Alex als Bauchgefühl bezeichnet hat, ist stärker. Eine kleine nagende Stimme in mir, die immer wieder raunt: Irgendetwas passt nicht.

»Dass Sie die Waffe gestohlen haben, glaube ich Ihnen. Vielleicht haben Sie auch geschossen, nachdem Sie die Balkontürscheibe von innen zerschlagen haben, um einen Einbruch vorzutäuschen. Aber Sie konnten im Anschluss nicht sich selbst niederschlagen *und* Noras Entführung vortäuschen.«

Mareike Hoffmann kaut auf ihrer Unterlippe herum. Meinen Blick erwidert sie seit Minuten nicht mehr.

»Sie wissen, wo Nora ist«, stelle ich ruhig fest. »Sie ist bei ihrem Vater. Bei ihrem leiblichen Vater. Deswegen sind Sie in den letzten Tagen nicht in Panik verfallen. Sie wussten, dass es Nora gut geht und sie bei jemandem ist, der sie liebt. Und jetzt wollen Sie die gesamte Schuld auf sich nehmen, um diesen Mann zu schützen.«

39

»Es ist mir total egal, dass ich heute Morgen schon gelaufen bin, ich muss an die frische Luft. Jetzt.« Hektisch werfe ich mein T-Shirt auf den Boden, während ich mit der anderen Hand nach meiner Laufhose greife.

Alex sitzt auf der Bettkante und sieht mir schweigend zu. »Ich komme mit.«

»Sicher?«

»Sicher. Anschließend reden wir, okay?«

Auf der Rückfahrt vom Gefängnis haben wir kein Wort über den Fall verloren. Wir waren beide zu beschäftigt damit, Mareike Hoffmanns Geständnis zu verdauen und um die Fakten zu erweitern, die sie bewusst ausgelassen hat. Trotz allem bleiben Fragen offen. Nicht zuletzt die, ob jemand in unserem Team die Lebensversicherung verschwiegen hat. Und ob er oder sie vorher von der Lösegeldforderung wusste.

»Anschließend reden wir«, willige ich ein. »Aber nur, wenn du auf dem Entenberg nicht zu sehr aus der Puste bist und noch reden kannst.«

»Du willst den Entenberg rauf? Komplett? Jetzt noch?«

»Muss man ja, wenn man sich ins Gipfelbuch eintragen will.«

»Caro, als du fünfzehn warst, haben wir uns gefühlt jedes zweite Wochenende ins Gipfelbuch eingetragen.«

»Umso besser! Wenn wir so oft da oben waren, werden wir uns nicht verlaufen.«

»Bis wir da oben sind, ist es dunkel!«

»Blödsinn, die Tage bleiben schon wieder länger hell. Aber die Wahrscheinlichkeit steigt, je länger du hier mit mir rumdiskutierst.«

Alex schüttelt seufzend den Kopf. »Manchmal frage ich mich, womit ich diese Frau verdient habe.«

»Jetzt komm endlich! Wer zuerst oben ist!« Nachdem ich

ihn mit seiner Windjacke beworfen habe, setzen wir uns in Bewegung.

Auf dem Entenberg angekommen, ist nicht nur Alex aus der Puste. Er lässt sich auf die Bank fallen, um zu verschnaufen. Ich muss gestehen, dass ich den Anstieg unterschätzt habe. »Den letzten Stich hier rauf hatte ich vergessen«, japse ich und setze mich neben ihn. Mehr bringe auch ich gerade nicht heraus. Immerhin hat sich der Aufstieg gelohnt: Die Aussicht ist atemberaubend. Ganz Bad Laasphe liegt uns zu Füßen, während wir auf kilometerweit entfernte Berge schauen. Als ich wieder zu Atem gekommen bin, öffne ich das kleine rote Kästchen mit der Aufschrift »Lahnwanderweg« und ziehe das Gipfelbuch hervor. »Caro König und Herzbube waren hier«, schreibe ich mit immer noch leicht zitternder Hand hinein, während Alex mir über die Schulter schaut und eine Grimasse macht. Grinsend stemple ich unseren Beitrag ab. Es fühlt sich in der Tat so an, als hielte ich das Buch schon zum hundertsten Mal in den Händen. Schade, dass man nicht mehr so weit in die Vergangenheit zurückblättern kann. Die Einträge sind zwar zahlreich, aber in die Zeit, als ich fünfzehn war, reichen sie nicht zurück. Auch wenn ich das nicht erwartet hatte, bin ich ein wenig enttäuscht.

»Was denkst du?«, fragt Alex mich, als wir uns wieder auf der Aussichtsbank niedergelassen haben, um ein letztes Mal Kraft für den Abstieg zu sammeln. Die Abendluft kühlt langsam ab, aber durch den Aufstieg ist mir mehr als warm.

»Ich bin erleichtert, dass Nora am Leben ist. Ich denke, das können wir mit Sicherheit sagen«, erwidere ich. »Es fällt mir schwer, diese Erleichterung zuzulassen. Denn einen Toten haben wir trotzdem. Und unsere Verdächtige nimmt die Schuld für diesen Mord allein auf sich, obwohl ich mir sicher bin, dass es einen zweiten Täter gab. Und dass der geschossen hat.«

»Warum denkst du das?«

»Mareike Hoffmann hat den Abend mit ihrem Mann vor dem Fernseher verbracht. Wir wissen, dass der Mittäter durch die Wohnungstür gekommen ist.«

»Entweder hat sie uns verschwiegen, dass er einen Schlüssel hat, oder sie hat ihm die Tür geöffnet«, spinnt Alex meinen Gedanken weiter.

Ich nicke. »Wahrscheinlich Letzteres. Wenn Leopold Hoffmann nicht sterben sollte, musste er die Geschichte mit dem Überfall glauben.«

»Also hat der Täter am Ende einfach geklingelt.« Alex nickt.

»Alles musste schnell gehen. Mareike Hoffmann hat die Tatwaffe bei Marburgers mitgehen lassen. Aber sie hat in der Tatnacht mit Sicherheit nicht ihrem Komplizen die Tür geöffnet und ist dann seelenruhig die Waffe holen gegangen, sondern er hat sie mitgebracht.«

»Wenn wir weiter davon ausgehen, dass der Mord nicht geplant war …«

»… ist in diesem Moment etwas Unvorhergesehenes passiert. Leopold Hoffmann hatte sein Handy bei sich und wollte die Polizei rufen. Oder er hat begriffen, dass seine Frau mit drinhängt. Daraufhin der Schuss.«

»Im Anschluss haben Mareike Hoffmann und ihr Komplize die Unterlagen durchwühlt und festgestellt, dass die Versicherungspapiere fehlen. Also kein Plan B.«

»Woraufhin sie beschlossen, bei ihrem ursprünglichen Plan, der Kindesentführung mit Lösegeldforderung, zu bleiben. Der Komplize hat Mareike Hoffmann niedergeschlagen, damit sie als Täterin nicht in Frage kommt und um den Mord mit der Kindesentführung glaubwürdiger wirken zu lassen.«

»Dann hat er noch ein bisschen Chaos auf dem Balkon angerichtet, um noch mehr falsche Fährten zu legen, und hat sich mit Nora aus dem Staub gemacht.« Alex sieht mich ungläubig an. »Das hätte ja alles binnen Minuten passieren müssen.«

»Ist es auch. Marburgers haben ausgesagt, dass zwischen dem Knall, als die Scheibe eingeschlagen wurde, und dem Schuss nur ein Moment vergangen ist. Anschließend hat Susanne Marburger jemanden weglaufen sehen.« Ich zucke mit den Schultern. »Der Täter mit dem Kind.«

»Mareike Hoffmann hat Nora seit einer Woche nicht gesehen.« Alex wirkt nicht überzeugt.

»Wer sagt das?«

»Zuerst war sie im Krankenhaus …«

»… wo ein Beamter vor ihrem Zimmer saß, korrekt. Aber ich habe ihr das Zweithandy gebracht, über das sie mit Noras leiblichem Vater Kontakt hielt. Und spätestens als sie aus dem Krankenhaus entlassen wurde, hatte sie die Möglichkeit, ihr Baby zu sehen, denn überwachen lassen haben wir sie nicht. Für uns war sie ein Opfer und konnte sich frei bewegen. Tagelang.« Ich seufze frustriert. »Sie hätte schon viel eher auf unserem Radar landen müssen.«

»Trotzdem war sie eine Weile mit ihrem Kind nicht zusammen«, erwidert Alex, ohne auf meine letzte Bemerkung einzugehen.

Ich sehe hinunter auf die Stadt, von dort aus wandert mein Blick über die Berge. Wo früher Bäume dicht an dicht standen, sieht man nun zahlreiche kahle Stellen. Auch hier waren Oscar Hoffmanns Harvester bereits im Einsatz. Der Sonnenuntergang färbt den Himmel in leuchtende Rot- und Orangetöne. Wenn wir im Hellen zurückwollen, sollten wir uns jetzt auf den Weg machen. Aber meinen Gedanken muss ich zu Ende bringen.

»Stell dir vor, dein Mann schüttelt dein Baby und riskiert, ihm zu schaden, mit lebenslangen Folgen. Das Baby, von dem du seit Ewigkeiten geträumt hast. Was sind da ein paar Tage ohne dein Kind, wenn du es so beschützen kannst?«

40

Donnerstag

»Übernimmst du heute wieder die Vernehmung?«, fragt Alex, als wir am Frühstückstisch sitzen.

Ich nicke. »Ich *muss* versuchen, mehr von Mareike Hoffmann zu erfahren. Mittlerweile scheine ich ja einen Draht zu ihr gefunden zu haben.«

»Der Staatsanwalt wird dir über den Weg laufen«, überlegt er. »Ich werde ihn vorher anrufen, damit er Bescheid weiß, dass du allein kommst. Ich fahre in der Zwischenzeit auf die Wache.«

»Dass niemand von der gekündigten Versicherung gewusst haben will, lässt dich nicht kalt.« Ich greife nach seiner Hand.

»Das ist schlampige Arbeit, so was kann ich nicht tolerieren.«

»Du hast Ingrid im Verdacht, oder?«

Alex' Blick verdunkelt sich. »Sie hat sich viel zu sehr auf dich konzentriert. Mich würde es nicht wundern, wenn sie nachlässig gearbeitet und versäumt hätte, sich bei der Versicherung der Hoffmanns zu erkundigen, ob die Unterlagen komplett vorlagen. So wie die Papiere durchwühlt wurden, war klar, dass der Täter etwas suchte und dann auch mitnehmen wollte Sie hätte nachhaken *müssen*.«

»Dieser Fall ist nicht ohne, sei nicht zu streng mit ihr. Nora lebt, und das ist wichtig.«

»Aber ihr Verhalten hätte das Baby das Leben kosten können«, entgegnet Alex. »Vielleicht ist es wirklich an der Zeit, sie in Rente zu schicken.«

»Vielleicht ist es erst mal an der Zeit, herauszufinden, ob wirklich sie diesen Fehler gemacht hat.« Ich ziehe ihn an mich. »Wir sprechen uns später.«

»Bis später«, murmelt er in meine Haare. »Danke, dass du mir ins Gewissen redest, auch wenn Ingrid bis jetzt nicht besonders nett zu dir war.«

Ich zucke mit den Schultern. »Wie sollen wir sonst irgendwann ein Team werden?«

Vor dem Vernehmungsraum im Gefängnis wartet Herr Wagener, Mareike Hoffmanns Anwalt, bereits auf mich. Neben ihm steht der Staatsanwalt, der sich als Herr Petri vorstellt. Er ist um einiges älter als Wagener und ich. Ein paar graue Haarsträhnen stehen ihm wirr vom Kopf ab, ein locker sitzender Anzug, der schon bessere Zeiten gesehen hat, vervollständigt das Bild des freundlichen Opas. Ich beschließe, mich davon nicht täuschen zu lassen, denn hinter einer nicht allzu teuer aussehenden Brille sehen mir zwei von tiefen Falten umgebene, aber blitzgescheite Augen entgegen.

Wir setzen uns in den kleinen Raum nebenan, von dem aus wir durch eine Scheibe das Geschehen im Vernehmungsraum beobachten. Mareike Hoffmann wartet dort schon auf Wagener und mich.

»Ihre Mandantin hat also ein erstes Geständnis abgelegt?«, eröffnet Petri das Gespräch.

Wagener nickt zerknirscht. »Sie nimmt die ganze Schuld an der Ermordung ihres Mannes auf sich.«

»Über den Verbleib ihres Kindes hat sie bislang kein Wort verloren?«

»Korrekt.«

»Wir vermuten derzeit, dass Nora bei ihrem leiblichen Vater ist, der auch in ihre Entführung verwickelt war«, melde ich mich zu Wort.

»Dann versuchen Sie doch mal, Frau Hoffmann zu entlocken, um wen es sich handelt«, ermutigt mich Petri.

An Wagener gewandt fügt er hinzu: »Straffreiheit können wir ihr nicht bieten, das ist Ihnen wohl klar. Aber nach dem, was ich bislang aus Frau Königs Berichten entnehmen konnte, muss der Täter im Besitz der Waffe gewesen sein und sie auf dem Kahlen Asten entsorgt haben. Wenn Mareike Hoffmann uns den Namen dieses Mannes nennt, wären wir durchaus bereit, ihr entgegenzukommen, was das Strafmaß betrifft.«

»Glauben Sie nicht, dass ich das nicht schon versucht hätte.« Wagener schüttelt frustriert den Kopf.

»Wollen Sie sich mit Ihrer Mandantin noch mal beraten?«

Als Wagener schweigt, erhebe ich mich. »In diesem Fall versuche ich mein Glück. Kommen Sie mit?«

Widerwillig folgt er mir in den Vernehmungsraum. In diesem Moment scheint er seinen Job aus tiefstem Herzen zu hassen. Ich verstehe das nicht. Er als Mann vom Fach sollte wissen, dass die Anwesenheit eines Menschen, der auf ihrer Seite ist, Mareike Hoffmann helfen und ihr ein wenig psychische Stabilität verleihen wird. Selbst wenn er gleich keinen Riesendeal für sie erwirken kann.

»Guten Morgen, Frau Hoffmann.« Ich gebe mir Mühe, meine Stimme besonders freundlich und zuversichtlich klingen zu lassen.

Wagener schlurft hinter mir her und lässt sich wortlos neben seiner Mandantin auf den Stuhl plumpsen.

»Guten Morgen«, grummelt die, ihren Blick weiter ins Leere gerichtet.

»Frau Hoffmann, gibt es seit gestern etwas, das Sie mir erzählen wollen?«

Keine Antwort.

»Sie können diese Tat nicht allein begangen haben. Wie wollen Sie sich selbst niedergeschlagen und Nora aus der Wohnung geschafft haben? Wir haben die Tatwaffe gefunden, während Sie im Krankenhaus lagen.«

Schweigen.

»Frau Hoffmann, dort hinter der Scheibe sitzt unser Staatsanwalt.«

Endlich folgen ihre Augen meinem Finger in Petris Richtung.

»Wenn Sie über Ihren Mittäter sprechen, wäre Herr Petri bereit, sich für ein reduziertes Strafmaß einzusetzen.«

Ich sehe Wagener an, aber der nickt mir nur zu.

»Kooperieren Sie mit uns«, bitte ich Mareike Hoffmann leise. »Sagen Sie uns, wo Nora ist. Dann geht diese Sache glimpflicher für Sie aus, und Sie können schneller zu Ihrem Kind zurück.«

»Dieser Anwalt könnte auch in Timbuktu sitzen, da wäre er genauso hilfreich für seine Mandantin«, bringe ich Alex auf den neuesten Stand, als ich zurück auf dem Revier bin. Beim Gedanken an Wagener und das, was er nicht geleistet hat, könnte ich meine Tasse Kaffee an die Wand schmeißen.

»Wagener hat in der letzten Zeit abgebaut«, stimmt Alex mir zu. »Es gibt bessere Verteidiger.« Seine Augen folgen mir, während ich stinksauer durch den Raum tigere. »Wie ist das Gespräch mit Mareike Hoffmann gelaufen?«

»Es gab kein Gespräch. Sie hat schweigend die Tischplatte angestarrt und mich reden lassen. Ich weiß nicht, ob irgendetwas davon bei ihr angekommen ist.«

Müde setze ich mich auf den Stuhl ihm gegenüber. »Sie bleibt bei ihrer Aussage, dass sie allein für die Tat verantwortlich war. Obwohl ich in ihren Augen sehe, dass sie diesen Mist selbst nicht glaubt.«

»Sie weiß, dass sie aus der Nummer nicht mehr rauskommt. Und geht jetzt den einzigen verbleibenden Weg, damit ihr Kind nicht komplett ohne seine leiblichen Eltern aufwachsen muss«, sagt Alex leise.

Einen Moment lang rühren wir beide schweigend in unseren Kaffeetassen.

Alex' Handy meldet sich, doch er wirft lediglich einen Blick darauf und lässt es klingeln. »Apropos Eltern«, murmelt er.

»Oscar Hoffmann?«

»Genau der. Er will einfach nicht akzeptieren, dass wir seine Tochter festgenommen haben.«

»Und dein Vorgesetzter?«

»Der ist mit Hoffmann per Du. Das konntest du dir mit Sicherheit schon denken.«

»Nachdem er Hoffmann das mit der Waffe gesteckt hat spätestens.«

»Aber sowohl Hoffmann als auch mein Chef müssen begreifen, dass es Grenzen gibt. Dass Mareike Hoffmann im Gefängnis sitzt, hat Gründe. Die Beweise, die uns vorliegen, rechtfertigen das. Damit müssen die beiden Herren klarkommen, und ich werde mich nicht dafür entschuldigen.«

»Was hat das Gespräch mit Ingrid ergeben?«, frage ich.

Alex zuckt mit den Schultern. »Angeblich hat sie mit der Versicherung telefoniert und in ihrem Bericht vermerkt, dass eine Lebensversicherung zum Zeitpunkt der Ermordung nicht mehr vorhanden war.«

Alex zeigt auf den Ordner vor sich. »Ich habe sämtliche Berichte ausgedruckt, die wir in diesem Fall angefertigt haben. Einen Vermerk diesbezüglich habe ich nicht gefunden. Und sie hat die Versicherung mit keinem Wort erwähnt. Dafür wäre während unserer Besprechungen ausreichend Zeit gewesen.«

Ich weiß nicht, was ich sagen soll. Vielleicht hat sie es nicht erwähnt, weil ich immer im selben Raum war. Dass Ingrid mir gegenuber nicht sonderlich aufgeschlossen ist, ist eine Sache. Aber würde sie so weit gehen und wichtige Informationen zurückhalten, nur weil ich anwesend bin?

Bevor ich hierzu etwas sagen kann, öffnet sich die Tür, und Murat stürmt herein, ein breites Grinsen auf den Lippen. »Ich weiß, dass das jetzt wahrscheinlich nicht passt, aber ich denke, ihr könnt es umso mehr gebrauchen.«

Erst jetzt sehe ich, dass er Christoph Marburgers Waffenkoffer in der Hand hält. Er stellt ihn vor uns auf den Tisch und lässt den Deckel aufschnappen. »Guckt euch das an!«

Im Inneren befindet sich ein Aufkleber, der auf dem Logo von »Jurassic Park« basiert. Der Dino, der sich normalerweise im roten Kreis befindet, ist durch einen Hirsch ersetzt worden, anstelle des Filmnamens springt uns ein riesiger »Wittgenstein«-Schriftzug entgegen. Murat hat recht: Automatisch heben sich unsere Mundwinkel, wir können nicht anders.

Dieses Bild stimmt mich dennoch nachdenklich: Irgendwo habe ich das schon mal gesehen.

41

Ich stochere in dem Salat herum, den wir uns für heute Mittag an der REWE-Salatbar geholt haben. Murat, Alex und ich sitzen im Besprechungsraum und machen gemeinsam Pause. Anna und Ingrid haben frei und sollen wieder die Nachtschicht am Telefon übernehmen. Auch wenn die Wahrscheinlichkeit, dass es noch Hinweise geben wird, nicht besonders hoch ist.

Gerade haben wir Murat auf den neuesten Stand gebracht, was meinen Besuch im Gefängnis betrifft. Alex hat die gekündigte Lebensversicherung erwähnt, natürlich ohne Ingrid anzuschwärzen. Murat hat mit den Kollegen telefoniert, die weiterhin Burkhard Heinze beschatten, doch auch hier gibt es nichts Neues.

»Heinze scheint wirklich nur eine Marionette gewesen zu sein. Er wollte helfen und hat sich dabei selbst in Gefahr gebracht«, schließt er. »Er ist auf Krücken unterwegs und arbeitet von zu Hause zu aus. Es gibt keinen Kontakt zum Erpresser oder sonstige Auffälligkeiten. Lange können wir seine Überwachung nicht mehr rechtfertigen.«

Mir fällt die Gabel aus der Hand. »Der Erpresser!«

Irritiert schauen die beiden Männer mich an.

»Das Logo! Im Waffenkoffer! Als das Motorrad mit dem Lösegeld an mir vorbeigefahren ist, dachte ich, ich könnte das Nummernschild nicht erkennen, weil alles so schnell ging. Ich habe aber auf derselben Höhe etwas Rotes gesehen.«

Ich deute auf den Waffenkoffer. »Was, wenn der Täter das Nummernschild mit diesem Wittgenstein-Logo abgeklebt hat?«

»Wäre ein Motorrad ohne Nummernschild nicht vorher schon aufgefallen?« Alex schüttelt den Kopf.

»Er muss den Aufkleber nicht seit Ewigkeiten dort angebracht haben. Um in diesem Fall auf Nummer sicher zu gehen, hätte es ja gereicht.«

Immer noch Skepsis auf beiden Seiten.

»Und ein Motorrad mit diesem Ding soll den Leuten weniger im Gedächtnis bleiben?« Murat presst die Lippen zusammen.

»Überlegt mal, wie wir gerade auf das Bild reagiert haben«, sage ich und kann wieder nicht anders, als zu lächeln. »Wenn an diesem Tag jemandem das Motorrad aufgefallen wäre, hätte er das Logo für eine witzige Aktion gehalten und nicht direkt die Polizei gerufen. Und nachdem der Täter in Laasphe das Geld eingesammelt hatte, waren wir sowieso hinter ihm her.«

»Ich glaube, ich weiß, worauf du hinauswillst.« Alex nickt langsam. »Aber konntest du das Logo in den paar Sekunden erkennen, in denen das Motorrad an dir vorbeigerauscht ist? Wie sicher bist du dir?«

»Es könnte sein. Und welche Alternativen haben wir denn? Gibt es andere Hinweise?«

Keine Antwort.

»Dann gehe ich dieser Spur jetzt nach. Ist der wieder freigegeben?« Ich zeige auf den Waffenkoffer.

Murat nickt.

»Bis später.«

42

Christoph Marburger ist in einer Besprechung, erklärt mir die Dame an der Rezeption. Es könnte mir nichts egaler sein. »Es duldet leider keinen Aufschub.« Sie versucht nicht mehr, mich abzuwimmeln, sondern greift nach dem Hörer. Wenige Minuten später stehe ich Marburger gegenüber. »Ich habe Ihren Waffenkoffer im Auto«, erkläre ich ihm.

»Und den muss ich jetzt sofort entgegennehmen?« Marburger rollt mit den Augen. »Hätte das keine Zeit bis nach Feierabend? Ich habe eine wichtige Besprechung.«

»Ich nehme den Koffer wieder mit, wenn Ihnen das lieber ist. Aber Sie müssen ihn sich kurz ansehen. Jetzt!«

Marburger seufzt und folgt mir zum Auto. »Haben Sie Fingerabdrücke gefunden?«

»Nein, aber das hier.« Ich öffne den Koffer. »Von wem haben Sie das Logo?«

Marburger lacht. »Meine Tochter hat die Dinger entworfen. Bei uns im Schützenverein waren die der Renner.«

»Ist Toni jetzt zu Hause?«

Er zuckt mit den Schultern. »Die Schule müsste zu Ende sein, vermutlich ja.«

»Danke. Wollen Sie den später bei uns abholen?« Ich deute auf den Koffer.

»Nein, geben Sie her. Jetzt, wo Sie ihn schon mal dabeihaben.«

Wir verabschieden uns, dann setze ich mich wieder ins Auto und fahre weiter nach Richstein.

Susanne Marburger ist nicht zu Hause. Abwartend steht Antonia im Flur, nachdem sie den Türöffner betätigt hat. Wie üblich hält sie ihr Handy in der Hand, auch dieses ist von einer »Wittgenstein«-Hülle umgeben. Ich könnte mich dafür ohrfeigen, dass mir das nicht vorher aufgefallen ist.

»Hallo, Toni.« Ich komme näher.

»Hallo.« Sie sieht kaum von ihrem Handy auf. »Sie wollen meinen Eltern doch nichts von … neulich sagen, oder?« Kurz flackert Panik in ihren Augen auf.

»Nein, ich wollte zu dir.«

Antonia Marburger lässt ihren Arm sinken und schenkt mir ihre volle Aufmerksamkeit. Fast fühle ich mich geschmeichelt.

»Ich interessiere mich für das Wittgenstein-Logo, das du entworfen hast.« Ich mache eine Kopfbewegung in Richtung Handy.

»Ach, das. Das war ’ne Spielerei auf dem PC. Papa hat den Aufkleber im Schützenverein rumgezeigt, und auf einmal wollte jeder einen.« Ein kleines Lächeln umspielt ihre Lippen. »Hab mir ein paar Euro dazuverdient.«

»Wann hast du das Logo entworfen?«

»Vor ein paar Wochen vielleicht.«

»Weißt du noch, wem du eins verkauft hast?«

»Im Schützenverein jedem.«

Ich krame mein Notizbuch hervor und schlage eine leere Seite auf. »Schreibst du mir bitte die Namen hier rein?«

Toni scheint um zwei Zentimeter gewachsen. Stolz greift sie nach dem Buch. Ich folge ihr in die Küche, wo sie am Esstisch nach kurzem Überlegen beginnt, die Seite auszufüllen. Mit jedem Namen, den sie aufschreibt, wird ihr Lächeln breiter. Anscheinend fällt ihr erst jetzt auf, wie viele Aufkleber sie verkauft hat.

»Ich würde auch einen nehmen«, ermutige ich sie.

Ein paar Minuten später gibt sie mir das Buch und geht in ihr Zimmer, um meinen Aufkleber zu holen. Ich sehe mir die Namen an. Manche habe ich schon einmal gehört, aber nicht im Zusammenhang mit unseren Ermittlungen.

Frustriert klappe ich das Buch zu. Alex hatte recht: Wie sicher bin ich, dass das Nummernschild des Motorrads zugeklebt war, und dann noch von diesem Logo? Wieder eine Spur, die ins Leere führt?

Antonia Marburger kommt zurück in die Küche. »Soll ich Ihnen auch die Leute aufschreiben, die nicht im Schützenverein sind?«, fragt sie mich. »Meine Freunde haben Logos gekauft. Und der Typ, der hin und wieder bei Mareike zu Besuch ist.«

»Welcher Typ?« Mein Herz macht einen Satz.

»Na, der Arzt.«

Mit zitternden Händen reiche ich Antonia das Buch. »Seinen Namen bitte zuerst.«

Parallel wähle ich Alex' Nummer. Besetzt. Ich versuche es wieder.

»...lo?«

»Alex, hörst du mich?«

»...unkloch ...elde ... ich ...«

Das Gespräch bricht ab. Ich versuche es wieder, doch mein Anruf kommt nicht an. Wo steckt er? Als ich ihn wieder nicht erreiche, fahre ich allein los. Ich kann nicht nur hier rumsitzen und warten.

Auf der Hauptstraße habe ich genau fünfzig Meter freie Fahrt, dann springt die Fußgängerampel auf Rot. Ich nutze die Zeit, um es wieder bei Alex zu versuchen. Ohne Erfolg. In diesem Moment biegt von rechts auch noch ein Traktor auf die Fahrbahn ab. Ich könnte heulen. Jetzt könnte ich Murat und »Highway to Hell« brauchen, aber im Radio jammert mir ein Sänger von seiner verlorenen Liebe vor. Als die Ampel endlich grün wird, hat sich eine riesige Schlange gebildet. Auf der anderen Straßenseite kommen mir permanent Autos entgegen. Selbst mit Blaulicht und Sirene käme ich nicht viel schneller vom Fleck, nicht ohne jemanden akut zu gefährden. Und ohne Alex zu erreichen, kann ich eh nichts ausrichten. Trotzdem würde ich gerade alles dafür tun, diesen verdammten Traktor loszuwerden.

Irgendwann, nach einer gefühlten Ewigkeit, klingelt mein Handy. Alex. Endlich!

»Sorry, ich war mitten in der Pampa.«

Weiter lasse ich ihn nicht kommen. »Ich brauche einen Haftbefehl und Verstärkung. Wir treffen uns in Berleburg.«

Auf dem Weg zu seinem Haus habe ich mir haargenau zurechtgelegt, was ich ihm sagen, was ich fragen will. Doch als unser Rechtsmediziner die Tür öffnet, mit dem breiten Lächeln, das ich so gut kenne, kommt mir nur eins in den Sinn:

»Warum, Paul?«

43

»Ist noch jemand da drin?«, frage ich Paul, während meine Kollegen ihm Handschellen anlegen.

»Das kannst du selbst herausfinden, das hat man dir beim BKA bestimmt beigebracht.« Er grinst mich an, während er abgeführt wird.

Alex und ich nicken einander kurz zu, dann betreten wir das Haus. An der Garderobe im Eingang hängen Jacken, ich stolpere fast über ein Paar Laufschuhe mitten im Weg. Stimmengewirr am Ende des Flurs. Ich versichere mich, dass meine Waffe am Holster einsatzbereit ist, Alex tut dasselbe. Leise öffne ich die Tür links: ein Gästebad, leer. Rechts ist Pauls Arbeitszimmer, auch hier ist niemand zu sehen. Also weiter in Richtung der Stimmen. Wir landen im Wohnzimmer, wo eine Kochshow im Fernseher läuft. Alex entdeckt die Fernbedienung auf dem Sofa und schaltet ihn aus. Stille. Ich nehme die Hand trotzdem nicht von meiner Waffe und gehe weiter in die angrenzende Küche. Die Tür zum Vorrats- und Waschraum steht offen. Hinten die Waschmaschine und der Wäscheständer, weiter vorn Regale mit Vorräten: Dosenravioli, 5-Minuten-Terrinen, Einmachgläser mit Marmelade, zwei Sechserpacks Bier. In der Milchkiste fehlt eine Tüte, ich sehe sie auf der Arbeitsfläche in der Küche. Die Kaffeemaschine ist eingeschaltet, darunter steht eine volle Tasse, deren Inhalt noch dampft. Offensichtlich hat Paul nicht mit uns gerechnet. Als mein Blick in die Spüle fällt, setzt mein Herzschlag einen Moment aus: ein Fläschchen!

Alex hat es auch gesehen und bewegt sich zügig in Richtung Treppe. Oben lande ich links im Badezimmer. Babypuder auf der Ablage, die Badewanne dient als Windellager. Aber Schlafzimmer und Abstellraum sind leer. Erst als wir die letzte Tür öffnen, werden wir fündig: Vor dem Gästebett steht ein Babybettchen, in dem Nora liegt, ihren Hasi fest an sich gepresst. Sie hat die Augen geschlossen und ist ganz still. Unter der Bettdecke können wir nicht sehen, ob sich ihre Brust hebt und senkt. Atmet sie? Bitte, lass sie atmen! Gerade als ich mich zu ihr herunterbeuge, um ihren Puls zu fühlen, bewegt sich der Schnuller in ihrem Mund. Sie schlägt die Augen auf und sieht mich verschlafen an.

»Hallo, Süße!« Mit zitternder Hand streiche ich dem Baby über die Wange, während Alex über Funk Arzt und Sanitäter herbeibeordert, die schon vor der Tür auf uns warten.

»Nehmen Sie das Stofftier mit«, bitte ich den Arzt, der Nora aus dem Bettchen hebt. Die Kleine hat schon so viel durchgemacht, da soll sie wenigstens nicht auf ihren Hasi verzichten müssen.

Erst als Alex und ich allein sind, fallen wir einander erleichtert in die Arme. Eine Weile halten wir uns aneinander fest. Dann lässt er mich langsam los. »Murat sollte längst hier sein. Anna und Ingrid müssen auch Bescheid wissen.« Er greift nach seinem Handy.

Auch ich sammle mich wieder. Während Alex telefoniert, mache ich mich auf den Weg in Richtung Erdgeschoss und werfe einen letzten Blick in alle Räume: nichts Besonderes. Vom Wohnzimmer aus geht es in den Garten. Auf der Terrasse stehen mit Planen verdeckt ein paar Gartenmöbel und ein Grill. In den Rasen, der mal wieder gemäht werden könnte, hat sich die ein oder andere Blume geschlichen. Am hinteren Ende des Grundstücks steht ein Geräteschuppen. Ich schaue aus dem Fenster: Gartengeräte, Grillkohle, ein Rasenmäher, Polster für die Möbel. Nichts, was uns weiterhilft.

»Caro, hier bist du!«, höre ich auf einmal Murat hinter mir. »Komm, ich muss dir was zeigen!«

Vor der Garage rechts neben dem Haus bleibt er stehen. Mittlerweile ist das Tor geöffnet. Drinnen steht Pauls Auto. Daneben stehen Mülltonnen. Regale mit noch mehr Gartengeräten. Und hinten an der Wand lehnt ein Motorrad. Das Nummernschild ist überklebt mit dem roten Wittgenstein-Logo.

44

Paul lässt seinen Blick durch den Vernehmungsraum schweifen. Sein Lächeln ist noch da, aber seine Augen haben einen Teil ihrer Selbstsicherheit verloren. »Wie geht es Mareike?«, will er wissen, als ich das Zimmer betrete.

»Den Umständen entsprechend, würde ich sagen.«

»Sie hat kein Wort über mich verloren?«

»Auch nicht, als wir ihr einen Deal angeboten haben.«

Er lacht leise. »Das ist meine Frau.« Dann, wieder ernst: »Was passiert jetzt mit Nora?«

»Das Jugendamt kümmert sich um sie. Oscar Hoffmann steht schon parat, um auszuhelfen.«

Paul zuckt mit den Schultern. »Das überrascht mich nicht. Wie üblich ist Oscar da, um die Welt zu retten.«

»Also hast du mir von Mareike erzählt, als du von der verheirateten Frau sprachst, mit der du eine Affäre hast?«, frage ich.

Paul nickt. »Sie wollte Leo nicht verlassen, nicht einfach so. Aber ich wollte nicht für immer ihre Affäre bleiben und mein Kind nur aus der Ferne aufwachsen sehen. Als Leo Nora schüttelte, war Mareike überzeugt: Sie musste weg von ihm. Dann kam mir der Plan mit der Lösegeldforderung in den Sinn. Niemand sollte zu Schaden kommen.«

»Warum überhaupt dieser bescheuerte Plan?«, will ich wissen.

»Mareike wollte nicht die Frau mit dem Kuckuckskind sein. Sie wollte ihren Ruf nicht völlig kaputtmachen. Du hast ihren Vater ja kennengelernt. Mit einer Scheidung hätte sie alles verloren. Die Ehe mit Leo sollte durch eine Kindesentführung mit Lösegeldforderung in die Brüche gehen. Das hätte Oscar irgendwie geduldet, da waren wir uns sicher.«

Paul schüttelt frustriert den Kopf. »Alles, was wir getan

haben, um Nora zu beschützen, nur damit unser Kind bei ihrem Großvater landet und wir im Knast. Und ich dachte, mehr könnte nicht schiefgehen, als Leo tot war.«

»Was ist in der Mordnacht passiert?«

»Willst du mich nicht mal fragen, ob ich einen Anwalt will?«

»Dann hättest du schon längst nach einem verlangt. Über deine Rechte hat man dich belehrt.«

Paul lacht leise. »Ich vergesse immer wieder, dass du beim BKA warst und ein helles Köpfchen bist, Caroline König. Deswegen hat es mir solchen Spaß gemacht, mit dir über deine Ermittlungen gegen mich zu reden, ohne dass du die geringste Ahnung hattest, wer ich bin.«

Ich kämpfe um meine Fassung. Paul ist der Einzige außer Alex, der mich ohne Vorbehalte in unserem Team aufgenommen hat. War er mir gegenüber nur so offen, um am Ende Informationen über den Stand der Ermittlungen zu bekommen? Dieser Gedanke ist kaum zu ertragen.

»Also dann: Was ist in der Mordnacht passiert?«, wiederhole ich meine Frage, meine Stimme so fest wie möglich.

»Mareike hat mir am Samstag die Pistole und alles Nötige für Nora gebracht. Über Wochen haben wir alles geplant. Wir hatten jedes Detail abgesprochen: Sonntagnacht würde ich in die Wohnung einbrechen, mir mit der Pistole Zutritt zu Noras Kinderzimmer verschaffen und mit ihr wieder verschwinden. Am Montag darauf würde ich Lösegeld fordern, und Leo würde zahlen. Vielleicht mit Oscars Hilfe, aber das hätte er entscheiden müssen.«

»Aber du bist nicht eingebrochen, sondern hast geklingelt oder einen Schlüssel benutzt«, fahre ich fort.

»Die erste Abweichung vom Plan«, bestätigt Paul. »Nora schrie. Ich hörte sie durch die Wohnungstür bis in den Hausflur. Sie schrie so sehr, dass ich nicht sicher sein konnte, ob Leo sie nicht wieder misshandelte. Ich habe versucht, die Wohnungstür zu knacken. Im Fernsehen sieht das immer so einfach aus. Aber ohne Praxis und mit vor Adrenalin zitternden Händen?« Paul seufzt. »Außerdem hatte ich Angst, dass Marburgers durch Noras Geschrei im Flur auftauchen und mich dort sehen würden. Ich war maskiert und alles, aber man weiß ja nie. Also benutzte ich den Wohnungsschlüssel, den ich schon seit Monaten hatte.«

»Und dann?«

»Leo kam mir auf dem Flur entgegen, er war gerade auf dem Klo gewesen, verdammt! Nicht im Bett, wo er um diese Uhrzeit sein sollte. Ich habe ihn ins Wohnzimmer dirigiert, wo er sich neben Mareike aufs Sofa setzen sollte. Sie ist aufgesprungen und hat meinen Namen gerufen. Du kannst dir nicht vorstellen, wie sauer ich war. In der Sekunde hätte ich lieber auf sie geschossen als auf Leo. Immerhin hat mir diese Wut so viel Kraft verliehen, dass ich auf Anhieb die Balkontür zertrümmern konnte. Zwei Schläge, damit das Loch in der Scheibe groß genug war. Wir brauchten ja andere Einbruchsspuren, nachdem die an der Wohnungstür fehlten.«

»Clever«, stimme ich ihm zu. »Nur dass du die Scheibe von innen eingeschlagen hast und Leopold euch die Nummer mit der Entführung nicht mehr abgekauft hätte, nachdem du mit dem Schlüssel in die Wohnung gekommen bist.«

Paul lacht auf. »Ich habe an diesem Abend viel umdisponiert, aber alles habe ich nicht bedacht. Als ich mich abwandte, um die Scheibe einzuschlagen, ist Leo von der Couch aufgestanden, um zu flüchten. Oder um nach etwas zu greifen, womit er sich verteidigen konnte. Ich wollte die Pistole nur auf ihn richten, damit er sich wieder hinsetzt, aber anscheinend hatte ich sie entsichert, als ich die Scheibe einschlug. Ob von der Anstrengung oder vor Nervosität: Meine Hände zitterten, und ein Schuss löste sich. Er war sofort tot.«

Paul schüttelt den Kopf, als könnte er immer noch nicht glauben, dass er einen Menschen erschossen hat.

»Was dann?«

»Wir waren vollkommen fassungslos. Nach einem Moment flüsterte Mareike nur ein Wort: ›Lebensversicherung.‹

Sie stürzte ins Arbeitszimmer, zu den Ordnern mit den Versicherungsunterlagen, und riss alles heraus, was ihr in die Finger kam. Sie fragte immer wieder: ›Wo ist sie?‹ Ich kümmerte mich inzwischen um weitere Einbruchsspuren auf dem Balkon.«

»Die zerdrückten Blumen«, murmele ich.

»Genau. Rückblickend denke ich, dass wir beide uns eine Aufgabe suchten, um uns abzulenken. Wir hatten gerade einen Menschen umgebracht, verdammt! Als ich auf dem Balkon fertig war, sah ich mir noch ein, zwei Minuten an, wie Mareike auf dem Boden Papiere verteilte. Aber uns lief die Zeit davon! Irgendwann sagte ich ihr, dass es mir leidtut, und verpasste ihr einen Schlag mit der Pistole auf den Hinterkopf. Dann rannte ich los, um Nora zu holen. Die war in der Zwischenzeit mucksmäuschenstill geworden. Als hätte sie genau gewusst, dass es jetzt drauf ankommt.«

Gedankenverloren starrt Paul auf die Scheibe, hinter der sich Alex und Petri, der Staatsanwalt, verbergen. »Gott sei Dank dachte ich an das Stofftier. Ohne Hasi wäre das, was dann kam, undenkbar gewesen. Aber ich setzte mich mit Nora ins Auto und blieb dort bis in die frühen Morgenstunden. Wenn Hasi dabei war, konnte man mit ihr alles unternehmen.«

Ich schüttele den Kopf. »Paul, du bist nach dem Mord umgehend in die Wohnung gerufen worden und warst am nächsten Tag mit Leopold Hoffmanns Leiche beschäftigt. Vielleicht konntest du Nora hin und wieder im Auto zurücklassen. Aber Sonntagnacht? Nach allem, was Minuten zuvor passiert war? Auch in den letzten Tagen bist du nicht allein für sie zuständig gewesen. Also: Wer steckt mit dir und Mareike unter einer Decke?«

Paul lehnt sich nach vorn, bemüht sich aber, weiterhin an mir vorbei in Richtung des Einsichtfensters zu sehen. »Ich hätte jetzt gern einen Anwalt, um über einen Deal für mich zu sprechen.«

45

Freitag

Ich sehe schrecklich aus. Meine Augen sind winzig und von dunklen Rändern unterlaufen, meine Gesichtshaut ist blass. Letzte Nacht habe ich nicht geschlafen. Mit leerem Blick habe ich vor mich hingestarrt, auf der Seite liegend, Alex den Rücken zugewandt, die Knie bis ans Kinn gezogen. Er wollte reden. Er bestand darauf, über das, was wir gerade in Erfahrung gebracht hatten, zu sprechen. Aber ich rollte mich zu einem kleinen Päckchen zusammen. Machte mich so klein wie möglich und wäre am liebsten ganz verschwunden. Irgendwann gab er seine Versuche auf, flüsterte: »Gute Nacht«, und strich mir über den Rücken. »Ich bin für dich da«, raunte er mir zu, was dazu führte, dass ich mich noch mehr schämte. In den frühen Morgenstunden verließ er das Bett. Ich blieb eine Weile liegen und versuchte, der Gedanken in meinem Kopf Herr zu werden.

Jetzt stehe ich vorm Spiegel und mache Anstalten, mein Muttermal mit meiner Ponysträhne zu verdecken, wie immer, wenn ich mich unwohl fühle und nicht weiß, was ich sonst tun soll.

»Guten Morgen.« Alex sitzt schon am Küchentisch und schiebt mir eine Tasse Kaffee mit Milch herüber, als ich mich ihm gegenüber hinsetze.

»Es tut mir leid«, sage ich leise.

»Dass du mich mal wieder ausschließt, wenn es dir nicht gut geht?« Alex wirft mir einen Blick zu, der mir das Herz zerreißt.

»Das auch«, sage ich zerknirscht.

»Caro, das geht so nicht. Rede. Mit. Mir. Bitte!«

»Es tut mir leid, dass ich es war, die dafür gesorgt hat, dass der Täter über unsere Ermittlungen immer bestens im Bilde war. Auch wenn das nicht zu entschuldigen ist«, füge ich leise hinzu.

Alex greift nach meiner Hand, und ich widerstehe dem Impuls, sie wegzuziehen. »Paul ist seit Jahren unser Rechtsmediziner«, erklärt er mir. »Du hast ihm viele Fragen gestellt, weil kein anderer Arzt verfügbar war. Irgendwann war er im Bilde, da machte es sogar mehr Sinn, ihn zurate zu ziehen als erst einem anderen Arzt zu erklären, worauf du hinauswillst. Dass er irgendetwas mit der Sache zu tun hatte, geschweige denn der Haupttäter ist, konnte niemand ahnen. Außerdem hat unser Team es dir nicht leicht gemacht. Ich verüble es dir keineswegs, dass du dich dem einzigen Menschen anvertraut hast, der außer mir deinen Platz hier anerkannt hat.«

»Nur dass er das nicht uneigennützig getan hat, sondern um Informationen aus erster Hand zu erhalten.« Tränen brennen hinter meinen Augen, aber ich werde den Teufel tun und wegen eines Mörders anfangen zu heulen.

»Vielleicht täte es dir gut.« Alex merkt, was mit mir los ist.

»So weit kommt es noch.« Ich fahre mir mit der Hand übers Gesicht und richte mich auf. »Wir müssen wieder ins Gefängnis.«

»Wenn du willst, kann ich mit Paul reden.« Er zieht mich an sich.

Ich schüttele den Kopf, bevor ich mich an seine Schulter sinken lasse. »Da muss ich jetzt durch. Zumal du auch ein unangenehmes Gespräch vor dir hast.«

Ich spüre, wie er tief einatmet. Viele Fragen haben sich in den letzten zwei Tagen geklärt. Aber diese eine, die noch offen ist, lastet schwer auf ihm.

»Lass uns fahren«, sagt er leise.

Auch neben Paul finde ich heute Morgen Wagener als seinen Anwalt vor. Diese beiden in einem Raum, und das nach einer schlaflosen Nacht. Am liebsten würde ich auf dem Absatz kehrtmachen.

»Guten Morgen, Caro.« Paul strahlt mich an, sodass mir übel wird.

Seine Begrüßung führt allerdings dazu, dass ich wieder klarer denken kann. Die Wut bläst meine Müdigkeit weg. Und Wagener hat bislang nicht den besten Eindruck hinterlassen. Vermutlich hat er keinen gigantischen Deal mit Petri ausgehandelt. Hinzu kommt also ein wenig Schadenfreude. Ich bin froh um jeden Tag, den Paul hinter Gittern verbringen wird.

Ich setze mich und rücke mit dem Stuhl ein paar Zentimeter von ihm weg.

»Ich will wissen, wer auf Nora aufgepasst hat, wenn du arbeiten musstest oder mit mir unterwegs warst«, eröffne ich unser Gespräch. Als Paul etwas erwidern will, hebe ich die Hand. »Und ich will wissen, wo das Geld ist.«

»Ich fand es ehrlich gesagt bedenklich, dass ihr bereit wart, das Lösegeld auch an einen Trittbrettfahrer zu zahlen. Ihr hattet keinerlei Garantie, dass der Anrufer auch wirklich der Entführer war. Jeder hätte anrufen und Lösegeld fordern können.«

»Unsere Methoden tun hier nichts zur Sache.«

»Bei der nächsten Entführung ist das vielleicht anders. Ihr solltet aus euren Fehlern lernen. Wir hätten die Summe im Normalfall durch zwei geteilt: eine Hälfte für Mareike, mich und Nora. Die zweite Hälfte für unsere Unterstützerin.« Immer noch dieses süffisante Lächeln.

»So wie ihr euch vorgestellt habt, dass Leopold Hoffmann am Leben bleibt und das Lösegeld zahlt. Jetzt ist er tot, und Mareike und du sitzt hinter Gittern, während ihr Vater sich um eure Tochter kümmert.« Ein Teil von mir genießt es, wie der Ausdruck in Pauls Augen sich verändert. Wie das überhebliche Grinsen langsam weicht und Platz macht für ein kurzes Aufflackern von Schmerz.

»Es ist nichts nach Plan gelaufen, Paul, sieh es ein.« Ich lasse meine eiskalten Hände unter den Tisch sinken, damit er mein Zittern nicht bemerkt. Am liebsten würde ich weiter in seiner offenen Wunde herumstochern, so wie er mir gestern unter die

Nase gerieben hat, dass ich ihn jederzeit auf dem Laufenden gehalten habe. Aber ich verdränge den Impuls und stimme wieder einen professionellen Tonfall an: »Habt ihr einen Deal mit dem Staatsanwalt gemacht, ja oder nein? Ich will einen Namen, und ich will einen Ort.«

Auch Paul hat sich wieder gefangen. »Den Namen kann ich dir nennen. Dafür haben Herr Wagener und Herr Petri einen netten kleinen Bonus für mich ausgehandelt. Über den Verbleib des Lösegeldes muss deine Kollegin dir Auskunft erteilen.«

Als er mir den Namen nennt, spüre ich, wie mir sämtliche Farbe aus dem Gesicht weicht. Zeitgleich höre ich ein Scheppern im Zimmer nebenan.

46

Sie kannten sich seit der Schulzeit. Immer wieder liefen sie sich über den Weg, jedes Schützenfest feierten sie, als wäre es ihr letztes. Doch wie so oft trennten sich nach der Schule ihre Wege. Sie wollten unterschiedliche Berufe, unterschiedliche Leben. Es gab neue Kontakte, neue Freunde, sodass die SMS und Anrufe zwischen ihnen irgendwann weniger wurden und schließlich ganz einschliefen. Und so verloren sie einander aus den Augen.

Nur einmal im Jahr war es so, als wären sie nie getrennt gewesen: Auf den Schützenfesten feierten sie weiterhin, als gäbe es kein Morgen. Einmal im Jahr waren sie wieder ein Herz und eine Seele. Mit jedem Bier wurde die Kluft zwischen ihnen beiden weniger spürbar, verschwand der Teil von ihnen, der dem anderen fremd geworden war, wurden sie wieder zu den Teenagern, die sich nie trennen wollten. Bis sie sich irgendwann auf der Arbeit gegenüberstanden.

Anfangs war es sogar leichter, nur professionell miteinander umgehen zu müssen. Es tat weniger weh, dass der eine sich ein Leben ohne die Hilfe des anderen aufgebaut hatte. Doch der Elefant im Raum war irgendwann so groß, dass sie beschlossen, etwas zusammen trinken zu gehen. Nur ein, zwei Bier unter Freunden, der alten Zeiten wegen.

Das Feierabendbier wurde schnell zur Tradition, die Gespräche bald persönlicher. Und so war es kein Wunder, dass er ihr eines Abends von seiner Affäre erzählte.

»Was würdest du sagen, wenn ich ein Kind mit einer verheirateten Frau hätte?«, fragte er schließlich.

»Was würdest du sagen, wenn ich das uneheliche Kind eines verheirateten Mannes wäre?«, konterte sie. »Was würdest du sagen, wenn mein Vater reich wäre, ich aber nicht einen Cent von seinem Vermögen bekäme?«

»Was würdest du sagen, wenn die Mutter meines Kindes

gerne mit mir zusammenleben würde, ihr Vater ihr dann aber den Geldhahn zudrehen würde?«

Irgendwann waren sie genug umeinander herumgetänzelt und rückten mit der Sprache heraus.

»Du bist Oscar Hoffmanns uneheliche Tochter?«

»Und du hast ein Kind mit Mareike Hoffmann?«

Einen Moment starrten beide auf ihre Biergläser und wussten nicht, was sie sagen sollten. Der Zufall konnte doch gar nicht so riesig sein, oder?

»Er hat mich nie offiziell anerkannt«, sagte sie frustriert. »Meine Mutter hat alles dafür getan, nachdem er sie einfach sitzen ließ, da war ich zwei Jahre alt. Sie wollte, dass er seine Frau verlässt, doch er dachte nicht daran. Stattdessen verließ er sie und bezeichnete die Affäre mit ihr als größten Fehler seines Lebens.«

»Aber er musste ihr doch Unterhalt zahlen!«

»Das tat er auch, bis ich achtzehn war. Er zahlte auch etwas mehr als nötig. Schweigegeld.« Sie lachte bitter auf. »Niemand durfte etwas von ihr und ihm erfahren. Wir hatten ein komfortables Leben. Aber auch nicht mehr. Und das bei seinem Vermögen und dem, was die beiden anderen Mädchen bekommen? Und ich muss im Dunkeln leben und auf meinen Pflichtteil warten, bis der alte Sack unter der Erde ist? Das ist nicht fair!«

»Mareike will ein Leben mit mir. Doch Oscar predigt ihr immer wieder, dass man für sein Glück arbeiten muss und eine Ehe nicht einfach so beendet. Dass Leo sie seit Jahren betrügt, spielt keine Rolle. Sie kann bei dem Mistkerl bleiben und weiter Oscars Geld ausgeben. Oder sie zieht zu mir und verliert alles. Ihren Job, ihr finanzielles Polster und ihr Erbe. Bis auf den Pflichtteil.« Er lehnte sich nach vorn. »Es sei denn, es passiert etwas Gravierendes. Etwas, woran eine Ehe scheitern darf.«

Er erzählte ihr von der geplanten Kindesentführung. Davon, wie furchtbar es doch sei, ein Kind zu verlieren. Wie sehr Ma-

reike darunter leiden würde, wissend, dass es Nora gut gehen würde.

»Sie übt schon fleißig, Leo mit ihrem hysterischen Geschrei in den Wahnsinn zu treiben. Auch wenn Nora längst wieder zurück bei ihnen ist. Wenn Leo sich entscheidet zu gehen, könnte Oscar seiner Tochter keinen Vorwurf machen.« Er lachte leise. »Wir hatten auch mal daran gedacht, Leo umzubringen. Aber das wäre dann doch zu heftig. So kommt niemand zu Schaden. Und einen Versuch ist es wert.«

Ihr Herzschlag beschleunigte sich. »Ich will die Hälfte des Lösegeldes«, beschloss sie.

»Welches Lösegeld?«

»Das du als ›Entführer‹ verlangen wirst, um Nora gesund und munter zurückzubringen.«

Er zog die Augenbrauen zusammen.

»Du brauchst mich für deinen Plan. Ich werde dafür sorgen, dass ihr eure Nummer ungestört durchziehen könnt und meine Kollegen euch machen lassen. Aber dafür will ich ein Stück vom Kuchen. Es steht mir zu.«

Er musste nicht lange überlegen. Der Plan klang viel zu gut, um wahr zu sein. Soeben hatte er eine Insiderin gefunden, die genauso wie er ein Interesse daran hatte, dass das Unterfangen sauber über die Bühne lief. »Sieht so aus, als hätten wir einen Deal«, sagte er schließlich. »Aber sei mir nicht böse. Ich hätte gern einen DNS-Test, damit ich weiß, dass du wirklich Oscars Tochter bist.«

47

»Ich kümmere mich darum, fahren Sie schon.« Petri zeigt auf die Scherben des Kaffeebechers, den Alex fallen lassen hat. Der starrt mit ausdruckslosem Gesicht auf die Schweinerei. Ich fordere über mein Handy Verstärkung an.

Petri nickt mir zu. »Legen Sie los. Haftbefehl kommt«, formen seine Lippen.

Ich dirigiere Alex zum Auto, so schnell sein Zustand es uns ermöglicht. Dort öffne ich die Beifahrertür und knalle sie hinter ihm zu. Als er sich mit zitternden Fingern anschnallt, nicke ich zufrieden. Langsam erholt er sich von seinem Schock und ist wieder ansprechbar.

»Willkommen zurück.« Ich starte den Motor und rolle vom Parkplatz.

»Warum? Warum hat sie das gemacht?«, murmelt Alex.

»Das wirst du sie selbst fragen müssen«, erwidere ich und trete das Gaspedal durch.

»Zu Hause ist sie nicht«, teilt uns ein Kollege über Funk mit.

Ich habe bereits Murats Nummer gewählt. Wenn sie auf dem Revier ist, soll er verhindern, dass sie abhaut. Dort wartet er schon vor der Tür auf uns. »Gut, dass du dich gemeldet hast, sie war gerade im Begriff zu gehen.«

»Wo ist sie?« Alex' Stimme verkündet nichts Gutes.

»Im Vernehmungszimmer. Gezwungenermaßen.« Murat drückt ihm den Schlüssel in die Hand.

Vor dem Raum halte ich Alex zurück.

»Du erzählst mir jetzt nicht, wie ich mit ihr zu reden habe«, bringt er hervor. »Nicht, nachdem du allein mit Paul gesprochen hast.«

»Ist in Ordnung. Aber ich bleibe in der Nähe.«

Er nickt. Murat und ich bleiben hinter der Scheibe stehen,

damit wir zusehen und -hören können. In diesem Moment stößt Ingrid zu uns. Wir bringen sie mit knappen Worten auf den neusten Stand. »Das glaub ich jetzt nicht!« Fassungslos starrt sie durch die Scheibe.

»Auf die Erklärung bin ich gespannt, Anna«, sagt Alex, als er den Raum betritt.

Der permanente Druck und der Schlafmangel haben bei uns allen Spuren hinterlassen. Ingrids Augen werden hinter ihrer Brille immer kleiner. Murat steht neben mir und ist kreidebleich. Alex konnte sich in den letzten Tagen kaum noch auf den Beinen halten. Und ich habe mittlerweile permanent einen säuerlichen Geschmack im Mund: zu viel Kaffee, zu wenig zu essen. Meine Magenschleimhaut bedankt sich bei mir.

Doch Anna sieht aus wie aus dem Ei gepellt. Das weiße Blusentop sitzt wie angegossen. Die blonden Locken hat sie locker zurückgesteckt, nicht ein einziges Haar steht ab. Vielleicht sieht sie auch ein wenig müde aus. Aber mit ihrem Make-up hat sie alles gut im Griff. Ihre Augen funkeln, ein leichtes Lächeln umspielt ihre Lippen.

»Hi, Alex«, sagt sie und schenkt sich einen Kaffee ein. Sie macht eine einladende Handbewegung. »Nimm dir auch einen, das wird dauern.«

Alex schüttelt den Kopf. Ich kann von hier aus sein Gesicht nicht sehen, aber ich erkenne an seiner Haltung, dass er kocht vor Wut. »Willst du einen Anwalt?«, fragt er tonlos.

»Sehe ich so aus?«

»Wagener macht einen hervorragenden Job.«

»Oder auch nicht.« Anna lacht kurz auf. »Dass Paul mich ans Messer liefert, nach allem, was ich für ihn getan habe … Unfassbar. Es war doch Paul, oder?«

»Du hast die Unterlagen der Lebensversicherung verschwinden lassen.«

»Und ich habe die ein, zwei Trittbrettfahrer nicht gemeldet, die versucht haben, sich das Lösegeld zu erschleichen, das für mich bestimmt war.«

»Für dich?«

»Glaubst du, ich hätte mich ansonsten mit dem schreienden Balg abgegeben, während die Telefone heiß liefen und ich mich mit der Presse herumschlagen musste? Zumindest wenn ich durfte.«

Anna wirft einen Blick in Richtung der Scheibe, hinter der ich mich befinde. Dass ich ihr die Show gestohlen habe, lässt sie anscheinend immer noch nicht kalt.

»Warum, Anna?«, fragt Alex leise. »Ich hab keine Lust und keine Kraft mehr für Spielchen. Warum hast du dich da mit reinziehen lassen?«

»Ich wollte das Geld. Oscars Geld. Das Geld meines Vaters.«

48

Ich fühle mich, als hätte mir jemand die Luft aus dem Brustkorb gepresst. Einen Moment lang kann ich nicht atmen. Alex ist genauso geschockt wie ich. Mit einer Hand stützt er sich am Tisch ab, um nicht vom Stuhl zu rutschen, während er die andere auf seinem Schoß zur Faust ballt. »Oscar Hoffmann ist dein Vater«, wiederholt er.

Ich spüre Murats Hand auf meinem Arm. Ohne es zu merken, habe ich nach der Türklinke gegriffen. »Ich muss zu ihm«, murmele ich.

»Nein. Da muss er jetzt alleine durch«, gibt Murat genauso leise zurück und hält die Tür zu.

Wir sehen einander schweigend an. Schließlich nicke ich. Ich weiß, dass er recht hat. Also bleibe ich hinter der Scheibe, auch wenn alles in mir schreit, dass ich zu Alex muss.

»Und ich dachte, mich könnte heute nichts mehr schocken.« Alex schüttelt den Kopf.

»Dass alles ganz anders geplant war und niemand zu Schaden kommen sollte, weißt du sicherlich«, sagt Anna ruhig.

»Das ist gerade nicht wichtig. Warum hast du dich auf so was eingelassen? Warum? Du bist Polizistin!«

»Und deswegen habe ich kein Recht auf ein bisschen Luxus?« Anna lässt den Blick über ihre Bluse schweifen, die sicher mehr gekostet hat als mein halber Kleiderschrank. »Seit ich sechzehn bin, weiß ich, wer mein Vater ist. Ich musste meine Mutter ganz schön bearbeiten, damit sie es mir verrät, das kannst du mir glauben. Es hat Jahre gedauert, bis sie so weit war. Aber alle wussten, woher sie kommen, nur ich nicht. Ich hatte ein Recht darauf, es zu erfahren. Aber es war ihr immer so peinlich. Dass sie auf einen Mann reingefallen ist, der hoch und heilig versprach, seine Frau für sie zu verlassen.«

»Was natürlich nie passierte?«

»Natürlich nicht, man kennt das ja. Als meine Mutter mit mir schwanger wurde, hat er sie links liegen lassen. Sie bekam ein monatliches Sümmchen, das über dem Pflichtunterhalt lag, um mich großzuziehen. Und damit sie den Mund hielt. Oscar Hoffmann hatte schließlich einen Ruf zu verlieren.« Anna zuckt mit den Schultern. »Aber dann ließ ich nicht locker und stand eines Tages bei ihm auf der Matte. So hatte er sich das nicht vorgestellt. Er versprach mir, die monatliche Rate zu erhöhen, damit ich weiter so tue, als hätte ich keine Ahnung, wer mein Erzeuger ist.«

»Ein guter Deal für alle Beteiligten.«

»Deswegen ließ ich mich ja auch darauf ein.«

»Aber er hat dir keinen Job in seiner Firma angeboten wie deinen Halbschwestern?«

»Ich hatte überhaupt keine Ambitionen, in seiner Firma anzufangen. Ich wollte zur Polizei und mein eigenes Ding machen. Oscars Unterstützung machte mich nicht reich, aber das ein oder andere Extra, von dem andere in meiner Situation nur träumen konnten, war drin.«

»Warum dann der Sinneswandel?«

»Nach meiner Ausbildung wurden die Zahlungen spärlicher und hörten schließlich ganz auf. Ich wollte mehr, ich brauchte mehr. Meine Mutter wurde krank. Sie hat immer alles für mich getan. Jetzt brauchte ich das Geld nicht mehr nur für mich, sondern um ihr zu helfen. Und er wollte es mir nicht geben. Ich erfuhr von dem Haus in der Toskana.«

»Und von dem Hotel in Winterberg«, führt Alex die Liste fort. »Jetzt weiß ich, warum du die Liste mit Hoffmanns Besitztümern am ersten Tag unserer Ermittlungen herunterbeten konntest. Du kanntest sie schon.«

»Oscar winkte ab, als ich nach dem Geld fragte oder danach, einmal mit meiner Mutter dort Urlaub machen zu dürfen, bevor sie … Wenigstens das hätte er ihr geschuldet!« Anna schluckt. Sie braucht einen Moment, um sich wieder zu fangen. »Er sagte, ich hätte lange genug von seinem Fehltritt profitiert. Das war meine Mutter für ihn: ein Fehltritt. Ich drohte damit, meine Herkunft öffentlich zu machen. Daraufhin meinte er, dann würde er mich wegen Erpressung anzeigen.«

»Womit er nicht unrecht gehabt hätte.«

»Ich wollte das trotzdem nicht auf sich beruhen lassen. Familie ist für den Kerl ach so wichtig, und dann behandelt er seine Tochter wie den letzten Dreck? Meine Mutter starb, ohne dass er sie noch einmal besuchte. Dann kam die Gelegenheit, die ich mir nicht entgehen lassen konnte.«

»Du hast mit Paul gesprochen.«

»Wir kannten uns schon ewig. Irgendwann redeten wir nicht mehr nur über die Fälle, die wir gemeinsam bearbeiteten. Über die Jahre entwickelte sich eine Freundschaft, die weit über das Berufliche hinausging. Paul beschloss, mich in seine Pläne mit einzubeziehen. Und ja, wir gingen ein gewisses Risiko ein, als wir zum ersten Mal darüber sprachen, korrekt.«

»Und jetzt habt ihr beide alles verloren.«

»Haben wir das?« Anna lehnt sich nach vorn, ein breites Lächeln auf den Lippen. »Meine Mutter wäre stolz darauf, dass ich Oscar Hoffmann zweihunderttausend Euro gestohlen habe. Und das Geld habt ihr noch nicht gefunden.«

Alex steht auf und winkt die beiden Streifenbeamten herein, die mittlerweile bei Murat und mir eingetroffen sind. »Nehmt sie mit«, zischt er ihnen zu.

Mit geradem Rücken und hocherhobenem Kopf geht Anna den beiden voraus, ohne uns eines Blickes zu würdigen.

Endlich kann ich zu Alex ins Besprechungszimmer. Er sitzt in sich zusammengesunken auf seinem Stuhl, das Gesicht in den Händen vergraben.

49

»Sie hat es des Geldes wegen getan.« Alex schluckt hart. »Ich kann es immer noch nicht glauben. Anna hat ihren Job immer gern gemacht und musste nicht am Hungertuch nagen. Dachte ich zumindest. Und dann wegen zweihunderttausend Euro alles aufs Spiel setzen?«

»Es gibt Menschen, die würden das, was sie getan hat, für weniger Geld tun.«

Ich breche mir ein Stück Baguette ab. Heute bleibt die Küche kalt. Nachdem Anna verhaftet wurde, sind Alex und ich eine Weile ziellos durch die Gegend gelaufen. Jetzt sitzen wir auf seinem Sofa, trinken Bosch-Bier aus der Flasche und essen Baguette mit Dips, die wir selbst angerührt haben. Währenddessen lassen wir sein Verhör Revue passieren.

»Dass Paul einer Polizistin von einer geplanten Kindesentführung erzählt hat, ist ein riesiger Vertrauensbeweis«, sage ich. »Damit hätten er und Mareike alles verlieren können.«

»Paul wusste, dass Anna Geldsorgen hat. Anscheinend hat sie ihm davon erzählt, dass sie über ihre Verhältnisse lebt. Dass sie öfter teure Kleidung und Schmuck kauft, als es ihr Budget erlaubt. Dass ihre Mutter krank war und sie dafür auch noch Geld brauchte. Daraus ergab sich überhaupt erst die Idee, sie mit einzuspannen.«

Ich denke an die schicken Blusen, mit denen Anna bei der Arbeit aufgetaucht ist. Wenn teure Kleidung nicht alles war, was sie sich geleistet hat, kann ich mir durchaus vorstellen, dass sie am Ende des Monats knapp bei Kasse war.

»Geldsorgen waren aber nicht Annas Hauptmotiv«, gebe ich zu bedenken. »Sie ist Oscar Hoffmanns uneheliche Tochter und hat davon nichts gemerkt, während Mareike Hoffmann und Daria Clemens sich um Geld keine Gedanken machen mussten. Anna sollte das Lösegeld erhalten, das Leopold Hoffmann niemals allein hätte aufbringen können. So konnte sie sich sicher sein, dass ihr Vater einmal mehr sein Portemonnaie für sie öffnet.«

Alex nickt. »Papa Hoffmann würde Mareike nach allem, was sie durchgemacht hätte, nicht mehr den Geldhahn zudrehen. Da war man auf das Lösegeld nicht angewiesen und konnte Anna alles überlassen. Zumindest konnte man sie das glauben machen. Paul sprach davon, dass nur die Hälfte für sie bestimmt war. Trotzdem: Sie mit einzubeziehen war die Gelegenheit, jemanden mit Insiderwissen für die Tat zu gewinnen.«

»Dass ich zum Team stoßen und Paul auch damit versorgen würde, konnte er ja nicht wissen.« Ich greife nach meinem Bier, um den bitteren Geschmack in meinem Mund runterzuspülen.

»Anna hat Anrufe mit Hinweisen aus der Bevölkerung angenommen, während Nora keine zwei Meter von ihr entfernt lag …« Alex schließt einen kurzen Moment die Augen.

Mir geht mein erstes Treffen mit Paul durch den Kopf, das nur einen Tag nach der Entführung stattfand. An diesem Morgen arbeiteten sowohl er als auch Anna. Eine Stunde lang lag Nora im Auto und wartete auf ihn. Wir hätten sie auf dem Parkplatz gefunden, womöglich ein paar Autos entfernt von unserem. Wenn wir es gewusst hätten …

»Die Frau im Hintergrund, die alle und jeden kennt.« Ich erinnere mich daran, wie Alex mir Annas Rolle erklärt hat. Und daran, wie konsterniert sie ihren Platz geräumt hat, als Oscar Hoffmann das erste Mal auf dem Revier aufschlug, damit Alex mit ihm reden konnte.

»So kann man sich irren.« Alex starrt ins Leere.

»Warum hat Anna den Hinweis auf die gekündigte Versicherung aus Ingrids Bericht gelöscht?«, will ich wissen, um seine Gedanken von der Vorstellung zu lösen, kein guter Vorgesetzter zu sein.

»Paul hat sie darum gebeten. Eine Lebensversicherung wäre ein Motiv für Mareike Hoffmann gewesen. Zu jenem Zeitpunkt war sie für uns nur ein Opfer, und das sollte so bleiben.«

»Der Kerl ist so ein Arschloch«, murmele ich.

»Zumindest warst du nicht die Einzige, die ihn auf den neusten Stand der Ermittlungen gebracht hat.«

»Das macht es nicht besser.«

»Jetzt müssen wir beide damit klarkommen, dass wir einem Menschen vertraut haben, der es nicht verdient hat.« Alex schiebt sich eine Kirschtomate in den Mund.

»Wir könnten Sabine anrufen«, schlage ich vor.

»Vom KIT?«

»Ja.«

»Wenn es dir dann besser geht.«

Ich überlege kurz, doch dann schüttele ich den Kopf. »Vielleicht müssen sich diese Erkenntnisse erst mal setzen. Und ich mache ja Fortschritte, indem ich mit dir rede.«

Alex greift nach meiner Hand. »Ich bin mir sicher, dass wir das hinkriegen.« Kurz hängen wir beide unseren Gedanken nach. »Vielen Dank für Ihren Einsatz bei Ihrem ersten Fall bei der Laaspher Polizei, Kommissarin König«, schiebt er dann hinterher.

»Vielen Dank für Ihr Jobangebot, Hauptkommissar Fischer.« Lächelnd verschränke ich meine Finger in seinen. »Und danke für das Angebot, bei Ihnen einzuziehen, das ich hiermit gerne annehme.«

»WAS?« Alex springt auf, reißt mich vom Sofa und wirbelt mich durch den Raum. »Du willst hier einziehen?«

»Wenn ich darf.«

»Natürlich!« Er setzt mich wieder ab, dann küsst er mich sanft. »Ich freue mich.«

»Ich mich auch.«

Mit ausdrucksloser Miene beginnt Alex, in seiner Hosentasche zu kramen.

»Was machst du da?« Einen Moment befürchte ich, dass er nach einem Ring sucht.

Er sieht meinen panischen Gesichtsausdruck. »Ich brauche nur eine Münze«, beruhigt er mich schnell.

»Warum?«

»Wir müssen auslosen, wer es deiner Mutter erzählt.«

Noch bevor ein Umzugskarton gepackt ist, muss ich in unserer Wohnung das erste Teil ersetzen: das Kissen, mit dem ich die Bierflaschen und Dips vom Wohnzimmertisch kegele, statt wie beabsichtigt meinen Freund zu treffen.

Ich erinnere mich nicht daran, mit welchen Schimpfwörtern Alex mich im Anschluss bedachte. Ich erinnere mich nur, wie wir beide zusammen auf dem Fußboden knieten und gemeinsam die Sauerei beseitigten. Um anschließend mit einem Verdauungsschnaps wieder auf der Couch zu landen, wo uns das eine Kissen weniger nicht fehlte.

Epilog

Montag

Meine Mutter hat meinen Entschluss, mit Alex zusammenzuziehen, mit gemischten Gefühlen aufgenommen. Zwar ist es nicht das erste Mal, dass ich von zu Hause ausziehe. Mein Umzug nach Wiesbaden war wahrscheinlich schwerer für sie als der jetzt geplante Umzug innerhalb von Bad Laasphe. Aber ich weiß, wie froh sie war, als ich vor ein paar Monaten wieder nach Hause gekommen bin. Deswegen klang ihr »Ich freue mich für euch« nicht allzu enthusiastisch. Die Träne, die sich dabei aus ihrem Auge schlich, ließen Alex und ich unkommentiert. »Sie verarbeitet das schon«, habe ich ihm zugeraunt, als wir draußen die erste Ladung meiner Sachen in seinem Kofferraum verstauten. »Ich wohne ja nur ein paar Straßen weiter und bin jetzt schon kaum zu Hause.«

Wir sitzen zusammen im Besprechungszimmer auf dem Polizeirevier und lassen die letzten Tage Revue passieren: Ingrid, Murat, Alex und ich. Die Erleichterung darüber, dass Nora noch lebt, wird von einer Müdigkeit erdrückt, die man nicht in Worte fassen kann. Niemand will über das sprechen, was Anna getan hat, und doch denken wir an nichts anderes. Immer wieder wandern unsere Augen zum leeren Platz an diesem Tisch. Wie eine Wunde, von der man nicht die Finger lassen kann, obwohl es wehtut, wenn man an ihr herumkratzt. Murat schaut zur Tür, als könnte sie jeden Moment hereinkommen. Binnen Millisekunden brechen wir den Blickkontakt ab und schauen beschämt auf die Tischplatte. Wie muss es sich für die drei anfühlen, von ihr dermaßen hintergangen worden zu sein, wenn ich als Neuling im Team schon ein flaues Gefühl im Magen habe? Sie haben jahrelang mit Anna zusammengearbeitet. Es wird Zeit kosten, über diesen Betrug hinwegzukommen.

Alex wird die Neubesetzung der Stelle beantragen, darüber hat er uns gerade in Kenntnis gesetzt. In der Zwischenzeit müssen wir zu viert klarkommen und Annas Aufgaben mit übernehmen.

Heute muss der Bericht um die letzten Fakten ergänzt werden. Immer noch fehlt vom Lösegeld jede Spur. Allein dadurch sind wir nicht allzu euphorisch, den Fall zu den Akten zu legen, wenn auch nur vorerst. Ein Abschluss fühlt sich anders an.

Ich erkläre mich bereit, den Bericht zu übernehmen, und verziehe mich an meinen Arbeitsplatz.

Einige Minuten später klopft es an der Tür. »Mit Milch, oder?«

Überrascht schaue ich auf. Ingrid steht dort, zwei dampfende Tassen Kaffee in der Hand.

»Ja, danke.« Ich nehme eine davon entgegen, während Ingrid sich auf den Stuhl mir gegenüber setzt.

»Ich war nicht besonders nett zu dir«, lässt sie die Katze aus dem Sack.

Ich weiß nicht, was ich sagen soll, also nicke ich lediglich.

»Eigentlich hätte ich froh sein sollen, mit Ernsts Tochter zusammenarbeiten zu dürfen.«

Bei der Erwähnung meines Vaters wird mir warm ums Herz.

»Ich habe ihn immer gemocht und war enttäuscht, als er vor mir in Rente gehen wollte. Auch wenn ich ein paar Jahre jünger bin als er.« Sie lacht nervös. »Können wir versuchen, noch mal von vorn anzufangen?«

Ich zupfe an meiner Ponysträhne herum. Ein Teil von mir, der impulsive Teil, der mir bei meinen Ermittlungen so oft in die Quere kommt, will aufstehen und sagen, dass das nicht geht. Dass sie mir Steine in den Weg gelegt hat. Dass ich mir meinen Start bei der Polizei in meinem Heimatort anders vorgestellt habe. Dann aber erinnere ich mich daran, dass auch ich Fehler gemacht habe: Alex und ich haben Ingrid verdächtigt, obwohl Anna diejenige war, die den Vermerk über die Versicherungsunterlagen gelöscht hat. Darüber haben wir mit ihr nicht gesprochen, aber wahrscheinlich weiß sie es. Und trotzdem macht sie einen Schritt auf mich zu. Also lächle ich sie an und proste ihr mit meinem Kaffee zu.

»Auf einen Neuanfang.«

»Auf einen Neuanfang.«

Danksagung

Ich danke an allererster Stelle Ihnen, liebe Leser. Ich hoffe, Caros zweiter Fall hat Ihnen gefallen.

Markus, danke, dass du mit mir wieder fleißig Tatortrecherche betrieben und mich in meinen Schreibphasen ertragen hast, das war bestimmt nicht immer einfach. Auch als Testleser möchte ich dich nicht mehr missen, genauso wenig wie euch, Rosmarie und Bea. Ihr habt so viel dafür getan, diesen Krimi besser zu machen, danke! Regina und Mama, ihr seid die Besten im Synonyme-Finden, wenn das Korrektorat stressig und mein Kopf leer ist. Danke!

Toni, danke für alles, was du mir über den Borkenkäfer und Forstwirtschaft erzählt hast.

Kim, danke für dein Wittgenstein-Logo! Ich habe herzhaft gelacht, als ich es zum ersten Mal gesehen habe, und bin froh, dass ich es in meiner Geschichte verwenden durfte. Wenn du wieder kreativ wirst, sag mir Bescheid!

Julie und Tim, auch wenn unsere Wege sich von nun an trennen, bin ich nach wie vor froh und dankbar für alles, was ihr für mich getan habt.

Zu guter Letzt vielen Dank an Christiane Geldmacher und ihr Lektorat für »Lahn Sieg Tod« und den Emons Verlag.